로열 셰프
영애님

fio
ret

로열 셰프 영애님 4

초판 1쇄 인쇄 2020년 7월 20일
초판 1쇄 발행 2020년 8월 20일

지은이 리샤
발행인 오영배
편집 편집부
표지·내지디자인 오정인
제작 조하늬

펴낸곳 (주)삼양출판사 · 피오렛
주소 서울시 강북구 도봉로 173s
대표 전화 02-980-2112 / **팩스** 02-983-0660
편집부 전화 02-987-9393 / **팩스** 02-980-2115
블로그 blog.naver.com/dan_gul
출판등록 1999년 3월 11일 제9-00046호

ISBN 979-11-283-9964-0 (04810) / 979-11-283-9960-2 (세트)

fi ret 은 (주)삼양출판사의 로맨스 판타지 문학 브랜드입니다.

로열 셰프 영애님

Royal Chef Lady

IV

리샤
장편소설

fio
ret

Contents

10장

의사들이 오찬장 안으로 우르르 쏟아져 들어갔다. 그러자 아타르의 사내가 의사의 손을 쳐 내고 소리쳤다.

"길라게온 황궁에서 쓰러졌는데 그대들을 어떻게 믿는단 말입니까!"

"우리가 음식에 독이라도 넣었다는 겁니까!"

"그럴 가능성도 배제할 수 없지요! 전하는 아타르의 의원이 살피겠습니다."

길라게온과 아타르가 서로 나뉘어 소리치자 황제는 인상을 찌푸리고 관자놀이를 주물렀다.

"교수—"

내가 당황하여 그에게 다가가려 했을 때, 만찬장 안에서 익숙한 목소리가 들려왔다.

"세니아나."

아빠와 할아버지였다.

"오오, 성녀님이 아니십니까!"

"프렌시프 양."

다른 귀족들도 나를 아는 체해 왔다. 내 이름을 들은 쟝뤼크의 표정이 왈칵 구겨졌다. 아빠가 내게 다가와 손을 잡았다.

"황도에 왔다고는 들었는데, 무슨 일이지?"

"아, 주말이라서 오빠들과 함께 두 분을 뵈려고……."

"그렇구나. 들어가자."

아빠와 몇 마디를 나누는 동안 쟝뤼크가 끌려가고 있었다. 난 얼른 아빠를 붙잡고 말했다.

"아빠, 저분이요. 제 지도 교수님이에요!"

어느새 가까이 다가온 할아버지가 미간을 좁혔다.

"루크, 저놈이 아카데미에 있었다고?"

"루크?"

"선대 로열 셰프인 쟝의 제자였지. 현 로열 셰프와 경합을 벌였던 불세출의 천재가 저 녀석이다."

뭐라고?!

왕세자가 쓰러진 바람에 오찬은 흐지부지 마무리되었다. 나는 황제와 로웨나 황비에게 인사만 한 뒤 할아버지를 졸랐다.

"네? 할아버지~"

그런 나를 보고 할아버지는 커흠! 헛기침을 했다.

"그래도 황궁 옥사에 가는 건……."

그가 나를 흘끔 보더니 다시 크흠! 헛기침을 하며 고개를 저었다.

"안 돼, 안 돼."

안 되신다면서 왜 입꼬리는 올라가 계신 거지요.

'놀리는 건가.'

난 이번엔 아빠를 쳐다보았다.

"아빠, 잠깐만 다녀올게요. 한 번만요."

"드디어 떼를 쓴다 싶으면 남의 일이니."

"네?"

"가자."

아빠가 어쩔 수 없다는 것처럼 웃더니 성큼성큼 걷기 시작해서 난 활짝 웃었다.

"그런 곳에 애를—!"

할아버지가 역정을 냈지만, 아빠는 한 귀로 흘렸다. 나 역시도 마찬가지였다. 황궁 옥사에 들어가려면 황제와 거래를 해서 허가를 받아야 하나 싶었는데, 아빠는 바로 옥사로 향했다. 옥사장은 아빠와 할아버지를 보자마자 넙죽 엎드렸다.

"필요하신 게 있으시거든 언제든, 무엇이라도……!"

그러면서 열쇠를 통째로 넘겨 줬다.

'세상엔 권력으로 안 되는 일이 없나 봐…….'

난 그렇게 생각하고 아빠가 건네는 열쇠를 받았다.

"십 분 이상은 안 돼."

"네, 누가 보면 안 되니까요."

"옥사에 널 오래 두고 싶지 않으니까."

다정한 미소에 가슴이 간질거렸다. 난 고개를 끄덕인 후 아빠와 할아버지를 두고 재빨리 옥사로 향했다. 옥사라 하면 춥고, 어둡고, 창살이 가득한 곳인 줄 알았는데 생각과는 꽤 거리가 멀었다. 밝은 복도에 각각 방이 있어서 옥사라기보단 차라리 여관 같은 느낌이었다.

나는 미리 옥사장에게 들은 쟝뤼크의 방 번호를 확인하고 문을 열었다.

"교수님."

"너……!"

소리치려던 쟝뤼크가 얼굴을 일그러뜨리고 나를 노려보았다.

"이제 무릎 꿇어 인사하면 되나."

"무슨……."

"프렌시프의 무궁한 영광을 빈다고 네 앞에 두 손을 모으면 되냐는 말이다."

"대체 무슨 말씀을 하시는 거예요."

"날 속였어, 네가."

나는 어리둥절해서 그를 쳐다보았다. 연한 호박색 눈이 깊게 가라앉아 일렁였다. 난 그가 처음 지도 교수를 맡겠다고 했을 적을 떠올렸다.

[요리를 정치적으로 이용하려는 놈은 질색이야.]

'그렇구나.'

장뤼크는 아소가 조슈아 사비에르라는 걸 알고 있었어. 권력과 엮이고 싶지 않았던 거다. 그래서 재능 있는 그가 아닌 바닷가에 작은 식당을 여는 게 꿈이라고 했던 날 택한 것이었다. 나는 장뤼크를 빤히 쳐다보았다.

"굳이 왜요?"

"뭐?"

"제가 요리사로 성공하고 싶었다면 굳이 교수님 밑에서 수양하는 게 아니라 아빠와 할아버지를 졸랐겠지요."

"허……."

"교수님도 제 앞에 무릎 꿇고 두 손 모으시겠다고 하시는데 로열 키친의 다른 셰프라고 다르겠어요?"

"……."

"마찬가지로 명성을 등에 업고 싶었으면 가문의 힘을 이용해 교수님을 찍어 눌렀을 거예요."

"너……."

난 그를 새초롬히 노려보았다.

"그리고 교수님도 저를 속이셨잖아요!"

"내가 언제!"

"본명도 안 가르쳐 주시고! 저를 제자라고 하셨으면서!"

"그, 그건……!"

"저야 아카데미 교칙 때문에 신분을 못 밝혔지만, 교수님은 작정하고 속이신 거잖아요!"

마른침을 꼴깍 삼키는 그의 얼굴에 당황이 역력했다.

"일부러 속이려고 했던 건…… 아니야……."

"저도 마찬가지거든요?"

그가 할 말이 없는 듯 허공을 바라봐서 난 한숨을 내쉬었다.

"오늘 일은 어떻게 된 건데요."

"……몰라."

"네?"

그가 헛기침을 하고는 상황을 설명해 주었다.

"줄리아 리올이 원하는 요리는 스프링롤이 아니었다더군."

"아니었다고요?"

"그래. 그러던 찰나에 왕세자가 나서 '그래도 길라게온에서 특별히 준비해 온 음식이니 맛을 보자'며 시식했지."

"그 후에 쓰러진 건가요?"

쟝뤼크는 고개를 끄덕였다. 나는 턱을 매만지며 고민했다.

"알레르기였을까요?"

"그럴 수도 있지만……."

왕세자는 볼모 시절 특정 재료에 알레르기를 일으킨 적이 없다고 했다.

'그래, 만약 알레르기가 있었다면 사신단에서 미리 주의를 기해 달라고 연락했겠지.'

나는 흐음, 침음하며 고개를 끄덕였다.

"그럼 독?"

"그런 일이 있을까 봐서 재료 구입부터 나르는 것까지 모두 내가 했다."

절로 신음이 흘러나왔다.

'그럼 이번 일은 꼼짝없이 교수님 탓이 되겠어.'

더 얘기를 나누고 싶었지만, 아빠가 말한 십 분이 다 되었다. 난 내 쪽에서 방도를 찾아보겠다고 한 뒤, 옥사를 나섰다.

저택으로 돌아가는 내내 왕세자의 일을 고민했다.

'정리해 보자.'

    1. 왕세자 주변엔 아타르의 사신단뿐이었다.
    2. 길라게온의 사람 중 가장 가까이에 있던 건 황제.

황제는 음식에 독을 넣을 이유가 없다. 아타르와 친교를 맺길 가장 바라는 사람이 그이니까.

    3. 왕세자는 아타르의 의원들이 진료 중이다.

왕세자가 정말로 알레르기가 맞는지 확인하려면 사신을 통해야 한다. 난 머릿속으로 줄리아 리올의 이름에 별표를 쳤다.

'리올 재상을 만나자.'

그녀가 먹고 싶다고 했던 쟝뤼크 스승의 요리. 그걸 내가 만들어 간다면 만남의 계기로는 그럴듯하다. 나는 할아버지를 쳐다보았다.

"할아버지."

"오냐."

"아타르 왕세자가 볼모로 있던 시절에 할아버지가 프렌시프 후작이셨지요?"

"그래."

"리올 재상이 당시 맛있게 먹었다던 음식이 있었나요?"

할아버지는 과거를 되짚듯 잠시 말이 없었다. 그러나 이내 고개를 저었다.

"그자와의 일이라면 황궁에서 난데없이 울음보를 터뜨린 것밖엔 기억나지 않는군."

"울었다고요?"

"날 보더니 아타르를 무시한다며 소리쳤지."

"무시하셨어요?"

그러자 아빠가 조소를 흘렸다.

"어르신은 본인 외엔 모두 벌레로 보시니 아타르만 무시한 건 아니었을 거다."

할아버지가 얼굴을 찌푸렸다.

"벌레 정도는 아니야."

"하면요."

"멍청한 놈들밖에 없다고 생각했을 뿐."

난 아빠와 할아버지의 싸움을 한 귀로 흘리며 고민을 이어갔다.

'월남쌈이 아니면 대체 뭐지.'

고기. 피쉬 소스. 특이한 식감.

'남부풍 요리일 가능성이 높은데 그게 대체 뭘까.'

저택으로 돌아와서 곧장 주방으로 향했다. 황도 저택의 주방장이 날 보고 펄쩍 뛰어오르듯 일어나 다가왔다.

"아이고, 아가씨! 허기지십니까? 간식이라도 내갈까요?"

"그보다 냉장창고를 봐도 될까?"

"물론이지요!"

주방장과 함께 창고로 가서 이것저것 재료를 살폈다. 피쉬 소스는 생각보다 종류가 많지 않았다. 브랜드 별로 맛보았지만, 다 거기서 거기라 나는 끄응, 신음을 삼켰다. 피쉬 소스라면 역시 베트남 요리겠지?

'아, 분짜(소스에 숯불 돼지고기, 채소, 쌀국수를 함께 적셔 먹는 음식)일 수도 있겠어!'

분짜에도 고기와 피쉬 소스가 쓰이니까. 하지만 고기가 메인인 건 아닌 데다가 쌀국수의 식감은 그리 특이하지 않다. 그때, 란슬롯이 나를 찾아왔다.

"세니아나."

"네."

"아버님 생신 파티는 유리관에서 하는 게 어떠냐고 묻더구나."

"네. 그런데, 은밀히 준비하고 있는 거지요?"

뒤이어 온 가웨인이 픽 실소를 흘렸다.

"어찌나 은밀히 준비하는지 밤에만 들락거리겠다던데."

'정말 고마운 사람들이야.'

근무 외 시간에도 이것저것 도와주고. 나는 감동해서 요리사들을 쳐다보았다. 눈 밑이 거뭇한 걸 보니 모두 함께 아빠의 생일 파티를 준비하는 모양이었다.

'이따 밤참이라도 가져다 줘야겠…… 밤참?'

"야식이다!"

내가 소리치자 다들 어리둥절한 표정으로 나를 보았다. 난 황급히 육류를 뒤졌다.

"저기, 새우젓은 없어?"

"새우가 새끼에게 젖을 물립니까?"

주방장은 그런 얘기는 들어 본 적이 없다며 눈을 깜빡거려서 난 손을 내저었다.

"젖이 아니라 젓! 젓갈 말이야."

"글쎄요, 그런 건……."

난 얼른 영지로 통신을 연결했다. 집사에게 아곤을 바꿔 달라고 하자 얼마 지나지 않아 "예, 아가씨." 하는 목소리가 들려왔다.

"아곤, 혹시 새우젓을 구할 수 있을까?"

동부에선 거의 쓰이지 않는 고추장까지 가지고 있었으니 혹시 몰라 물어본 것이다.

[제가 가진 게 조금 있긴 합니다.]

"가져갈래! 된장도 있을까?"

[예, 준비해 놓겠습니다. 그런데 새우젓은 왜…….]

"족발의 소스로 쓸 거야!"

[족발이요?]

그래, 족발. 식감이 특이하고, 고기를 메인으로 쓴 음식인 데다 채소와 함께 먹을 수 있는 남부풍 요리!

'피쉬 소스는 베트남의 그것이 아니었어. 어쨌든 어패류가 들어가서 피쉬 소스라고 했던 거야.'

나는 얼른 포털을 열어 영지 주방으로 향했다. 아곤은 새우젓을 챙기는 날 보고 묘한 얼굴을 했다.

"돼지 발도 구할 수 있어?"

"근처 푸줏간에 말하면 될 겁니다."

아곤이 족발을 구해 오는 동안 나는 월계수 잎과 통후추 등을 준비해 놓았다.

'콜라가 있으면 좋을 텐데.'

난 잡내를 없앨 때 콜라를 이용하는 편이었다. 콜라에 일정 시간 담가 놓으면 잡내도 덜하고, 육질도 연해지는 데다가 은은한 단맛이 돌아서 맛있었다.

'콜라나 소주는 없으니까 대신 보드카를 쓰자.'

알코올이 기화하며 잡내를 없애 줄 거다. 아곤은 금세 족발을 가져왔다. 난 한참 핏물을 뺀 뒤에 준비한 것들과 함께 다시 황도 저택으로 되돌아갔다. 그리고 된장과 간장, 월계수 잎, 통후추 등등을 넣어 푹 끓였다.

"으음, 그런데 줄리아 리올에게 어떻게 연락하지……."

내가 중얼거리자 옆에서 자잘한 것을 돕고 있던 마릴린이 말했다.

"어르신께 부탁드리면 어떨까요? 리올 재상과 인연이 있으실 수도 있잖아요."

"할아버지가 해 주실까."

그러자 마릴린이 주방에 막 들어오고 있는 마일로를 흘끔거렸다.

"제가 저희 아빠에게 부탁할 때 쓰는 방법이 있는데 알려드릴까요?"

"마일로에게? 뭔데?"

"린은 아빠를 이─만큼 사랑해요. 뭐, 요새는 징그럽다고 싫어하시지만요."

고개를 주억거리던 마릴린이 말했다.

"한 번 해 보세요."

내가 내키지 않는다는 듯 우물쭈물하자 마릴린과 하인들이 "밑져야 본전이라니까요~" 하며 내 등을 떠밀었다. 난 냄비를 주방장에게 부탁한 뒤에 할아버지의 방으로 향했다. 문으로 고개를 빼꼼 내밀자 행정관과 이야기를 나누는 할아버지가 보였다. 그가 안경을 벗으며 나를 돌아보았다.

"무슨 일이냐."

"그게…… 부탁드릴 게 있어서요……."

"부탁?"

난 마른침을 꼴깍 삼켰다.

"세, 세니안은, 할아버지를 이만큼 사, 사랑……."

혀를 깨물고 싶은 심정이었다.

'쥐구멍. 쥐구멍이 필요해!'

결국 말을 끝내지도 못하고 고개를 숙였다. 그런데 귓가에 바람 빠지는 것 같은 실소가 들려왔다. 슬그머니 고개를 들자 할아버지와 눈이 마주쳤다. 그가 헛기침을 하며 행정관을 쳐다봤다.

"그, 뭐, 세금이 걱정이면 미리 상속을 하면 될 게 아닌가."

"하면 명의를 각하께 옮길까요?"

"고마운 줄도 모르는 놈에게 주어 무얼 해!"

"그럼 란슬롯 도련님께?"

"이번 생일에 남부 항만을 주었으니 더는 과하다."

"가웨인 도련님은……."

"허구한 날 검만 휘두르는 놈에게 재산이 뭐가 필요하다고."

"아가씨 ―"

"그렇게 하지."

"그런 건 됐어요!"

나는 펄쩍 뛰며 할아버지에게 매달렸다. 그러자 그는 온화하게 웃으며 말했다.

"항만을 네 이름으로 사들일까? 후계에 이름을 올려 주랴? 황도 저택을 네 명의로 해 줄 수도 있지."

그거 아직 아빠 명의가 아니었나요.

'아니지, 그게 아니라!'

"다른 게 필요해요."

"뭐기에."

"리올 재상에게 루크의 제자가 스승을 대신해 요리를 만들었으니 시식을 해 달라고 말씀해 주시면 안 될까요?"

할아버지는 마뜩잖은 듯 침음을 흘렸다.

"흐음."

"안 되나요?"

"황제와 리올을 만나 보마."

"감사합니다."

나는 어색하게 웃으며 내가 잡는 바람에 구겨진 할아버지의 소매를 살살 펴 주었다.

'무서우니까 이제 사랑한다고는 하지 말자.'

— 하고 생각하며. 진짜로 황도 절반을 주는 줄 알고 심장이 콩닥거렸다.

다음 날, 할아버지와 나는 함께 황궁에 들었다. 할아버지는 황제와 짧게 이야기를 나누고 나와서 고개를 끄덕였다.

"폐하께서 허락하셨나요?"

"네가 대신 아타르의 마음을 풀어 준다면 황제에게도 나쁠 게 없는 일이지. 저 너구리는 루크의 제자가 너라는 걸 알고 있는 듯하구나."

"그렇군요……."

우리는 줄리아 리올에게 가기 위해 황궁 복도를 걸었다. 마침 왕세자의 병실에서 나오고 있던 노년의 부인이 할아버지를 보고 미간을 좁혔다.

'아, 왕세자를 끌어안고 있던 사람이다.'

저 사람이 줄리아 리올이었구나. 흰머리가 성성했지만, 그것마저 매력적으로 보이는 사람이었다. 줄리아는 서늘한 목소리로 말했다.

"무슨 일이십니까."

"나눌 말이 있으니 자리를 마련해 주시오."

"다 삭은 후에야 제가 그리우십니까?"

"헛소리하는 건 여전하군."

나는 미리 조사해 두었던 줄리아 리올에 관한 이야기를 떠올렸다.

'철혈의 이국인이 황궁 요리사와 사랑에 빠졌다는 얘기였는데.'

이렇게 보니 요리사가 아니라……. 나는 할아버지를 힐끔 쳐다보았다.

"따라오시지요."

내가 잠깐 생각에 잠긴 사이에 줄리아가 훌쩍 먼저 떠났다.

"할아버지."

"음."

"혹시 젊었을 적 만났다는 일곱 분 중에 저분이 포함되어 있었나요?"

할아버지가 눈을 크게 뜨며 나를 보았다.

"전혀! 그리고 일곱 명이 아니라……!"

"흐음."

나는 줄리아의 뒷모습을 보고 저택에서 보았던 할머니의 초상화를 떠올렸다.

"바람둥이."

그러고 줄리아를 향해 따라 걸었다.

"그게 아니, 나는 전혀 관심이, 아니, 잠깐, 세, 세니아나!"

할아버지가 나를 허둥지둥 따라왔다.

줄리아가 머무는 귀빈관에 도착하자마자 할아버지의 통신석이 울렸다.

"무슨 일이냐."

[카렌듈라 후작이 저택으로 찾아왔습니다. 어르신을 뵙길 청하십니다.]

"내일쯤 일정을 잡지."

[다급한 일이라 전하셨습니다.]

할아버지가 미간을 좁혔고, 나는 그에게 얼른 말했다.

"저는 괜찮아요."

카렌듈라 후작이면 금좌 11석의 수장이잖아. 그가 직접 찾아올 만한 일이면 정말로 큰일일 것이다. 할아버지는 인상을 쓰며 말했다.

"……금방 돌아오마."

"네, 이동시켜드릴게요."

그러고 할아버지를 저택으로 이동시켜 주었다. 먼저 소파에 앉은 줄리아가 눈을 동그랗게 뜨고 나를 쳐다보았다.

"성녀라더니 참말이었군."

중얼거리듯 말한 그녀는 내게 자리를 내주었다.

"앉으세요."

나는 조심스럽게 소파에 앉아 줄리아를 힐끔힐끔 보았다.

'할아버지와 사이가 안 좋은 것 같은데.'

나한테도 벽을 세우면 어떡하나. 줄리아의 마음을 열어야 왕세자의 몸 상태를 알 수 있을 거다. 나는 가져온 상자를 슬그머니 테이블에 올려놓았다. 줄리아가 묘한 눈으로 나를 쳐다보았다.

"뇌물이라면 받지 않습니다."

"아, 뇌물이 아니라요."

나는 얼른 상자를 열어 안에 있는 음식을 꺼냈다.

"이건—!"

"교수님께, 아니, 루크 님께 부탁하신 요리가 이건가 싶어서 만들어 보았는데……."

"요리를 하십니까?"

"네. 루크 님은 제 스승이세요. 이 요리를 부탁하신 게 맞나요?"

"……그렇습니다."

내 생각이 맞았어!

나는 활짝 웃으며 말했다.

"식기 전에 드세요."

나는 미리 가져온 접시에 새우젓과 족발을 덜어 주었다. 그녀는 잠깐 멈칫했다. 같은 요리라지만 내가 만들었다니 맛에는 신뢰가 없는 모양이었다.

"향은 추억 속의 요리와 비슷하군요."

천천히 포크를 들어 새우젓을 찍은 고기를 입에 가져갔다.

"……!"

"괘, 괜찮나요?"

"비계는 꼬들거리는 편인데 살코기가 전혀 퍽퍽하지 않아요."

그녀는 놀란 표정으로 족발을 한 번, 나를 한 번 쳐다보았다.

"게다가 소스가……."

"매콤하지요?"

새우젓이 오래되어서 약간 군내가 났다. 그래서 파와 고추기름 등을 넣어 특유의 좋지 않은 냄새를 가리려고 했는데 의외로 합이 좋았다.

"촉촉하고 부드러워서 잘 넘어갑니다. 음, 고기에서 나는 이 향은……."

"된장과 간장이에요."

"장?"

"길라게온 남부에서 쓰는 소스의 한 종류랍니다."

"달큰하고 짭짤해서 자꾸 손이 가는군요."

"파절이와 함께 드셔도 맛있어요."

나는 시종에게 손 씻을 물을 부탁했다. 가루비누로 손을 깨끗이 씻은 다음, 상추 위에 미리 소금에 절여 둔 배추와 파절이, 족발, 얇게 저민 마늘을 올렸다. 한입에 들어가도록 잘 싸서 그녀에게 내밀었다.

"드세요."

"……?"

"원래 이렇게 드시지 않았나요? 그, 야채와 함께 드셨다고……."

"당근과 무를 절인 것과 함께 먹었지요. 동그랗게 말아 먹는 것은 처음입니다."

족발이나 보쌈은 쌈으로 먹어야 제 맛인데!

"저런……."

나는 이때껏 이 맛있는 것을 제대로 먹지 못한 그녀가 안타까워서 시무룩한 표정을 지었다.

"영애, 그것은 어떻게 먹는 거지요?"

"그냥 한 번에 드시면 돼요."

"그럼 입을 쩍 벌리게 되지 않습니까?"

"맞아요."

그게 포인트라고. 줄리아는 잠깐 머뭇거리더니 쌈을 받아서 살짝 고개를 돌리고 입에 넣었다. 손끝으로 입을 막고 우물거리던 그녀가 음, 음 하며 고개를 끄덕였다.

"맛있네요. 마늘 향이 좋아요. 적당히 짭짤하고, 채소도 잔뜩 먹을 수 있으니 건강식이라고 해야 할까……."

"한데 뭉쳐지는 느낌이 좋지요?"

쌈처럼 와구와구 씹어야 하는 음식을 먹을 땐 입안에 침이 가득 돌고, 턱관절이 벌어지는데 그게 뇌를 자극한다고 했다. 조금씩 천천히 먹는 것보다 더.

"하나 더 싸 드릴까요?"

"부탁하죠."

복스럽게 잘 먹는 게 좋아서 나는 열심히 쌈을 싸 주었다. 그녀는 눈썹을 까딱 들어 올렸다.

"다른 사람이 보면 스승 걱정 때문에 온 줄 모를 겁니다."

"음, 교수님이 걱정되기도 하지만, 이건 공께는 추억의 음식인 거잖아요. 맛있게 드셔 주시면 그걸로 기뻐요."

쌈을 내밀며 말하자 그녀가 나를 묘한 얼굴로 쳐다보았다.

"……손녀에게 홀딱 빠진 이유를 알 것 같기도 하고."

"네?"

줄리아가 쌈을 받으며 빙그레 웃었다.

족발을 반이나 해치운 뒤, 줄리아는 한숨을 내쉬었다.

"이렇게 많이 먹은 게 얼마 만인지."

맛있었나 봐.

'기쁘다!'

나는 헤헤 웃으며 손을 꼼질거렸다. 그러다 문득 할아버지의 일이 떠올랐다.

"저……. 리올 공."

"말씀하세요."

"제 조부님과는 무슨 일이 있으셨나요?"

그녀의 얼굴이 대번에 일그러졌다.

"그대 조부는 후레자식입니다."

그 얘긴 소피아 부인에게서도 들었는데!

내가 눈을 동그랗게 떴을 때, 노크 소리가 들리더니 사신단 오찬에서 보았던 젊은 남자가 들어왔다.

"테거 공작이 뵙기를 청하십니다."

"무슨 일로?"

남자가 줄리아의 귓가에 무언가 속삭였다. 그녀는 쯧, 혀를 차고는 나를 돌아보았다.

"그 얘기는 내일 다시 하지요."

"네."

"그리고 혹시……."

그녀가 큼, 헛기침을 하며 조심스럽게 말했다.

"족발…… 이란 걸 맛보여 주고 싶은 사람이 있는데 더 얻을 수 있을까요?"

그야 어려운 일이 아니다. 족발은 잔뜩 만들어 뒀으니까. 나는 저택으로 돌아가서 줄리아가 보낸 아타르의 시종에게 족발을 전달했다. 저택에서 쉬는 내내 할아버지는 무슨 일이 있었느냐고, 무얼 들은 거냐고 꼬치꼬치 캐물었다. 나는 눈을 데구루루 굴리다가 할아버지를 쳐다보았다.

"후레자식이셨다고……."

"뭐?! 이 할망구가!"

"좋은 분이셨어요. 제게 서글서글하게 대해 주시고."

"믿지 마라. 젊었을 때의 나는 행실 바르고, 정결하고, 네 할미밖에 모르던……!"

"거짓말……."

나도 모르게 중얼거렸더니 할아버지의 표정이 험악해졌다.

'무, 무서워.'

마침 아빠가 지나가기에 후다닥 그의 등에 숨었다.

"가서 로토헤라도 할까?"

"좋아요! 돈 거는 건 없기예요?"

"그래."

아빠와 내가 손을 잡고 지나가자 할아버지가 "이 할망구를!" 하며 허공을 향해 한 번 더 소리쳤다. 아빠, 오빠들과 로토헤 게임을 새벽까지 한 후, 다음 날 오전에 졸린 눈으로 다시 성으로 찾았다. 줄리아는 어제와 달리 나를 반갑게 맞아 주었다.

"차는 어떤 종류를 즐기죠?"

"전 홍차면 뭐든 좋아요."

그녀가 황궁 시종에게 차를 부탁했다. 그러곤 손등으로 다정히 내 부은 눈꺼풀의 온도를 가늠했다.

"이런, 무심결에 실례를."

전혀 실례한 것 같지 않은 얼굴이었지만, 나는 괜찮다고 말했다.

'따뜻한 냄새.'

식당에 자주 오시던 단골 할머니에게서 이런 햇볕 냄새가 났다. 줄리아는 그녀의 손에 얼굴을 맡긴 날 가만히 보며 쿡쿡 웃었다.

"그자의 혈육이 이리 사랑스러울 줄이야."

"오빠들도 사랑스러운걸요?"

어제 로토헤 게임은 란슬롯의 대승이었다. 분한 표정을 짓는 가웨인에게 귀엽다고 말했더니, 얼굴이 새빨개졌다.

[나는 멋있는 거라고!]

하며 소리치기에 가웨인은 역시 무서울 때가 더 많다고 생각했다.

"가끔이요."

내가 서둘러 덧붙이자 그녀가 유쾌한 듯 입꼬리를 올렸다.

"조부의 이야기를 물었던가요."

"네!"

＊　　＊　　＊

줄리아는 눈을 반짝이는 세니아나를 흘깃 쳐다보았다.

"처음 만남은 손수건 때문이었지요."

"손수건이요?"

"울고 있는 내게 그대 조부가 손수건을 내어 주었습니다."

세니아나는 진지한 표정으로 고개를 끄덕이며 "역시 바람둥이"
하고 중얼거렸다. 줄리아는 희미한 미소를 짓고 젊은 날을 떠올렸
다. 어린 원자(왕의 장자)를 이국의 땅에 남겨 놓는 것이 원통하여 떠
날 때마다 숨어서 눈물지었지만, 내색할 수는 없었다.

부친이 작고하고 어깃장을 놓아 작위를 물려받았다. 왕궁에서 일
할 기회조차 겨우 얻었다. 통한의 눈물이 감정에 약한 계집이기 때
문이라 여겨질까 봐 그녀는 울부짖는 사신들 속에 섞일 엄두조차 내
지 못했다. 나베리우스는 우연히 마주친 제게 손수건을 내밀었다.

*[공무로 온 주제에 눈물을 흘리는 건 계집이기 때문이 아니오! 나
는 그저, 그저……!]*

[전장에서 우는 사내놈들도 있소.]

[…….]

[계집이든 사내든 분하고 서러우면 눈물이 나지.]

[어째서 내게 준 거요, 이거.]

손수건을 쥐며 묻자 나베리우스는 왈칵 인상을 찌푸렸다.

[우는 사람에게 손수건을 건네는 게 무례요?]

그러곤 휙 떠나 버려서 머릿속을 복잡하게 만들었다. 죽은 아내가 힘겨워할 적에 손수건 한 번 내준 적 없었던 것이 한이었기에 그런 줄은 모르고.

'두 번째로 설렜던 건 언제였나.'

원자가 풍진을 앓을 적에 면회를 요청했다가 거절당했을 때였던 것 같다. 불가하다고 외치는 길라게온의 중신들 사이에서 그만이 유일하게 찬성표를 던져 주었다.

'그것도 책략이었는데. 빌어먹을 늙은이.'

그 덕에 나베리우스는 사신단의 총책임자와 연을 맺었다. 나베리우스의 인품에 감탄한 총책임자가 프렌시프 마법사들이 아타르에서 수련할 수 있도록 도와준 것이다. 사소한 것들이 켜켜이 쌓여 가슴에 봄바람을 불러왔다. 무뚝뚝한 표정에 설레고, 의미 없는 말에 밤잠을 설쳤다.

"제가 먼저 만남을 청했지요. 이따금 만나 사소한 잡담을 나누고 싶다 하였습니다."

그 말에 세니아나가 깜짝 놀라 줄리아를 쳐다보았다.

"그래서요? 그래서 할아버지는 뭐라고 하셨나요?"

줄리아가 인상을 쓰며 찻잔을 내려놓았다. 그날만 생각하면 복장이 터진다.

"그런 바람을 지닌 여자가 기백을 넘으니 원한다면 줄 서서 기다리라더군요."

줄리아의 표정이 험악해지자 세니아나는 눈치를 보며 손을 꼼질
거렸다.

"죄, 죄송합니다……."

"그 덕에 쟝이 고생했지요."

"쟝이라면 선대 로열 셰프인가요?"

"예. 당시엔 제가 총책임을 맡았을 때라 그가 접대해야 했는데,
어떤 것도 먹지 않으니 곤혹이었을 테지요. 성실한 남자기도 했으
니까요."

"족발도 그래서……."

"맞습니다."

줄리아가 세니아나의 손을 덥석 잡았다.

"하여 영애."

"네?"

"저는 영애의 연애를 몹시, 아주, 매우 응원한답니다."

세니아나가 당황하자 줄리아는 생긋 웃으며 머리카락을 귀 뒤로
넘겨 주었다. 그 영감탱이도 홀로 사랑하는 기분을 맛보길 바란다.
자기 품에만 끼고돌고 싶은 손녀가 다른 사람에게 애 닳는 모습을
보고 인생이 덧없다는 걸 느끼길!

* * *

나는 어색하게 웃으며 어물쩍 말을 돌렸다.

"아, 그런데 왕세자께서는 괜찮으신가요?"

"뵈러 가시겠습니까?"

"괜찮나요?"

"길라게온의 황자님들처럼 고운 젊은이는 아니지만, 식견을 나눌 수 있는 아저씨이긴 하지요."

"아저씨…… 따님의 부군이시라고 들었는데……."

그런 말 해도 괜찮은가요…….

"그러니 쉽게 말하는 게지요."

그녀가 후후 웃으며 나를 일으켜 주었다. 그러자 사신으로 온 젊은 남자가 당황하며 "고, 공……." 하고 줄리아를 불렀다.

"어찌 전하의 병상에 길라게온의 사람을……. 이번에도 아타르가 제국에 고개를 숙이는 것이라 떠드는 자들이 생길 겁니다."

"숙여야 한다면 숙여야지."

"공!"

"이깟 무릎, 몇 번이라도 꿇을 수 있네."

"……."

"새파랗게 어린 병사들을 전장에 보내지 아니할 수만 있다면 광대 옷 입고 춤이라도 춰야지."

단호한 태도에 남자는 침음을 흘렸고, 나는 눈을 반짝이며 줄리아 리올을 쳐다보았다.

'멋있어!'

권좌에 오른 사람일수록 명예를 목숨처럼 여긴다. 대의를 위해 수치를 감수할 수 있는 용기는 아무에게나 있는 게 아니었다.

나는 줄리아와 함께 왕세자의 병실로 향했다. 병실엔 담배 연기가 자욱했다. 줄리아는 인상을 찌푸리며 시종에게 창문을 열라 지시했다.

"연초는 끊을 수가 없으십니까."

왕세자는 껄껄 웃으며 담배를 비벼 껐다. 생각보다 더 인상이 좋은 아저씨였다. 아빠보다는 열 살쯤 많아 보이는데 실제로는 훨씬 연하라고 했다. 내가 치마를 넓게 펼치고 무릎을 굽히자 왕세자는 빙그레 웃으며 날 맞아 주었다.

"프렌시프의 성녀님."

난 깜짝 놀라서 손을 내저었다.

"말씀 낮춰 주십시오, 전하."

"그럴까."

왕세자가 침대 맡 의자를 가리켰다.

"앉아서 얘기하지."

나는 의자에 살포시 앉았다. 침대 옆 협탁에 족발이 담긴 접시가 있었다.

'드셨나.'

내 시선을 느낀 왕세자가 빙그레 웃었다.

"아주 맛있더구나."

"다 식었을 텐데……."

"식어도 맛이 좋던걸."

나는 그의 눈치를 보다가 조심스럽게 말했다.

"전하, 존체는 어떠십니까?"

"많이 좋아졌어."

나는 마른침을 꼴깍 삼키고 두 손을 모았다.

"스프링롤을 내온 요리사는 제 스승이십니다."

"흠, 귀족 영애가 요리를 한다고?"

"길라게온에선 드문 일이 아닙니다."

줄리아가 말해 주었다. 왕세자는 거뭇한 턱을 쓰다듬으며 말했다.

"그렇군. 스승이 걱정되어 제자가 나선 건가."

"그렇습니다."

"아쉬운데."

"네?"

"아타르에 관심이 있다면 홀랑 업어 가고 싶었거든."

내가 당황해서 마른침을 삼키자 왕세자가 껄껄 웃었다.

"장모님 말처럼 사랑스러운 아이로군요."

"그렇지요."

왕세자가 협탁에서 쿠키를 꺼내 내게 쥐여 주었다.

"억지로 데려간대도 포털로 도망치면 도리가 없지 않나. 나는 길라게온과 척을 질 일은 하지 않을 생각이야."

"그, 그럼 스승님의 일도……."

"이리 귀여운 제자가 스승의 걱정이 태산 같으니 어서 황제께 풀어 달라 청해야겠군."

"감사합니다!"

줄리아도 그렇고, 왕세자도 너무너무 좋은 사람들이라 나는 엄청나게 감동했다. 그때, 주머니에 넣어 온 에이레네의 마원이 마구 진동했다. 다른 사람에겐 끄아앙, 하고 우는 목소리가 들리지 않는 것 같았다. 나는 의아한 표정으로 주머니에 손을 넣었다. 마원이 금세라도 터질 것처럼 뜨거웠다. 그리고—

"앗!"

붉은빛이 퍼져 나간다 싶더니 순식간에 공간이 바뀌었다.

*　　*　　*

주변에서 폴짝폴짝 뛰어다니는 소리가 들렸다. 나는 눈을 비비고 옆을 바라보았다.

"내가 지켰다! 내가 지켰다!"

캐러멜색의 조그만 반달곰이 콩콩 뛰며 몹시 기뻐하고 있었다.

'귀, 귀엽긴 한데.'

뭐지? 반달곰은 내게로 휙! 뛰어들었다. 화들짝 놀라 주저앉으니 가슴에 마구 얼굴을 비비며 물어왔다.

"내가 잘했지?"

"어, 어?"

"내가 지켰잖아. 형아가 아니라 내가 했어. 그렇지?"

"형아가 누구—"

"나쁜 사람이 나를 마구 써서 나는 슬프고, 괴로웠는데 누나가 나를 찾아 주었어. 내 목소리를 들어 주었어!"

나쁜 사람이 마구 썼다고?

나는 눈을 동그랗게 뜨고 반달곰을 바라보았다. 그러자 곰이 내 볼에 얼굴을 비볐다.

"잠깐만!"

"누나……."

"나는 네 누나가 아닌 ─ 혹시 너도 성수야?"

멀린과 같은? 곰은 히죽 웃었다.

"으응."

"나를 지켰다는 건 무슨 소리야?"

"내가 독에서 누나를 지켜 주었어. 형아는 독인 줄도 몰랐는데."

그러고는 양 앞발로 입을 가리고 킥킥거렸다.

"내가 형아보다 더 도움이 되지? 누나는 내 거야. 내 거야!"

그러곤 다시 자기 얼굴을 퍽퍽 들이밀었다. 당황해서 나도 모르게 곰을 떠밀자 엄청나게 충격받은 얼굴이었다. 곰의 몸에서 붉은 빛이 퍼져 나왔다. 이윽고 캐러멜색의 머리칼을 가진 미소년이 주저앉아 닭똥 같은 눈물을 뚝뚝 흘리고 있었다. 곰이 있던 자리에서.

"누나……."

"……."

"내가 싫어?"

애처로운 눈빛으로 쳐다봐서 난 마른침을 꼴깍 삼켰다.

"그런 건 아닌데……."

그가 다시 나를 꽉 껴안았다.

"누나 좋아!"

무릎까지 오는 꼬마 곰이 안기는 것과는 전혀 다른 느낌이라 정말로 당황스러웠다.

"이, 일단 곰돌이로 돌아가는 게 좋겠어."

"곰돌이?"

내가 고개를 돌리며 말하자 반달곰 미소년이 물었다.

"곰 말이야."

"누나는 그 모습이 더 마음에 들어?"

"어?"

"그렇다면 좋아."

— 하더니 또 붉은빛과 함께 반달곰이 되어 버렸다. 음, 훨씬 보기 편하다. 나는 쪼그려 앉아 반달곰과 눈을 맞추었다. 그러자 활짝 웃으며 내 목에 대롱대롱 매달려 왔다.

"잠깐만!"

"잠깐만 싫어! 싫어!"

이 애 어리광에 엄청 능숙하다. 나는 땀을 삐질삐질 흘리며 곰을 번쩍 들었다.

"소개가 먼저야."

"으응?"

"이름부터 알려 줘."

"그럼 귀여워, 귀여워 — 해 줄 거야? 쓰다듬어 줄 거야? 얼굴 비비게 해 줄 거야?"

"그래."

반달곰이 활짝 웃으며 양 앞발을 번쩍 들었다.

"나는 이름이 없어!"

"없다고?"

"그래서 우리는 형아를 부러워하고 또 부러워했지. 누나의 엄마가 형아에게 멀린이라는 이름을 주었어."

뭐라고 하는지 모르겠다. 이 애는 누군가와 대화를 해 본 적이 없는지 알아듣기 힘든 말만 했다. 누나의 엄마가 멀린이라는 이름을 주었다는 건…….

'선생님이 사자를 멀린이라고 불렀다고 했지.'

그런데 우리?

"너 말고 성수가 또 있어?"

"형아가 있고, 동생이 있고, 내가 있지."

"형아는 멀린?"

"응."

"그럼 동생은?"

"나쁜 사람들이 나를 가져갔을 때, 동생도 함께 가져갔어. 형아는 못 했어. 형아가 어디 있는지 아는 건 누나의 엄마뿐이었어."

"너희는 형제야?"

"그렇게 부르면 형아가 싫어해. 으르릉, 해."

그러더니 "무서워, 무서워" 하며 내 품에 꼭 안겼다. 나는 반달곰의 등을 토닥이며 생각했다. 성수는 총 셋인 듯하다. 멀린과 반달곰, 그리고 확인되지 않은 '동생'.

'동생이 깃든 마원을 아탈란이 가져갔다는 뜻일 거야.'

그렇다는 건 에이레네가 아닌 실험체가 또 있다는 걸까?

"너희끼리는 연락을 할 수 있지? 그러니까 선생님이 멀린에게 이름을 지어 주었다는 걸 아는 거잖아."

"으응, 하지만 나쁜 사람들과 만난 후로는 느낄 수 없어."

"그렇구나……."

어쩐지 기분이 좋지 않았다. 아탈란은 대체 언제부터, 어디까지 준비를 한 걸까. 나는 한숨을 내쉬며 반달곰을 쳐다보니 눈이 반짝반짝하다. 약속대로 귀엽다고 하며 머리를 쓰다듬어 주었다.

"이름이 필요하겠다."

"뭐라고 부를 거야?"

"곰돌이니까, 으음, 테디 베어라고 하자."

테디는 번쩍 일어나더니 깡충깡충 뛰며 내 주변을 맴돌았다.

"테디다! 나는 테디다! 누나가 이름을 지어 줬다!"

기뻐하니 흐뭇해져서 킥킥 웃으며 테디를 쳐다봤다. 그러다 "아!" 하고 소리쳤다.

"독은 무슨 소리야?"

그때였다.

"그건 내가 설명하겠소."

— 하더니 푸른빛이 곰돌이의 공간 안에 스며들었다.

나는 익숙한 고양이를 보고 소리쳤다.

"멀린!"

"주인."

테디는 내 등 뒤에 숨어 움찔움찔하며 멀린을 훔쳐보았다. 테디와 눈이 마주친 멀린이 순식간에 커다란 사자로 변하더니 크르르릉! 포효했다.

"꾸아앙!"

펄쩍 뛰어오를 듯 놀란 테디는 내 품에 숨어 양 앞발로 눈을 가렸다. 멀린이 위협하듯 소리쳤다.

"멍청한……!"

"나, 나는 테디야. 멍청이 아니야! 내, 내가 누나를 구한 거잖아. 형아는 느림보야! 느림보야!"

"마법사들의 결계를 깨뜨렸다."

결계가 깨졌다고?

내가 깜짝 놀라 테디를 쳐다보자 테디는 억울한 얼굴로 멀린을 새초롬히 노려보았다. 테디가 시무룩해져서 나를 올려다보았다.

"하지만 그건 삿된 자들의 독이었단 말이야……."

"삿된 자들의 독이었다고?"

"누나의 육체엔 영향이 없어도 그게 삿된 자들을 불러들이면 안 되니까 나는……. 곤란해진 거야?"

어제 할아버지가 황제를 만나며 황궁 내에서의 포털 사용 허가를 받아 왔다.

'그래서 할아버지를 포털로 옮겨 주었지.'

사신단 앞에서 내가 포털을 여는 건 제국의 힘을 과시하는 것이니 황제 입장에선 나쁘지 않은 일이었다.

'그래도 이동은 황도 내로 한정했었는데…….'

결계가 깨졌다는 건 초장거리, 그러니까 엘트라로 이동할 때 정도로 강력한 힘을 발휘했다는 것이었다. 나는 한숨을 내쉬었다.

"아마. 황제 폐하께 제대로 변명해야 할 거야."

"누나를 곤란하게 하는 인간은 내가 다 죽여 줄게. 내 커다란 앞발로 황제를 때려 줄 거야!"

정말로 황제를 앞발로 후려치러 갈 것처럼 몸에서 붉은빛이 퍼지기 시작했다.

"안 돼!"

"안 돼."

나와 멀린이 동시에 소리쳤다. 그건 반역이라고! 난 테디가 어디 가지 못하게 꽉 끌어안았다. 그러자 금세 흐물흐물해져서 중얼거렸다.

"누나가 나를 꼭 안아 줬어."

'테디와는 말이 안 통하겠어.'

멀린을 바라보았다.

"독이란 건 무슨 소리죠?"

"공기 중 미량의 독이 섞여 있었다오."

공기 중이라면……

'연초?'

왕세자가 피운 연초에 독이 들어 있었단 말이야? 담배 내의 니코틴과는 다른 성분이었을 거다. 아카데미에서도 종종 교수들이 담배를 물고 있었는데, 그때는 테디가 날 이동시키지 않았다. 멀린은 테디를 노려보며 말했다.

"이미 독성의 대부분은 남자가 흡수하였고, 연기에 포함된 소량의 독성도 흩어지고 있었으니 주인을 이동시킬 까닭이 없었소."

"……병실로 돌아가야겠어요."

멀린은 고개를 끄덕였고, 테디는 울망울망한 눈으로 날 쳐다보았다.

"내가 나빴어? 그래서 날 버릴 거야? 아프게 해도 돼! 버리지 말아 줘, 누나."

"버리지 않아. 하지만 앞으로는 내 허락 없이 날 이동시키지 마."

정말로 위험한 순간이 온다면 그땐 테디보다 이성적인 멀린의 도움을 얻어야겠다. 그런 뜻이 담긴 눈으로 멀린을 보자 그가 가볍게 고개를 끄덕였다.

"내가 누나를 돌려보내 줄게."

시무룩해진 테디가 말했다. 나는 생긋 웃고 테디의 머리를 쓰다듬었다.

"만나서 반가워."

"히히."

곧 붉은빛이 퍼지기 시작하더니 소용돌이처럼 나를 감싸왔다.

퍼뜩 눈을 떴을 땐, 병실에 아무도 없었다. 나는 황급히 탁상 위에 놓인 달력을 쳐다보았다.

'아직 12일이야. 다행이다.'

처음 포털에 갇혔다가 돌아왔을 땐 며칠씩이나 지나 있었다. 창밖을 보니 해가 뉘엿뉘엿 지고 있었다. 성에 온 게 오전이니까 아마 대여섯 시간쯤은 지난 모양이다. 순간 문이 벌컥 열리더니 줄리아가 들어왔다.

"영애!"

줄리아는 놀란 얼굴로 내게 다가왔다.

"리올 공……."

"무슨 일이었던 겁니까. 갑자기 황궁이 진동하더니 영애가 사라져서 얼마나 놀랐는지."

"그보다 왕세자 전하의 연초요. 그건 누가 관리하나요?"

"예?"

"말씀해 주세요!"

내가 다급하게 줄리아를 붙잡았다. 그녀는 잠깐 침음한 후에 입을 열었다.

"아타르 성에서는 시종들이 관리합니다만, 이번엔 쥬다 경이……."

"쥬다 경이요?"

"예, 일전에 함께 있었던 젊은 사내 말입니다."

내가 왕세자의 병실에 가는 것을 반대했던 그 남자다!

"전하는 어디 계시죠?"

"황제 폐하와 독대 중이십니다."

왕세자가 쓰러진 건 장뤼크의 스프링롤 때문이 아니었다. 연초의 독성이 몸에 쌓여 때마침 혼절한 것이다.

'황제와 독대 중에 왕세자가 쓰러진다면…….'

큰일이다! 화친은커녕 전쟁이 일어날 수도 있다. 나는 황급히 아발론(황제의 궁)으로 달려갔다.

테디는 분명 그 독이 삿된 자들의 것이라 했다. 삿된 자들의 기록은 황궁 비밀 서고에나 있었는데, 그 안에서도 삿된 자들의 독 같은 내용은 없었다. 아타르의 의원들이 그런 독을 쉽게 치료할 수 있을 리 없다. 그렇다는 건…….

'쥬다 경과 의원들은 모두 아탈란의 세력이야.'

아탈란의 세력이 제국과 아타르 사이에 전쟁을 부추기려는 것이다. 나는 황제의 응접실에 도착해서 숨을 몰아쉬었다. 문 앞을 시키던 시종장이 나를 쳐다보았다.

"무슨 일이십니까."

"폐하를 뵈어야겠습니다."

"폐하께선 지금 아타르의 왕세자와 —"

"알아요, 그러니까 지금 뵈어야……!"

그때, 커다란 발자국 소리가 들리는가 싶더니 순식간에 기사들이 나를 포위했다. 나는 깜짝 놀라 기사들 앞에 선 남자를 쳐다보았다.

"이거 일이 곤란하게 되었군."

중년의 남자가 제비 꼬리 같은 수염을 매만지며 말했다. 저 사람은 세니아나의 기억 속에 있었다.

'라가세 백작.'

금좌 11석의 한 사람으로 안보대신이었다. 그가 히죽 웃으며 낮은 목소리로 말했다.

"황궁의 결계를 이번에도 요란하게 깨 버렸으니."

"……."

"그리 자랑스레 포털을 열면 영애를 사랑하는 부친과 조부가 곤란해지지 않나, 응?"

"폐하께 포털 이용 허가를 받았습니다."

"황도 내로 한정된 허가였겠지."

"아직 포털 사용에 미숙하여 일어난 실수였을 뿐이에요."

"변명은 심문실에서 듣도록 하지."

라가세 백작이 눈짓하자 기사들이 나를 제압해 끌고 갔다.

라가세 백작은 회의장으로 향했다. 안보 회의가 끝난 후 남아 있던 남자가 들어온 백작을 향해 고개를 돌렸다.

"세니아나 프렌시프는?"

"구금실에 가둬 놓았습니다."

남자의 입꼬리가 비죽 올라갔다.

"우리의 성녀님께서는 참으로 말괄량이시군. 그새를 못 참고 다 된 밥에 재를 뿌리려 하시니."

"금세 프렌시프 저에 소식이 들어갈 겁니다. 프렌시프 후작과 나베리우스가 황궁에 오면 가장 먼저 황제를 만나려 할 겁니다."

하면 왕세자와의 독대가 물거품이 돼 버릴 것이다. 남자가 턱을 쓰다듬으며 물었다.

"프렌시프에 있는 우리 사람은 몇이나 되지?"

"한스와 애덤의 일로 대부분이 일선에서 멀어졌습니다."

남자는 쯧, 혀를 차며 인상을 찌푸렸다.

"황도로 오는 길목에 사람을 풀어라."

"괘, 괜찮을까요? 우리가 수면 위로 드러나게 되면……."

"그 전에 아타르와의 전쟁이 일어날 것이니 정신없는 사이에 흔적을 지워라."

"줄리아 리올이 끝끝내 전쟁을 반대한다면 어찌합니까."

남자는 검지로 테이블을 툭, 툭, 두드렸다.

"하면 왕세자를 죽여야겠지."

"……!"

"줄리아 리올은 왕세자에게 애정이 깊은 인사다. 설마 사위가 길라게온 황궁에서 죽어 나가도 침착할까."

"……그녀 손에 있는 것은 어찌할까요."

"때를 봐서 쥬다에게 그것을 훔쳐 내라 일러라."

남자의 눈이 번뜩였다. 라가세 백작은 마른침을 삼키고 허리를 깊게 굽혔다. 그는 즉시 아탈란의 살수들을 황도로 오는 길목에 풀었다. 그리고 한 시간 뒤. 프렌시프의 마차는 시간에 맞춰 황궁에 도착하지 못했고, 왕세자는 황제 앞에서 쓰러졌다.

황궁이 발칵 뒤집혔다. 아타르의 사신들이 당장 아타르로 복귀해야 한다고 외쳤고, 라가세 백작은 황제가 소집한 긴급회의에 들어갔다.

"대체 어찌 된 일입니까. 아타르에서 꼬투리를 잡기 위해 병든 왕세자를 보낸 것이라고밖에는 볼 수 없습니다!"

누군가 외치자 호전적인 대신들이 고개를 끄덕였다. 황제는 미간을 좁히며 관자놀이를 주물렀다. 눈을 가늘게 뜬 그가 라가세 백작을 쳐다보았다.

"공의 생각은 어떠한가."

라가세 백작은 조소를 숨기고 태연히 입을 열었다.

"대륙 전쟁의 피해를 수습하기까지 이십 년이 걸렸습니다."

"그렇지."

"성국의 신관들이 망가뜨린 땅에서 이제야 겨우 곡식이 나고 있는데 또다시 전쟁을 벌이는 것은 아무래도 서로 곤란한 일이 아니겠습니까."

"흠……."

그러자 대신들이 다시 한번 소리치기 시작했다.

"억류하는 것부터 우리가 전쟁을 염두에 두고 있다 선포하는 거요!"

"아타르의 사신들이 왕세자의 병실에서 몇 시간 째 나오지 않고 있는 까닭이 무엇이겠습니까. 그들 또한 전쟁을 생각하는 겁니다."

"지금이라도 줄리아 리올을 비롯한 사신들을 추포하여 이곳에 억류해야 합니다."

"논지를 흐리지 마시오!"

"왕세자가 정신을 차린 후 논의해도 늦지 않은 일입니다."

그때 시종이 회의장 안으로 뛰어 들어왔다.

"폐하! 아타르의 왕세자가 깨어났습니다!"

황제는 그와 이야기를 따로 이야기를 나누어야겠다며 회의장을 떠났다.

몇 시간 뒤, 왕세자와 이야기를 나누고 온 황제가 집무실에 틀어박혔다. 라가세 백작이 아타르의 사신으로 온 쥬다 경을 은밀히 만났다.

"라가세 공."

쥬다 경은 불안한 얼굴로 주변을 살폈다.

"이런 시점에서 만나는 것은⋯⋯."

"어찌 되었느냐?"

"리올 재상과 왕세자가 따로 황제를 만났고, 대화 후에 병실을 나온 황제의 표정은 좋지 않았습니다."

라가세 백작이 조소를 머금었다.

'일이 잘 풀리지 않은 모양이지.'

하기야 왕세자도 사람인 이상 몇 번이고 쓰러진 후에도 화친을 주장하진 못할 것이다. 아타르에게 있어 길라게온은 이제 적지였다. 적지 내에서 아무렇지 않게 계속 머무르진 못할 터.

"하지만⋯⋯."

쥬다 경은 당황스러운 얼굴로 그를 힐끔 쳐다보았다.

"무슨 일이야."

"당장 아타르로 돌아가겠다고 하진 않았습니다."

"어째서?!"

"리올 재상이 확실히 병명을 알아내기 전엔 움직이지 않는 것이 옳다 주장하고 있지요."

"빌어먹을 늙은이."

그가 쯧, 혀를 찼다.

'하여간에 계집애들은 겁만 많아서.'

역시 쐐기를 박아야겠다.

"왕세자를 완전히 보내 주어라."

"예?!"

"그분께서도 허락하신 일이다."

"하, 하지만 그건……."

"일이 어그러지기 전에 어서."

"그렇게까지 해야 한다고는 들은 바 없습니다! 그, 그건 반역이 아닙니까! 연초를 바꿔치기만 하면 된다고……!"

쥬다 경이 손을 내저었을 때였다.

"재미난 얘기들을 하시는구려."

나이든 여자의 목소리가 코너 뒤에서 들려왔다. 라가세 백작과 쥬다 경이 굳어진 얼굴로 목소리가 들린 방향을 향해 몸을 틀었다. 줄리아 리올과 왕세자, 그리고.

'세, 세니아나 프렌시프!'

그 뒤에 보이는 사람은……. 라가세 백작이 새파래진 얼굴로 마른침을 삼켰다.

'저 영악한 년이 설마―!'

몇 시간 전. 기사들에게 끌려간 나는 심문관을 협박했다.

"어떡하지요, 프렌시프 저로 이야기가 들어가면……."

"거, 걱정하지 마십시오, 영애. 이건 그저 절차상의―!"

"절차상의 일이란 건 알지만, 사람이니 앙심을 품을 수도 있지 않을까요?"

"어, 어르신과 프렌시프 공께는 부디!"

"아니요, 제가 경에게 말이에요."

심문관은 마른침을 꼴깍 삼키며 굳은 얼굴로 나를 보았다. 난 활짝 웃었다.

"연락을 취할 수 있게 해 주세요. 그럼 오늘 일은 잊지요."

"외부에 연락하는 건 곤란합니다."

"궁 안에 계신 분께 말씀만 전해 주시면 돼요."

"궁 안이라시면……."

나는 로웨나 황비에게 연락을 취해 달라 부탁했다. 심문관은 내 부탁을 들어주었고, 그녀는 나를 은밀히 찾아왔다. 기사들이 당황스러운 표정으로 로웨나 황비를 막아서려 했지만.

"이자들이 미친 걸까? 내가 누군지 몰라?!"

심문실 밖에서 내궁 총책임자의 당당한 목소리가 들려오기 무섭게 벌컥 문이 열렸다.

"세상에, 귀한 아이를 이리 대하다니. 부끄럽구나."

"황비님!"

로웨나 황비가 "오냐, 오냐." 하며 내 손을 잡고 심문관을 노려보았다.

"저들은 후에 호되게 단속하마."

나는 눈을 반짝이며 그녀의 손을 힘주어 잡았다.

"황비님은 황제 폐하 다음으로 내궁에서 가장 강한 분이시지요?"

"내게 황후의 인장이 있으니. 우리 아기가 도와주었지 않니."

그러더니 다정히 내 뺨을 두드렸다.

"도와주신다면 보답하겠습니다."

"영애가 주는 선물은 늘 다디달지."

눈치 빠른 로웨나 황비는 나를 심문실에서 풀어 주고, 알아서 기사들의 입단속도 시켰다. 그리고 황제와 연락해 그의 응접실로 은밀히 들여보내 주었다. 인맥은 쌓아 놓을 만하다는 선생님의 말이 정말이었다.

*　　*　　*

나는 라가세 백작을 가리키며 로웨나 황비를 쳐다보았다.

"선물입니다, 황비님."

황비의 눈이 가늘어졌다. 그녀는 라가세 백작에게 시선을 고정하고 요요한 미소를 머금었다.

"내가 이래서 영애를 좋아한다니까."

라가세 백작은 하얗게 질린 얼굴로 마른침을 삼켰다.

"어, 어떻게……."

그야 처음에 나를 잡았을 때부터 눈치챘지. 이상하지 않은가. 결계를 깨뜨린 일로 잡아들이려 하였다면 내가 포털에서 돌아왔을 때 들이닥치는 게 옳다. 굳이 아발론(황제의 궁)에 도착했을 때 나를 잡으려 한 건 누가 봐도 독대를 방해하지 못하도록 하려는 게 아닌가.

아타르의 사신이 길라게온 황궁에 독성이 있는 연초를 들여오는 것부터 무리였다. 이국 사신의 물품은 혹여라도 황족에게 해가 될 수 있으니 철저히 검사한다.

'길라게온의 누군가가 도왔다는 거야.'

안보대신인 라가세 백작을 최우선으로 의심하는 게 당연했다. 나는 사뿐사뿐 걸어 그에게 다가가 속삭였다.

"당신, 아탈란의 하수인이지."

"……!"

라가세 백작의 동공이 잘게 흔들렸다. 사비에르가 엮여 있더니 라가세 백작까지. 대체 아탈란은 어디까지 침투해 있는 것일까. 그때 기사들이 우르르 달려와 그를 포박했다. 기사들의 뒤를 이어 도착한 건 할아버지와 황제였다. 흰 로브에 핏자국이 엉겨 붙어 있었다. 나는 깜짝 놀라 할아버지를 쳐다보았다.

"피가……! 괜찮으세요?"

"내 것이 아니야."

설마 아빠가? 겁먹은 나를 본 그가 희미하게 웃었다.

"네 아비도 무사하다. 너는 상한 곳은 없느냐?"

"네."

나는 할아버지의 손을 꼭 잡고 한숨을 내쉬었다.

'할아버지와 아빠가 늦더라니.'

아탈란에서 수작을 부렸던 걸까. 다치지 않아 천만다행이지만 가슴이 쿵쿵, 뛰었다. 황제는 기사들에 의해 꿇어 앉혀진 라가세 백작을 바라보았다.

"들을 얘기가 많겠군."

"폐, 폐하, 이건 오해……!"

황제가 하하, 낮게 웃고 그의 턱을 단단히 잡았다.

"더는 짐을 능멸치 마라."

"……!"

"4차까지 고신하고, 그 후에도 입을 열지 않으면 자백제를 써라."

4차 고신이라면 나도 알고 있는 것이었다. 가시관이라는 것을 씌우는데 나사를 조일수록 쇠꼬챙이가 머리를 파고든다고 했다. 나도 모르게 할아버지의 팔을 꼭 잡으니 그가 괜찮다는 듯 내 손등을 두드렸다.

황궁의 일이 일단락되었다. 왕세자와 줄리아는 내게 감사를 표했고 언젠가 이번 일을 보답하겠노라 약속했다. 로웨나 황비는 신이 났다. 황제의 뜻에 반하는 무리를 솎아 냈으니 입지가 더 단단해질 것이다. 나는 저택으로 돌아가는 내내 창밖을 바라보고 있었다.

'나 때문이야.'

그런 생각을 지울 수 없었다. 나 혼자 아탈란을 처리하겠다는 만용이 아빠와 할아버지를 위험하게 만들었다. 할아버지의 로브 끝에 묻은 피와 아빠의 손등에 난 상처를 볼 때마다 가슴이 조여들었다.

"세니안."

가라앉은 눈으로, 가만히 앉은 내게 아빠는 손을 내밀었다. 가족들이 걱정할까 봐 얘기하지 않기로 한 건…… 무서웠기 때문이었다. 누가 믿을까, 그런 일. 사실은 약탈자와 몸이 바뀌었고, 다시 돌아온 내가 진짜라는 말 같은 건 나조차 쉽게 믿을 수 없었다.

가짜라고 생각하면 어쩌지. 속였다고, 거짓말쟁이라고 힐난하면 어떻게 하지. 나를 보는 다정한 눈빛이 혐오 일색으로 바뀌면, 그러면…… 나는 이제 이 온기가 사라지는 것을 감당할 수 없을 것이다.

'무서워.'

차게 식은 내 손 위로 커다란 손이 올라왔다. 한 쌍의 눈동자가 나를 향했다. 나는 마른침을 삼키고 아빠의 손을 꾹 붙들었다.

'선생님.'

오늘따라 그녀가 너무나 간절하게 보고 싶었다. 저택에 도착해 마차에서 내리자 오빠들이 우리를 맞아 주었다. 미리 이야기를 들었던 그들은 걱정 어린 눈빛으로 나를 보았다.

"얼굴이 새하얀데."

"마일로, 따뜻한 차를."

그러자 사용인들이 허겁지겁 움직였다. 란슬롯은 허리를 굽히고 나와 눈을 맞추었다.

"우리 막내가 왜 이렇게 기운이 없으실까."

나는 란슬롯을, 가웨인을, 그리고 할아버지와 아빠를 쳐다보았다. 심장이 너무 뛰어서 가슴이 아플 정도였다. 치맛자락을 꾹 붙들고 숨을 크게 들이켰다.

"드릴 말씀이 있어요."

"일단 쉬고. 손이 차다."

"……아니요, 지금."

지금 할래요. 영영 용기를 낼 수 없기 전에.

가족들이 의아한 표정으로 나를 쳐다보았다. 우리는 함께 정원으로 향했다. 테이블에 앉기 무섭게 마일로가 얼른 차를 가지고 들어왔다. 나는 찻잔을 양손으로 꽉 그러잡은 채 천천히 입을 열었다.

"일 년 전의 저는 세니아나가 아니었어요."

*　　*　　*

사고를 당해 윤세나의 세계에서 길라게온으로 왔고, 이곳에서 지내며 신수의 도움으로 내가 진짜 세니아나라는 걸 알았다. ―까지 설명하자 정수리 위로 가웨인의 헛웃음이 칼날처럼 떨어졌다. 슬그머니 고개를 들자 억지로 웃고 있는 가웨인이 보였다.

"인심 써서 12점 줄게. 그런 농담에 후한 점수지."

"……."

"자러 가자."

가웨인이 몸을 일으키며 말했다. 나는 차마 그의 손을 잡지 못하고 다시 고개를 숙였다.

"앉아."

란슬롯의 목소리가 싸늘할 정도로 낮았다. 가웨인이 움직이지 않자 란슬롯이 다시 소리쳤다.

"앉으라고 말했다."

"형은 저런 말을 믿어?"

"가웨인."

"세니아나, 네가 말해. 농담이지?"

나는 어떤 말도 하지 못하고 입술만 꾹 베어 물었다.

"거짓말이라고 하라니까."

"……."

가웨인의 얼굴이 살벌했다.

"좋아, 네 말이 맞다 쳐. 지금껏 왜 얘기를 안 한 건데."

"……."

"넌 우리를 조금도 믿지 않았다는 거잖아. 내가, 형이, 조부님과 아버님이 우스웠어? 그래?"

란슬롯은 감정을 누르듯 눈을 감았다. 다시 나를 본 그가 무미건조한 목소리로 물었다.

"어떻게 지금까지 세니아나로 생활할 수 있었지? 다른 세계에서 왔다면 모르는 것이 분명 있었을 텐데."

"육체에 세니아나의 기억이 일부 남아 있었고, 모르는 건 시트론에게……."

"……."

"……."

"아무래도 이 얘기는 다음에 다시 해야겠다. 우리에게도 정리할 시간이 필요해."

란슬롯과 가웨인이 떠나고, 할아버지도 몸을 일으켰다. 수없이 많은 감정이 얽혀 어찌할 바를 모르는 표정에 나는 그를 붙잡을 수 없었다. 모두 떠나고 테이블엔 나와 아빠만이 남았다. 나는 고개를 푹 수그렸다. 아빠가 한숨을 쉬며 한 손으로 내 뺨을 감쌌다.

"모두 혼란스러울 거다."

"……네."

"너와 미아가 납치당한 뒤 금술을 써서 네 육체를 조사하던 나를 만류한 게 저들이니까."

"……."

"죄스럽고 복잡하겠지. 아버지는 특히 더."

"아빠는 절 믿으세요?"

그가 쓰게 웃으며 나를 끌어안았다.

"아비가 어떻게 자식을 못 알아봐."

그러고 보니 아빠는 처음부터 나와 세니아나를 다르게 불렀다. 나를 '세니안'이라고 불렀고, 약탈자를 칭할 땐 '세니아나'라고 불렀다. 내가 아빠 딸이 맞노라 말한 뒤에야 나를 세니아나라고 불러 주었다. 믿어 주는 사람이 있다는 생각에 지금껏 참아 온 눈물이 조금씩 새어 나오기 시작했다.

"아빠……."

"그래."

"아빠, 아빠……."

펑펑 우는 나를 그는 내내 다정히 안아 주었다.

다음 날 아침. 나는 가웨인의 방문을 빼꼼 열었다.

"저기, 식사를……."

"……."

"저는 식당에 안 갈게요. 그러니까 오빠는 편히 아침 드세요……."

대답이 돌아오지 않았다. 나는 시무룩한 얼굴로 웅얼거렸다.

"갈게요……."

조심스럽게 방문을 닫고 내 방으로 올라갔다. 침대에 앉자 자꾸만 한숨이 나왔다. 저택이 고요했다. 란슬롯과 가웨인, 할아버지가 모두 방에 틀어박혀 있었다. 가족들의 분위기를 눈치챈 사용인들은 발소리조차 내지 않고 움직였다.

'으…….'

자꾸만 가슴이 아파 왔다. 처음엔 슬프고 불안해서 심장이 뛰는 줄로만 알았는데, 생각해 보니 테디를 만난 후로 내내 수런거렸던 것 같다. 마치 멀린의 마원을 발견했을 때처럼. 새벽엔 어떻게 버텼지만, 갈수록 통증이 심해지고 있었다. 목과 팔에 각각 차고 있는 멀린과 테디의 마원이 진동했다.

[누나, 누나!]

[주인.]

다정한 목소리가 들렸다. 나는 몸을 동그랗게 말고 끙끙거렸다.

* * *

가웨인은 짜증 섞인 손짓으로 머리를 헝클어뜨렸다.

'저 바보가.'

시무룩한 목소리가 내내 귓전에 맴돌았다. 믿어 주지 않는다고 소리치고 우는 게 아니라 움찔움찔 눈치를 보는 게 더 보기 싫다. 얼마 지나지 않아 다시 문이 벌컥 열리고 란슬롯이 들어왔다.

"뭐야."

가웨인이 가라앉은 목소리로 말하자 란슬롯은 대수롭지 않은 표정으로 의자에 앉으며 물었다.

"아직 골이 났나?"

"형은 괜찮은가 보지?"

"설마."

어깨를 으쓱한 란슬롯이 동생을 바라보았다. 막내를 탓해 놓고 한숨도 자지 못했는지 얼굴이 온통 까칠했다. 그때 위층에서 꺄악ㅡ! 하는 비명이 들려왔다. 세니아나의 방이다.

시선을 마주친 두 남자가 급히 뛰쳐나갔다. 세니아나의 방 앞에 도착하자 "으아앙!" 하는 낯선 울음소리와 함께 마릴린이 안절부절 못하고 있었다.

"고, 곰이, 사자가ㅡ!"

"죽일 거야! 죽일 거야! 누나를 아프게 한 인간은 다 죽여 버릴 거야!"

소란에 놀란 사람들이 몰려들기 시작했다. 아서와 나베리우스가 그들 틈에서 나타나 세니아나의 방문으로 들어갔다. 무릎까지 오는 작은 반달곰이 가웨인을 보고 희번덕 눈을 부라리더니 아장아장 달려와 투닥투닥 다리를 때렸다.

"너 때문이야! 나 때문이 아니라 너 때문이라고!"

"뭐? 이 코딱지만 한 게 어디서……."

그러자 크르릉! 포효 소리가 들렸다.

"주인."

점잖은 목소리의 사자에게서 번쩍 빛이 나더니 곧 새하얀 고양이가 되어 웅크려 있는 세니아나의 뺨을 핥았다.

"으아앙ー! 누나ー!"

반달곰이 얼른 세니아나에게 달려갔다. 고양이가 반달곰을 위협하듯 하악ー! 털을 곤추세우고 소리쳤다.

"현신을 풀고 네 길로 돌아가. 주인의 의식을 찾아와라."

고양이가 소리치자 반달곰이 어쩔 줄 모르는 얼굴로 폴짝폴짝 뛰었다.

"하, 하려고 하는데, 계속 돌아가려고 하는데……."

"현신해! 멍청이! 주인을 죽일 셈이냐!"

순간 반달곰의 눈이 붉은빛으로 번쩍 빛났다. 쾅ー! 저택이 흔들리고 거대한 곰이 되어 순식간에 사라졌다. 아서가 굳은 얼굴로 고양이를 보았다.

"나는 그대를 압니다. 전장에서 보았지요. 미아의 성수."

"그대 딸의 길이기도 하오."

아서가 쓰러진 세니아나를 부축하며 말했다.

"어찌 된 일입니까."

"힘이 안정되지 않은 시점에 길을 하나 더 소유하게 되었으니 육체가 버티지 못한 거요. 그런 와중에 감정까지 다스리지 못하였으니."

"뭐ー?!"

가웨인이 희게 질린 얼굴로 소리치며 세니아나를 끌어안았다.

"이깟 힘 필요 없어! 다들 내 동생에게서 꺼지라고!"

"불가하오. 이미 주인이 새로운 길에 이름을 붙여 주었으니. 그 녀석은 완전한 주인의 소유가 되었소."

란슬롯이 세니아나의 어깨를 흔들며 소리쳤다.

"세니아나! 세니아나!"

나베리우스가 당장 마법사들을 불러오라 명했다.

새벽이 되어서야 세니아나는 서서히 눈을 떴다. 깜빡, 눈을 감았다 뜬 그녀가 주변에 몰려 있는 가족들을 보고 흠칫, 어깨를 좁혔다.

"누, 누구……."

"세니아나."

그녀가 바짝 몸을 웅크리고 덜덜 떨었다.

"아, 아빠가 어디 있는지 저도 몰라요. 때리지 마세요. 때리지 마세요."

나베리우스의 얼굴이 딱딱하게 굳었다. 아서는 다급히 멀린에게 물었다.

"어찌 된 겁니까."

"억지로 육체에 정신을 붙여 놔 충격을 받은 모양이군. 하루 이틀이면 본래대로 돌아올 거요."

멀린이 겁먹은 세니아나의 뺨을 훑었다. 그녀는 여전히 경계 어린 눈빛으로 후다닥 침대 헤드에 붙어 무릎을 끌어안았다. 꾸륵. 배 속에서 나는 소리에 세니아나는 얼굴을 붉히고 고개를 숙였다. 어제부터 제대로 먹은 게 없으니 배가 고플 만도 했다.

란슬롯이 마일로에게 음식을 가져오라 명했다. 마일로는 허겁지겁 달려가 부드러운 빵과 묽은 스프를 가져왔다. 쟁반을 내밀자 고개를 빼꼼 들곤 눈치를 본다.

"아가씨……."

마릴린이 훌쩍이며 스푼을 건넸다.

"좀 드세요, 네?"

마릴린의 손은 거절하지 않는다.

'설마…….'

란슬롯이 미간을 좁히고 세니아나의 근처에 있는 사내들을 몰아냈다. 그들이 비켜 주자 그제야 슬그머니 빵을 잡더니 이내 허겁지겁 입에 욱여넣었다.

[윤세나였을 때, 처음엔 아빠와 단둘이 살았고 나중엔 고아원으로 갔어요.]

[아빠가 빚이 많아서 차라리 고아원에 있는 게 더 좋았어요.]

"켁!"

"물이요, 물! 아가씨, 물 드세요."

평소엔 제대로 된 음식을 먹을 수 없는 사람처럼 어떻게든 조금이라도 더 먹으려 안달이었다.

'음식조차 먹을 수 없는 삶이었다고?'

세니아나를 지켜보는 가족들의 표정이 딱딱하게 굳어졌다. 아서는 집사 마일로에게 세니아나가 포털의 충격으로 인해 기억에 혼란이 온 점을 인지시켰다.

"예. 사용인들도 단속하겠습니다."

"그래."

세니아나는 그동안 빵을 두 덩이나 해치웠다. 그러곤 바짝 긴장한 표정으로 침대에서 내려오지 않았다.

"……."

그녀가 불편한 듯 우물쭈물하자 마릴린이 상냥한 표정으로 물었다.

"왜요, 아가씨? 어디 불편하세요?"

"……아니요."

그럼 왜 치맛자락을 꼭 잡고 안절부절못하실까.

마릴린이 괜찮다며 손을 붙잡자 화들짝 놀란 세니아나가 침대 헤드에 바짝 붙었다. 그리고 또 한참을 눈치를 보았다. 가족들은 그런 그녀를 보고 도무지 말을 붙일 수 없었다. 세니아나가 끙끙거리며 문가를 바라보았다. 가웨인은 그녀를 가만히 지켜보다가 조금씩 다가갔다.

"세니아나."

"……."

"어디가 아픈 거야?"

고개를 도리도리 젓고는 이불을 끌어안는다.

"말하지 않으면 몰라."

"잘못했어요. 잘못했어요."

"이제 그만……!"

대체 뭘. 네가 뭘 잘못했다고. 가슴에 뭐라도 얹힌 것처럼 답답하고, 화가 났다.

"제발 좀."

"……."

"뭐야, 어? 어디가 불편한 거야."

"……화, 화장실."

"뭐?"

"쉬야……."

세니아나는 기어들어 가는 목소리로 웅얼거렸다. 잔뜩 겁에 질린 얼굴로 혼이 날까 봐 어쩔 줄 몰랐다. 그러자 마릴린이 "아!" 하며 세니아나를 잡았다.

"가요. 화장실은 저쪽이에요."

마릴린의 부축을 받으며 우물쭈물 이동하는 모습을 보고 가웨인은 주먹을 움켜쥐었다.

*   *   *

나는 치마를 정리해 주는 언니를 보고 시무룩 고개를 숙였다. 참지 못했다.

'혼날 거야.'

저번에 만난 무서운 아저씨들은 나를 몇 시간이나 벽에 세워 놓고 움직이지 못하게 했다. 화장실이 가고 싶다고 우니까 낄낄 웃음을 터뜨리며 한참을 보내 주지 않았다.

그때 입었던 바지는 헌 옷 수거함이나 구청에서 얻어 온 게 아니라 아빠가 시장에서 직접 사 준 것이었다. 소중한 옷을 망칠 수 없

어 후다닥 도망쳐 화장실에 가니까 머리를 쥐어박았다. 재미없다면
서.

"이제 괜찮으세요?"

까만 치마를 입은 언니가 상냥하게 물었다. 나는 움찔, 하고 뒤
로 물러났다.

"아가씨……."

"이제 밥 안 줘요?"

"네?"

"쉬야, 못 참았으니까……."

"그렇지 않아요!"

화들짝 놀란 언니가 나를 끌어안았다.

"대체 무슨 일이 있었던 거예요. 마음 아프게 왜 그러세요……."

언니는 나를 끌어안고 소리 없이 울었다.

'밥은 줄 건가 봐.'

다행이다. 여기는 처음 보는 곳이었다. 아빠도 없는 데다가 주말
에 주먹밥을 얻으러 나눔센터에 갈 수 없으니 꼼짝없이 굶을 줄 알
았는데.

"이러면 안 돼."

언니는 한동안 울다가 소매로 얼굴을 북북 닦았다.

"갈까요?"

"……."

여기 더 있고 싶은데. 침대 주변에 있던 할아버지와 아저씨, 젊은
삼촌들은 되게 무섭게 생겼다. 아빠는 그렇게 생긴 사람들을 보고

'기생오라비 같은 게 딱 사기꾼 상이네.' 하며 혀를 찼다.

'사기꾼…… 조심해야 돼.'

나는 언니의 손을 잡고 걸으며 한숨을 삼켰다. 이곳은 정말로 으리으리했다. 티브이에서 보던 호텔이 이런 곳이었던 것 같다. 매끈매끈한 바닥이라든지, 화려한 장식이라든지, 어디에도 먼지 한 톨 찾아볼 수 없다든지 하는 것을 보면.

'처음 일어났던 방도 엄청 예뻤지.'

인형도 잔뜩 있고, 온통 핑크색인 데다가 이불도 폭신폭신 따뜻했다. 이런 데서 사는 아이는 어떨까? 공주님처럼 예쁘고 사랑스러울 거야.

'좋겠다, 그 아이…….'

방문 앞에 다다라서 나는 다시 우물쭈물했다. 겁이 나서 자꾸만 다리가 얼어붙는다. 아까 본 할아버지 엄청 무서웠는데 나한테 화를 내면 어쩌지. 아빠가 이번에도 자기가 있는 곳을 말하면 내다 버릴 거라고 했다. 조용히 있다가 도망쳐 나오면 젤리를 사 준다고 했다.

'아빠가 휴게소에서 사 준 포도 모양 젤리.'

그건 쫀득쫀득하고 달콤해서 정말로 맛있었다. 너무너무 맛있고 소중해서 하나씩 숨겨 두고 먹었는데. 아빠…….

그때 문이 벌컥 열리고, 잘생긴 할아버지와 아저씨, 젊은 삼촌들이 나왔다. 나는 코가 따끔따끔해졌다. 눈물이 나올 것 같아서 고개를 푹 수그리자 할아버지가 물었다.

"세니아나?"

"……."

"더 불편한 게 있느냐? 배탈이 난 게야?"

"……빠."

"네?"

"아빠……, 보고 싶어요……. 보내 주세요……. 잘못했어요. 제가 크면 갚을게요. 돈 갚을게요. 보내 주세요."

"……."

할아버지의 표정이 아픈 사람처럼 일그러졌다. 그러자 잘생긴 아저씨가 내 손을 붙잡고 있는 언니를 보았다.

"마실 것을 정원으로 가져와라."

"예, 주인님."

언니가 후다닥 떠나고 아저씨는 내게 손을 내밀었다.

"꽃이라도 보면 기분이 나아질 거다."

"……."

아저씨는 다정하게 손끝으로 내 눈물을 닦아 주었다. 아주 조심스럽고, 소중한 것을 다루는 것처럼.

"세니아나."

내 이름은 순이인데 여기 사람들은 왜 자꾸 나를 세니아나라고 부르는 걸까.

아저씨가 다시 조심스럽게 손을 내밀어서 나는 눈치를 보다가 살그머니 손을 잡았다. 아저씨와 내가 먼저 걷자 할아버지와 삼촌들이 우리의 뒤를 좇아왔다. 얼마쯤 걸어 푸릇푸릇한 잔디가 깔린 곳에 이르자 나도 모르게 탄성이 나왔다.

"와—!"

여기는 그냥 집이 아니었던 모양이다.

'이런 데를 뭐라고 하는데. 뭐였더라.'

"수, 수…… 수목원! 수목원이다!"

단어가 생각난 게 기뻐서 소리쳤다가 움찔, 어깨를 좁혔다.

"재밌어하는 거 아니에요!"

"……그래."

아저씨는 희미하게 웃었다.

'웃으니까 더 잘생겼다.'

우리 동네에서 제일 잘생긴 숙희 아줌마네 아들보다도. 아까 보았던 착한 언니가 종종걸음으로 다가와서 예쁜 컵을 내밀었다.

"뜨거우니까 호호 불어서 드셔요?"

"……여기 곰팡이 피었는데."

사실은 나쁜 사람이었던 걸까. 썩은 음식을 먹이고 재밌어하는 건 무서워…….

내가 눈치를 보면서 말하자 삼촌들이 다가와서 컵 안을 들여다보았다. 노란 머리의 예쁜 삼촌이 곤란한 표정으로 웃었다.

"초콜릿에 마시멜로를 넣은 거야."

"초콜릿은 딱딱한 건데……."

"녹여서 우유를 넣은 거지."

이 삼촌은 착한 삼촌인가 보다. 계속 물어보는데도 잘 알려 주고.

'그런데 저 삼촌은…….'

녹색 머리의 삼촌은 자꾸만 딱딱한 표정으로 날 보아서 정말로 무서웠다. 나는 컵을 꽉 쥐고 살그머니 언니의 뒤로 숨었다.

"언니……."

"마릴린이라고 부르시면 돼요."

"저기 삼촌이랑도 걸어야 돼요?"

내가 속닥속닥 물어보자 마릴린 언니는 깜짝 놀라 녹색 머리의 삼촌을 보았다.

"가웨인 도련님이요?"

"네, 저 삼촌."

"삼……!"

녹색 머리의 삼촌이 눈을 크게 떴다. 그러자 노란 머리의 삼촌이 다른 삼촌을 밀어냈다.

"싫으면 여기 있으라고 할게."

"……정말요?"

"응."

"그러면 저기 무서운 할아버지는……."

"나, 나도?"

이번엔 할아버지가 충격받은 얼굴로 물었다. 나는 언니의 치맛자락을 잡고 황급히 고개를 숙였다. 잘생긴 아저씨가 할아버지에게 말했다.

"여기 계시죠."

"……네놈은?"

"저야 세니아나가 두려워하지 않으니."

"빌어먹을."

화가 났나 봐!

난 깜짝 놀라 뒷걸음질 쳤다. 할아버지는 손을 다급하게 내저으며 말했다.

"아니다, 아니야! 네게 욕을 한 게 아니야."

"……."

"여기 있으마. 필요한 게 있거든 말해라. 응?"

"……."

내가 어쩔 줄 모르니 노란 머리의 삼촌과 잘생긴 아저씨가 다가왔다.

"저쪽으로 갈까? 코스모스가 피기 시작했어."

나는 둘과 함께 걸었다. 잔디는 폭신폭신하고, 나무와 풀잎 냄새는 새콤한 데다가 언니가 가져다준 초콜릿은 정말로 맛있어서 기분이 조금 좋아졌다. 커다란 잔에 있는 초콜릿이 바닥을 보였다. 그러자 노란 머리의 삼촌이 컵을 잡았다.

"들어 줄게."

아직 마시멜로라는 게 조금 남았다. 아쉬움에 꾸물거리자 잘생긴 아저씨가 물었다.

"더 가져올까?"

"……그래도 돼요?"

"그럼."

여기 사람들은 착했다. 초콜릿도 한 잔 더 주고, 내가 꽃반지를 만들어도 되냐고 물으니까 밀짚모자를 쓴 아저씨들이 우르르 와서 꽃을 이것저것 잘라 주었다.

"온실에서 꽃을 더 가져올까요? 색이 고운 튤립이 있습니다."

"수국도 있지요."

"아가씨는 무슨 꽃을 제일 좋아하십니까?"

그리곤 언니들이 와서 꽃반지 말고 화환 만드는 것도 도와주었다. 정원에서 해가 뉘엿뉘엿 질 때까지 있다가 다시 집 안으로 들어가니 맛있는 냄새가 났다. 나는 커다란 식탁에 잔뜩 차려진 음식을 보고 눈을 동그랗게 떴다.

'우와, 우와 ─!'

이것도 티브이에서나 보던 음식들이었다. 할아버지와 아저씨, 삼촌들이 자리에 앉았고 나는 오도카니 서서 침을 꼴깍 삼켰다.

'소시지…… 맛있겠다.'

"이리 와."

초록색 머리의 삼촌이 말해서 난 손을 꼬물거렸다.

"돈…… 없는데……."

삼촌은 한숨을 내쉬고 나를 끌고 옆자리에 앉혔다.

"뭐부터 먹을래?"

"……소시지."

삼촌이 빙그레 웃곤 소시지를 잘라서 내 접시 위에 놓아 주었다.

"평소엔 뭘 먹었어?"

나는 소시지를 우물우물 먹으면서 말했다.

"김이랑 밥이랑…… 가끔 계란도 먹고……."

"계란? 스크램블 같은 건가? 프라이?"

"가스에 손대면 혼나니까 그런 건 아빠 있을 때만."

하나 있는 프라이팬을 홀라당 태워 먹어서 엄청나게 혼났다. 집주인도 막 뭐라고 하고.

'소시지 맛있어!'

나는 초록색 머리의 삼촌이 잘라 준 소시지를 금방 다 먹고 아쉬운 표정을 지었다. 그러다가 알았다. 이 사람들은 하나도 안 먹고 있다는 걸.

"왜 안 드세요? 맛있는데……."

"우리 막내 먹는 걸 보는 게 기뻐서."

노란 머리의 삼촌이 다정하게 말하며 내 머리를 쓰다듬었다.

"하지만 많이 먹는 애는 싫잖아요……."

우리 아빠도 내가 많이 먹는다고 싫어했다. 사람들은 말이 없었다. 노란 머리 삼촌이 쓰게 웃으며 말했다.

"함께 살던 사람이 네게 음식을 주지 않았어?"

"아빠요?"

"……그래."

"우, 우리 아빠는 나쁜 사람 아니에요!"

왈칵 화를 내며 의자에서 일어났다.

"아빠가 나한테 화를 내는 건 내가 잘못해서 그러는 거예요. 집에 들어올 때는 라면도 끓여 주고, 빵도 사 줬어요!"

이번엔 잘생긴 아저씨가 물었다.

"집을 자주 비웠나?"

"그냥, 조금……."

"너를 때렸던 사람이 그자인가."

아저씨의 얼굴이 차가워지길래 그에게서 멀리 떨어졌다. 저번에도 센터에서 나왔다는 아줌마가 이런 걸 물었다.

[아이 상태만 확인하려는 겁니다.]

[너희가 뭐라고 내 자식을 확인해!]

뒷집 사는 할머니도 가세해서 아빠를 몰아붙였다.

[매일 술 처먹고 들어와서 애를 학대하잖아!]

[애비가 자식한테 훈계도 못 해!? 이거 미친 할망구 아니야!]

한 시간 가까이 소리치며 싸워서 정말 무서웠다. 이불 속에 숨어 벌벌 떨고 있는데 아빠가 돌아와서 말했다.

[너 아빠랑 떨어져 살고 싶어?]

아빠가 나를 때리고, 추운 겨울에 내복만 입혀 쫓아냈다는 걸 말하면 더는 같이 살 수 없다고 했다. 뻥튀기도 안 사 주고, 맨날맨날 고아원에서 구박만 받을 거라고 그랬다. 나는 고개를 절레절레 저었다.

"우, 우리 아빠는 나한테 잘해 줘요. 아빠가 나를 교육하는 거예요. 때리는 거 아니에요."

"……."

"아, 아빠는, 아빠는…… 가끔 우리 순이라고 하면서 머리도 쓰다듬어 주고, 돈을 많이 따는 날엔 햄도 구워 줘요."

"……."

"내가 머리 아프다고 하면 소화제도 준단 말이에―"

갑자기 나를 끌어안은 아저씨의 손이 가늘게 떨리고 있었다. 아저씨의 어깨 뒤로 보이는 삼촌의 표정이 너무너무 아파 보여서 나는 더 말할 수 없었다.

정원에서 잔뜩 논 뒤에 밥도 배부르게 먹었더니 금세 눈이 가물가물 감겨 왔다. 나는 커다란 소파에 누워 고개를 꾸벅꾸벅 숙였다. 따뜻한 손이 내 뺨을 감싸 왔다. 흐린 시야 사이에 초록색 머리칼이 얼핏 보였다.

"미안."

"⋯⋯."

"잘못했어."

"⋯⋯."

이 사람은 왜 자꾸만 내게 사과를 하는 걸까. 그런 생각을 하며 잠이 들었다.

* * *

잠에서 일어난 나는 천장을 가만히 보며 굳어 있었다.

'마, 망했다.'

어제의 기억이 어렴풋이 떠올랐다. '화, 화장실.' 하면서 울먹이던 내가 생각나자 나는 또 한 번 쥐구멍을 찾았다.

'가족들의 반응이 어땠는지는 기억나지 않아!'

내가 아주 멍청하게 굴었다는 것과 마릴린이 친절했다는 것, 그리고 초콜릿이 맛있었다는 것, 또⋯⋯.

『누나아—!』

『주인!』

나를 찾던 테디와 멀린의 목소리만 기억났다.

'으아아—!'

쓰러지기 전에 테디와 멀린의 대화로 생각해 보자니, 아무래도 테디에게 이름을 준 것이 이번 일에 영향을 미친 모양이었다.

'왜 하필 어제…….'

그렇지 않아도 가족들이 화가 나 있는데! 어쩌지. 어떻게 하지.

'일단 사과를 하자.'

난 얼른 옷을 갈아입고 살금살금 방문을 열었다. 그러자 사용인들이 '아가씨!' 하며 나를 불러왔다. 나는 마른침을 꼴깍 삼키고 대답했다.

"으응. 할아버지와 오빠들은?"

"아래 계셔요. 아가씨가 깨어나셨다고 전할까요?"

"아니야……. 내가 갈게."

나는 우울한 표정으로 계단을 내려갔다. 가족들은 대거실에 모여 있었다. "저기……." 하고 불렀는데 뭔가에 집중해 있던 가족들은 목소리를 듣지 못한 모양이었다.

"인형이라니까."

"의외로 목검을 좋아할 수도 있지 않나."

"차라리 승마를…….."

"다들 멍청하군. 그런 것으로 어떻게 아이의 마음을 열겠느냐!"

아이? 마음? 내가 당황한 표정을 짓고 있을 찰나에 할아버지가 나를 발견했다.

"순이야!"

"……네?"

그는 고깔모자와 기괴한 안경을 황급히 쓰고는 물었다.

"이제 무섭지 않지? 오늘은 함께 산책하게 해 줄 게냐?"

— 하고.

'그러니까 진짜 무서운데요.'

뭐라고 해야 할지 도무지 알 수 없어서 나는 어색하게 눈만 데구르르 굴렸다.

"주인님."

그때 사용인들이 방안으로 우르르 들어왔다. 손엔 이상한 물건들을 각각 든 채로.

"구두입니다."

"드레스입니다."

"장인의 디저트입니다."

그리고 마일로가 활짝 웃으며 나를 불렀다.

"순이 님."

"……?"

그건 대체 뭔가요. 사람만 한 곰 인형을 내 앞에 내려놓은 그가 뿌듯한 표정을 지었다. 그러자 어제 제정신이 아닌 상태로 했던 말이 떠올랐다.

　　　[가지고 싶은 건?]

　　　[없는데…….]

[인형이나 옷, 음식 같은 것. 뭐라도 좋으니까.]

그래서 나는 고개를 끄덕였던 것 같다.

'세상에……, 선생님.'

질린 표정으로 어린 애들이 좋아할 것 같은 꽃분홍 레이스가 휘황찬란하게 달린 물건들을 쳐다보았다. 가족들은 내 표정을 당황과 공포로 오인한 듯싶었다. 란슬롯이 상냥한 목소리로 말했다.

"아버지가 어디 있는지 캐물으려고 주는 뇌물이 아니야."

가웨인은 드레스를 받아서 내게 턱, 안겨 주었다.

"공주님 드레스 입고 싶다고 했잖아."

"그게…….."

"초콜릿 필링이 든 빵도 먹고 싶었다고 했지?"

"아니, 저기…….."

"또 뭐라고 했더라."

나 정신 돌아왔다고! 말할 틈을 주지도 않고 그들은 또 선물이 있다며 나를 끌고 정원으로 향했다.

"아—!"

정원에 가자마자 황금색 털을 가진 커다란 강아지가 컹! 울며 내게 다가왔다. 골든래트리버다! 어렸을 때 커다란 강아지랑 뛰어노는 게 꿈이었는데 그것도 말했던가?

윤세나, 아니, 순이의 친부와 살던 동네에 하얗고 커다란 이층집이 있었는데 거기서 이런 개를 키웠다. 그 집 아줌마가 오전마다 골든래트리버를 데리고 산책했었다. 개가 엄청 순하고 귀여워서 마주치려고 아줌마의 산책 코스를 기웃거렸던 기억이 있다.

개는 꼬리에 모터를 단 듯 빠르게 흔들며 내 주변을 빙글빙글 맴돌았다. 개가 왕! 왕! 울며 내 치맛자락을 물고 끌어당겼다.

"어어—!"

"오마르!"

아차 하는 사이에 개에게 끌려간 나는 잔디에 풀썩 넘어졌다. 개가 잽싸게 내 위로 올라타서 볼이며 머리칼을 싹싹 핥아 주었다. 나는 꽁꽁 얼어서 마른침을 삼켰다.

'제발.'

"으, 으으……."

울먹거리는 나를 보고 가족들은 어리둥절한 표정을 지었다.

큰 개를 좋아하는 건 어릴 때였다고요!

고아원에서 들개에게 물린 뒤로는 가까이 다가오는 것도 무서웠다. 개의 주둥이에 물린 전적이 있는 어깨에 다가오자 나는 공포가 극에 달해 "으악!" 하고 소리쳤다. 화들짝 놀란 사용인들이 다가와 나와 개를 떨어뜨려 놓았다.

"세니아…… 순이야?"

할아버지가 어리둥절한 표정으로 나를 불렀다. 나는 벌벌 떨며 엉거주춤 땅을 짚었다.

'무, 무서웠다.'

물기 어린 눈을 본 가족들이 우뚝 굳어졌다. 아빠가 나를 일으켜 주며 할아버지를 쏘아보았다.

"그래서 새끼가 낫다지 않았습니까."

"큰 개를 만져 보고 싶다기에……."

할아버지는 변명하듯 말했고, 아빠는 인상을 썼다.

"마일로, 주인에게 개를 데려가라 일러라."

"예."

다행이다. 주인이 있는 개였나 봐. 계속 같이 살면 심장이 남아나지 않을 것 같아서 걱정했는데. 내가 한숨을 내쉬니 오빠들이 다가왔다.

"괜찮아?"

"네……."

란슬롯이 손끝으로 내 눈을 문질렀고, 가웨인은 쯧 혀를 차며 할아버지를 쳐다보았다. 내가 아빠와 오빠들에게 부축받으며 가는 동안 할아버지의 시무룩한 시선이 등 뒤로 달라붙었다.

저택으로 돌아오니 테이블에 온갖 디저트가 늘어져 있었다. 보기만 해도 혀가 녹아내릴 정도로 단것투성이라 나는 흘깃 가족들을 쳐다보았다. 이번엔 가웨인이 아주 뿌듯한 얼굴로 말했다.

"어린애들이 좋아하는 것들로 준비해 봤다."

얼른 먹자며 나를 의자에 앉히고 이것저것 내밀었다. 캐릭터 모양의 마카롱을 한입 베어 문 나는 속으로 신음을 삼켰다. 일어난 지 얼마 안 되었는데 이렇게 다디단 디저트가 들어가니 속이 엄청 부대꼈다. 가웨인은 내가 억지로 받아먹을 때마다 다른 접시를 앞에 놓아 주었다.

"딸기 케이크, 좋아하지?"

"……."

속으로 제발 그만! 하고 외치고 있는데 저 웃는 얼굴 때문에 도무지 거절할 수가 없었다. 나는 디저트를 네 접시나 꾸역꾸역 받아먹고 결국 헛구역질을 하고 말았다.

"윽!"

아빠와 란슬롯이 내 등을 두드리며 가웨인을 노려보았다.

"그러니까 아침부터 이런 자극적인 건 안 된다고 했잖아."

란슬롯이 탓하듯 말하자 가웨인은 먼젓번 할아버지처럼 시무룩 어깨를 늘어뜨렸다. 약을 먹고 겨우 진정된 내게 란슬롯은 옷더미를 안겨 주었다.

"공주님 드레스야. 구두와 보석, 인형도 잔뜩 있어."

"……."

나는 꽃핑크와 레이스가 잔뜩 달린 드레스를 입어야 했다. 치마의 프릴이 대체 몇 겹인지 무서워서 세지도 못했다.

"악!"

거대하리만큼 풍성한 치마를 입은 난 뒤뚱뒤뚱 걷다가 균형을 잃고 넘어졌다. 소스라치게 놀란 하녀들이 내게 달려왔다.

"아가씨! 괜찮으세요?"

"어머머, 무릎이 새빨개요!"

"의사! 의사!"

할아버지가 란슬롯에게 벌컥 화를 냈다.

"이런 옷을 입고 애더러 어찌 걸으라는 게야!"

"……."

란슬롯은 드물게 당황한 표정이었다. 그가 선물한 옷을 벗고 평소처럼 단출한 차림으로 돌아왔다. 시무룩한 표정의 할아버지와 오빠들을 본 아빠가 혀를 차곤 내 손을 잡았다.

"가자."

"……."

"내가 준비한 건 저들과는 질적으로 다르지."

아빠는 오만한 표정으로 나를 데리고 성큼성큼 걸었다. 본저 내에 쓰지 않는 방문 앞에 다다라 내게 열쇠를 건네주었다.

"열어 봐라."

나는 의아한 얼굴로 조심스럽게 방을 열었다. 그리고 ─

"꺄악!"

나는 펄쩍 뛰며 등 뒤에 있던 마릴린의 품에 뛰어들었다.

이게 뭐야, 대체 뭐야!

방 안엔 웬 마네킹과 옷이 가득했는데 너무 사람과 똑같아서 오히려 무서웠다. 기괴한 자세로 천장에 매달려 내려다보는 인형은 꿈에 나올까 무섭다. 할아버지는 마릴린의 품에 안긴 나를 쓰다듬으며 소리쳤다.

"왜 애를 겁먹게 하느냐!"

"인형 옷을 갈아입히는 게 애들 사이에서 유행이라기에……."

아빠가 당황한 표정으로 내게 손을 뻗었다. 나는 고개를 홱 돌려 아빠와 할아버지의 손을 떼 내고 엉엉 울었다.

"저한테 왜 이러세요 ─!"

세니아나와 몸이 바뀌었던 걸 말하지 않았다고 이런 방식으로 벌을 주는 건가?

'너무해!'

말로 하면 되지 사람을 이렇게 괴롭히다니! 가족들은 우는 나를 보고 안절부절못하며 "세, 세니아, 아니, 순이야!" 하고 불렀지만, 난 마릴린의 손을 잡고 방으로 올라가 버렸다.

나는 소파에 앉아 퉁퉁 부은 눈을 문질렀다. 가족들은 앉지도 못하고 내 주위를 빙 둘러서서 마른침을 삼켰다.

"수, 순이야."

"……."

"우리는 그런 게 아니라……."

"……."

"저기, 그게…… 미안하다."

내가 아무런 말 없이 냉침한 차를 홀짝홀짝 마시고 있으니 가족들은 더더욱 어찌할 바를 몰랐다.

"그러니까 우린 괴롭히려는 게 아니라 선물을……."

"그래, 네가 즐거웠으면 해서!"

나는 찻잔을 내려놓고 그들을 힐끔 쳐다보았다.

"……진짜요?"

"그럼!"

"물론이지!"

"진짜야."

"정말이다."

나는 코를 홀쩍 들이마시고, 손을 꼼지락거렸다.

"그럼 화는 풀리셨어요?"

"······화?"

"제가 몸이 바뀐 걸 말씀드리지 않아서 화가 나셨잖아요."

"너, 설마······."

정신이 돌아왔냐는 듯한 말에 나는 고개를 끄덕였다. 가웨인이
한숨을 푹 내쉬었다.

"안 났어. 처음부터."

"······하지만 소리 지르셨잖아요."

란슬롯이 무릎을 굽혀 나와 시선을 맞추었다.

"네게 화가 난 게 아니야."

"네?"

"너를 알아보지 못한 스스로가 싫어서, 아니 혐오스러워서."

다정한 목소리였다. 자조 섞인 미소는 안쓰러울 만큼 아파 보였
다. 나는 조심스럽게 그의 얼굴에 손을 뻗었다. 그가 가만히 눈을
감고 내 손에 얼굴을 맡겼다.

"저는 괜찮아요."

"······."

"그러니까 오빠도, 할아버지도, 아빠도 모두 괜찮았으면 좋겠어
요."

가웨인이 굳은 얼굴로 나를 쳐다보았다.

"어떻게 괜찮아. 어린애가 기댈 데도 없이 그 고통을 혼자 다 견
뎠으면서, 어떻게 괜찮다고······!"

"오빠."

"아파도 약 하나 제대로 먹지 못하고, 아프다고 소리치지도 못했으면서."

"……."

"너는 그런 것들이 어떻게 괜찮을 수 있어."

"그래서 더 소중해졌잖아요."

"뭐?"

나는 살짝 일어나 그의 손을 잡았다. 마디가 하얗게 변할 정도로 꽉 쥐었던 손에서 마법처럼 스르륵 힘이 풀렸다.

사실은 억울하다. 그때만 생각하면 화가 나고 가슴이 아프다. 누군가에게 필요 없는 짐이었다는 게, 버려졌다는 게, 내 삶이 그들에게 아주 하찮았다는 게.

윤세나의 아빠가 아주 많이 아파했으면 좋겠다. 먼 훗날 나이 들고 병들어 기댈 데가 없을 때 나를 생각하며 가슴을 쥐어뜯기를 바란다. 고아원의 원장이 나를 학대한 것에 죄스러워했으면 좋겠다. 언젠가는 죄가 드러나 법의 심판을 받기를 간절히 바란다.

그리고 나는. 나는. 더 이상 아프고 싶지 않다. 지나간 시간은 돌이킬 수 없고, 남은 상처는 아마 평생 남아 있겠지만, 다시 찾은 내 삶이 계속 과거에 머무는 건 싫다.

"저는 할아버지도, 아빠도, 오빠들도 너무너무 좋아요."

"……."

"그래서 떨어져 있던 시간만큼 더 많이 사랑하고 웃고 싶어요."

"……."

"가족들이 죄스러워한다면 저 또한 마찬가지일 거예요. 그러니까…… 그러니까…….”

나는 차마 말을 잇지 못하고 고개를 숙였다. 그런 나를 가웨인이 꼭 끌어안았다.

“바보같이 착해 빠져서.”

나는 그의 가슴에 가만히 귀를 댔다. 쿵, 쿵, 뛰는 소리는 여기가 현실이라고 알려 주는 것만 같았다. 평생 사랑받지 못할 거라 여겼다. 하지만 지금의 내겐 나를 사랑하는 사람들이 이렇게 많이 있었다. 나는 오빠의 허리를 꼭 끌어안았다.

나는 가족들에게 아탈란에 관해 설명했다. 내 몸을 빼앗은 이들이 그들이고, 대귀족까지 관여하고 있다고 말하자 할아버지는 미간을 좁혔다.

“사비에르의 성녀가 아탈란의 실험체였다라.”

할아버지의 말에 란슬롯이 고개를 끄덕였다.

“라가세까지 그들의 심복이었다면 다른 금좌 11석의 귀족 중에도 남아 있을지 모릅니다.”

아빠는 가만히 앉아 테이블을 손끝으로 두드렸다.

“…….”

나는 서늘한 아빠를 보고 고개를 갸웃 기울였다.

“왜요?”

“……테르반이 걸리는군.”

테르반 백작이라면 릴리의 외조부 말인가? 올리비에 폐공작의 역모에 그가 연루되었다는 사실이 밝혀진 뒤 가문이 풍비박산 났다. 사형당했다고 들었는데 그가 왜? 나는 눈을 동그랗게 뜨고 아빠를 쳐다보았다.

"뭐가 걸리시는데요?"

그러자 란슬롯이 대신 설명해 주었다.

"역적은 사형 후 이레간 성문에 목을 걸어 놓거든."

"그렇군요."

"그런데 시체의 부패가 생각보다 빨랐어."

"여름이라 그런 게 아니라요?"

아빠가 대답했다.

"검은 오물 같은 것이 흘러내렸다고 하지. 테르반이 금술사와 가깝게 지냈다는 이야기가 있어서 사후에 금술의 부작용이 나타난 거라 여겨졌지만……."

나는 굳은 얼굴로 고개를 끄덕였다.

"아탈란과 관련되었을 수도 있겠어요."

"마일로!"

아빠가 땅에 묻힌 테르반 백작의 남은 시신을 살피고 오라 일렀다. 조사 후에 그들이 가지고 돌아온 것을 본 오빠들과 나는 깜짝 놀랐다.

"이거 슈라의 마을에서 본……!"

슈라의 부족민 중 샷된 자로 변한 남자가 꼭 이런 모양을 하고 있었다.

"테르반이 아탈란과 관계가 있었던 게 확실해요."

이 울렁거림. 모두가 느끼는 불쾌감. 이건 분명 샷된 자의 찌꺼기였다.

"올리비에 폐공작의 역모에도 아탈란이 관련되어 있을지 모른다."

아빠의 말에 할아버지가 황궁에서 기록을 찾아보겠다고 말했다.

'황궁…… 아!'

"쟝뤼크 교수님!"

깜빡하고 있었어! 나는 벌떡 일어났다.

*　　*　　*

황궁은 아타르 왕세자 음독 사건으로 정신이 없었다. 쟝뤼크는 그 덕에 아직도 옥사에 갇혀 있었다. 나는 바로 황제에게 부탁해 쟝뤼크를 풀어줄 수 있었다. 옥사에서 나온 쟝뤼크가 손목을 돌리며 인상을 썼다.

"빌어먹을."

"……괜찮으세요?"

"그럴 리가! 라가세 백작, 이 개자식."

그는 고함을 내질렀다.

"일이 마무리되었으면 얼른얼른 풀어 줘야지 왜 사람을 이렇게 붙들어 놓는 거냐!"

그러다 나를 쳐다보았다.

"너도 나를 잊고 있었던 게냐?"

"아니욧!"

지레 찔려서 소리치니 그는 눈을 가늘게 뜨고 나를 쳐다보았다. 나는 어색하게 웃으며 그에게 봉지를 건넸다.

"뭐야, 이건?"

"두부……."

"……?"

"감옥에서 나오면 두부를 드시는 거래요."

"……처음 듣는 소린데."

그는 쯧, 혀를 차고 봉지를 노려봤지만 내가 눈짓하니 한입 먹는 시늉을 했다. 때마침 할아버지가 다가왔다.

"세니아나."

"네."

"올리비에 폐공작의 기록은…… 루크."

"격조했습니다, 어르신."

그가 허리를 굽혔지만, 할아버지는 대수롭지 않은 표정으로 나를 보았다.

"기록은 내가 알아볼 테니 너는 먼저 저택으로 돌아가 있거라."

"그럴게요. 아, 교수님도 함께 가시면 안 될까요?"

내내 동부에만 있던 사람이라 황도엔 머물 만한 곳이 없을 거다. 할아버지는 쟝뤼크를 흘긋 쳐다보고 고개를 끄덕였다. 나는 쟝뤼크와 함께 마차를 탔다. 저택으로 돌아가는 길에 그가 무슨 일이 있느냐고 물었다.

"올리비에 폐공작은 왜 찾는 거지?"

"일이 있어서…… 아, 교수님 혹시 아세요? 올리비에 폐공작과 엮인 사람."

"글쎄. 귀족들이야 나보다 어르신과 각하가 더 잘 아시겠지."

하기야. 나는 고개를 끄덕였다. 그런데 쟝뤼크가 턱을 쓰다듬으며 말했다.

"뭐, 한 사람 알고 있긴 하다만."

"누군데요?"

"너와도 관련 깊은 사람이 아니냐."

"……네?"

나와 관련 깊은 사람이라니? 나는 쟝뤼크에게 다급히 캐물었다.

"그게 누군데요?"

내 표정을 본 그가 잠시 미간을 좁혔다. 올리비에 폐공작과 엮인 사람을 생각조차 하기 싫다는 듯이.

"현 로열 셰프인 고프레도 말이다."

"……네?"

"그자가 올리비에 폐공작의 저택에서 수셰프로 있었지."

"막역한 사이였나요?"

"글쎄. 그야 그들만이 알 일이지. 하지만 고프레도는 아카데미를 거쳐서 정식 입관되진 않았어. 올리비에 폐공작의 추천서를 받아 권외 시험에 합격했지."

그것만으로 로열 셰프가 아탈란과 관련이 있다고 확신하긴 어려웠다. 하지만 아탈란이 나의 로열 키친 입관을 막으려 하는 까닭을 생각하면…….

'걸리긴 해.'

샤뤼크는 내 표정을 보고 의아한 듯 물었다.

"대체 무슨 일이냐."

"혹시 로열 셰프가 라가세 백작이나 사비에르 후작과도 관계가 있었나요?"

"그놈이 로열 셰프가 된 이후의 일은 모르겠군. 직후에 바로 황궁을 나왔으니까."

나는 흠, 침음하며 고개를 끄덕였다. 어느새 마차가 저택에 도착했다. 마차에서 내린 뒤 샤뤼크를 돌아보았다.

"내리세요, 교수님."

"……."

"교수님?"

"어마어마하다는 건 익히 들어 알았지만……."

그는 저택의 외관을 보며 혀를 내둘렀다.

'아, 그렇네.'

대문 밖에서도 한참 마차를 타고 들어와야 하니 프렌시프 저를 제대로 볼 기회가 없었을 거다. 샤뤼크가 마차를 나서자 이 열로 정렬해 있던 수많은 사용인이 나와 그를 맞았다. 나는 그 사이로 걸으며 다시 샤뤼크를 쳐다보았다. 그는 여전히 당황스러운 표정이었다.

"왜요, 교수님?"

"……혹시 말이다."

"네."

"내가 아카데미에서 네게 소리치고 엄하게 꾸짖었다는 걸 이를 테냐…… 요."

"……?"

"아, 아닙니다."

왜 갑자기 존댓말이실까. 내가 눈을 끔뻑이고 있으니 마일로가 나와 허리를 깊이 숙였다.

"프렌시프 저의 집사 마일로입니다. 아가씨의 손님을 귀하게 모시라 명받았습니다. 불편한 점이 있으시거든 언제든 저를 찾아 주십시오."

"교수님께서 입을 옷을 준비해 줘."

"예, 아가씨."

쟝뤼크는 멀뚱히 서 있기만 했다.

"들어가지 않으세요?"

내가 물으니 쟝뤼크가 말했다.

"귀족가를 방문할 때 외부인은 몸수색을 하지 않나."

마일로는 빙그레 웃었다.

"다시 말씀드리지만, 귀하게 대접하라 명받았습니다."

몸을 수색하지 않겠다는 말에 쟝뤼크는 꿀꺽, 마른침을 삼켰다. 나와 함께 저택에 들어온 그는 한 번 더 혀를 내둘렀다.

"로열 키친에 있을 때도 못 받은 귀빈 대접을……."

"황궁에선 황족들의 사저로 로열 키친의 셰프들을 보내는 일이 많지 않나요?"

생일 때라든지. 비단 황족뿐만이 아니라 귀족들도 포상할 일이 생기면 황제가 가끔 로열 키친의 요리사들을 보내 주기도 했다.

"어쨌든 요리를 하러 가는 것이니 이런 환대까지는 못 받지."

"흐음, 그래도 황궁보다는 못한데……."

그러니까 그렇게 긴장할 필요 없다는 말에 쟝뤼크가 인상을 찌푸렸다.

"말이 로열 키친이지 로열 세프가 아닌 요리사들은 행정관과 비슷해. 게다가 이런 저택은 황도엔 카렌듈라 저 외에는 없을……."

"세니아나."

"오빠!"

란슬롯과 가웨인이 아빠와 함께 나오고 있었다. 쟝뤼크는 아빠를 향해 허리를 굽혔다.

"각하를 뵙습니다."

"딸의 스승이라고."

"그렇습니다."

"아카데미에서 내 딸에게 그리 소리를 쳤다던데."

"……."

그가 굳은 얼굴로 아빠를 쳐다보았다. 마른침까지 꿀꺽 삼켜서 나는 힐끔힐끔 아빠와 쟝뤼크를 쳐다보았다.

"그, 그건……."

"딸의 스승이라면 프렌시프엔 다시 없는 귀인이다. 편히 지내도록."

"……예."

아빠가 가웨인을 힐끗 보며 말했다.

"막내 눈에서 눈물 나게 한 놈을 내가 어찌 처리한다고 했었지."

가웨인이 히죽 웃으며 대답했다.

"손모가지부터 자르고 목을 분지른다셨습니다."

"내 눈 닿지 않는 곳에서 내 딸을 위협하는 놈은 어찌 처리한다고 했던가."

그러자 이번엔 란슬롯이 해사하게 미소지으며 말했다.

"글쎄요. 그건 기억나지 않습니다만, 동부 아카데미의 주제 모르는 애송이는 아킬레스건이 끊어졌다고 알고 있습니다."

아빠가 다시 쟝뤼크를 바라보며 표정 없이 말했다.

"개의치 말게. 나이 들어 가물가물한 기억을 짚어 보았을 뿐이니까."

"……예."

"다시 말하지만, 편히 지내도록."

쟝뤼크가 새하얀 얼굴로 마른침을 삼켰다.

나는 고개를 갸웃 기울였다. 왜 교수님의 표정이 감옥에서보다 더 안 좋을까. 아, 그보다 먼저 교수님께 보여드리고 싶은 게 있었는데! 나는 그를 올려다보았다.

"교수님, 교수님! 리올 재상이 말한 추억의 음식은 족발이었어요. 만들어 둔 게 있는데 맛보실래요?"

"예……."

"왜 말을 높이세요?"

아까부터 자꾸만.

"아카데미에서처럼 편하게 소리치셔도 되는데……."

쟝뤼크가 황급히 손을 내저었다.

"소, 소리친 건 안 들리실까 봐. 예, 그런 거지요."

내가 의중을 모르겠다는 듯 그를 보자 식은땀을 뻘뻘 흘리고 있는 모습이 보였다.

'불편하신가 보다.'

얼른 모시고 올라가야겠다. 나는 아빠에게 고개만 꾸벅 숙여 인사하고 쟝뤼크를 끌어당겼다. 내 방 응접실에 들어온 후에야 그는 한숨을 내쉬었다.

"아카데미로는 언제 돌아가느냐."

"내일 새벽엔 가야 해요."

아빠 생일 때문에 왔는데 다른 일에 얽혀 버려서 남은 시간이 없다. 쟝뤼크는 다행이라는 듯 고개를 끄덕였다. 나는 안심한 그를 보고 킥킥 웃었다.

"황제 폐하 명에도 불복하는 고집쟁이라셨는데 여긴 불편하세요?"

"너는 전장에서의 네 가족을 본 적이 없으니 모르는 것이다."

그가 대번에 눈살을 찌푸렸다.

"전장에서요?"

"어릴 적에 잠시 네 할아버지의 군세를 뒤따른 적이 있다."

"군인이셨어요?"

"난 북부 자작가의 외아들이라 대륙 전쟁에 징용됐지. 그때 잠시 네 할아버지와 아버지를 만난 적이 있어."

"그런 얘기는 못 들었어요."

"나 같은 한미한 자작가의 외아들을 어떻게 기억하겠나."

쟝뤼크가 고개를 젓고는 이어 말했다.

"그때 일은 트라우마가 되었지. 어르신과 각하가 네 앞에서는 이빨 빠진 호랑이처럼 구는 것 같지만, 그들은 태생부터 맹수야."

"흐음."

"얼마나 잔혹한지, 직접 본 사람이 아니면 모를 거다. 세상에 무서운 게 없는 내가 네 할아버지와 아버지의 근처는 가지도 않았어."

"그렇구나."

왜 다른 귀족들도 할아버지나 아빠만 보면 호랑이 앞의 생쥐처럼 굳어지는지 알겠다.

'그때 진짜로 무서우셨나 보다.'

지금도 조금 무섭긴 한데, 사실 무서운 것보다는……. 고깔모자를 쓰고 '산책해 줄 거냐?' 하고 묻던 할아버지를 떠올렸다. 나는 비밀이라도 얘기하는 것처럼 속닥거렸다.

"사실은 저희 할아버지 엄청 사랑스러우세요."

"……!"

쟝뤼크가 샛노래진 얼굴로 그런 두려운 소리는 하지 말라며 펄쩍 뛰었다.

"아 참! 교수님 이거요."

나는 오늘 성에서 줄리아 리올에게 받은 책 두 권을 그에게 전달했다.

"쟝 님의 레시피북이래요."

쟝뤼크는 묘한 표정으로 책등을 매만졌다.

"그래, 본 적이 있어."

추억에 잠긴 듯 조용히 책장을 넘기는 그를 보고 나는 생긋 웃었다.

"찾을 수 있어서 다행이네요."

"……네 덕이다."

다행이라는 듯 고개를 끄덕이니 그는 희미하게 미소지었다.

"보답하마."

"스승과 제자 사이에 보답이 어디 있어요."

내가 골이 난 표정으로 말하자 그는 눈을 동그랗게 떴다.

"교수와 학생이라면서?"

"제자 시켜 주세요. 저 열심히 할 수 있어요."

샹뤼크가 쳇 혀를 찼다.

"귀족 나리의 취미 요리에 동참할 생각은 없었는데."

"취미 아니에요!"

"아니까."

그가 진지한 표정으로 나를 빤히 보았다.

"너라면 그렇지 않을 것을 알아서."

"……."

"내가 가진 모든 것을 전수하마. 내 스승이 내게 그러했듯 자식처럼 아끼고, 너를 내 인생의 전기(傳記)라 여길 것이다."

그가 조심스럽게 손을 내밀었고, 나는 그가 내민 손을 꼭 맞잡았다.

아주 먼 훗날 알았다.

내 진정한 스승이 되기로 결심한 그날. 그가 포기한 것이 무엇인지. 목숨처럼 아끼던 자유와 소신마저 버리고, 책임이라는 이름에 빛나는 두 날개를 족쇄처럼 달았다. 그는 나에게 세 번째 아버지였고, 동시에 풍랑 속에서 오롯이 빛을 발하는 등대였다.

＊　　　＊　　　＊

늦은 밤. 나베리우스가 황궁에서 가져온 서류를 확인한 아서는 몸을 일으켰다. 로브를 테이블에 걸쳐 두고 침실 안으로 들어간 그가 침대에 걸터앉았을 때였다.

끼익, 조심스러운 마찰음과 함께 누군가의 발소리가 들려왔다. 살금살금 걷는 소리를 듣던 그가 미간을 좁혔다. 침대 맡에 놓인 검집을 들으려다 "으아." 하는 작은 탄성을 듣고 빙그레 미소지었다. 딸이다. 아비가 자는 줄 아는 모양인지 세니아나는 아주 조심스레 움직였다.

그는 딸의 기대에 부응하기 위해 침대에 누워 눈을 감았다. 침실 문틈 사이로 고물고물한 손가락이 슬쩍 튀어나오더니 문이 조금씩 열리기 시작했다. 세니아나가 조심조심 침대맡으로 들어왔다.

"아빠."

조그맣게 속삭이며 살짝 그의 어깨를 흔들었다.

"아빠, 일어나세요."

"……."

"어쩌지, 어쩌지."

아서에게서 대답이 없자 끙끙거리더니 조금 더 힘을 주어 어깨를 흔든다.

"아 — 으악!"

아서가 휙 팔목을 잡자 소스라치게 놀란 세니아나가 펄쩍 뛰었다. 눈이 튀어나올 것처럼 커져서 딱딱하게 굳어진 딸을 보고, 아서는 협탁 위에 놓인 스탠드를 켰다.

"놀랐어?"

"……네."

그가 빙그레 웃었다.

"무슨 일이냐."

딸은 등 뒤에 무언가를 숨기고 꼬물거렸다. 아서가 고개를 기울이자 우물쭈물하더니 침대 끝을 잡고 쪼그려 앉았다.

"사실은 파티를 크게 하려고 준비했는데요."

"파티?"

"제가 어제 쓰러져 버려서 무산됐어요. 놀라서 다들 정리했나 봐요. 파티할 때가 아니라고."

시무룩한 표정으로 눈썹을 늘어뜨린 세니아나가 그를 힐끔 쳐다보았다.

"그렇지만 아빠 생일은 제대로 축하하고 싶어서……."

생일. 오늘이 생일이었나. 어려서부터 생일에 의미를 둔 적이 없었다. 그에게 태어난 날 같은 건 귀찮기만 한 것이었다. 귀족들을 초대해 인맥을 쌓는 자리. 그 이상 이하도 아니었다.

세니아나가 감추었던 상자를 살그머니 내밀었다.

"지금 풀어 봐도 되나?"

"네."

리본이 풀고 상자를 열자.

"장갑?"

"이제 곧 겨울이니까요."

"……."

"아빠 손은 늘 찬데 항상 제가 잡아 드릴 수 없으니까. 그래서."

세니아나는 붉어진 얼굴로 고개를 살짝 숙였다.

"마법사가 만든 거라 보온 마법이 들어갔대요. 손등의 장식은 제가 단 거예요. 소원을 빌면서 달면 이뤄진다고 해서."

"무슨 소원을 빌었지?"

"아빠가 오래오래 행복할 수 있게 해 달라고. 그리고ㅡ"

"그리고?"

"할아버지랑 사이가 좋아지기를."

아서는 세니아나의 눈을 빤히 쳐다보았다. 상냥한 딸은 부자 관계가 냉랭한 것이 내내 마음 쓰인 모양이었다. 아서가 제 눈치를 보는 딸을 가만히 쳐다보다가 침대 옆자리를 두드렸다. 세니아나는 엉거주춤 일어나 침대에 걸터앉았다. 아서가 딸의 손을 잡고 장갑을 꺼냈다. 아래엔 두툼한 편지 봉투가 들어 있었다.

"안에 또 선물 있어요!"

봉투를 열자 허브 향이 나는 편지 몇 장과 절취선이 있는 몇 장의 종이가 함께 있었다. 절취선이 있는 종이를 본 아서가 중얼거렸다.

"소원권?"

"저를 키워 주신 선생님의 생일 때마다 매번 드리던 거예요. 선물보다 더 좋아하셨어요!"

윤세나였을 적의 추억을 얘기하면 늘 빠지지 않는 선생님이란 사람.

"좋은 사람이었나."

"세상에서 제일이요."

"그런가."

"선생님의 생일은 3월 3일이에요."

"……."

편지를 쥔 손에 힘이 들어갔다. 세니아나는 빙그레 웃으며 아서의 손등 위에 돋은 핏줄을 매만졌다.

"선생님은 거울처럼 예쁜 회색 눈에 눈가엔 갈고리 모양 상처가 있어요."

"……."

"첫사랑이 만든 상처래요."

"……."

"처음엔 엄청 싫은 사람이었대요. 무시무시하게 잘생겨서는 그렇게 차가울 수가 없었다고."

"그 사람 —"

"언젠가부터 시선이 가더래요. 가슴이 뛰고, 그 사람과 함께할 수 있으면 아무것도 필요하지 않다고 생각했대요."

"……."

"엄마는 아빠를 사랑한다고 했어요."

아서의 동공이 잘게 흔들렸다.

"너를 찾으러 간 건가, 그 사람."

"네. 우리는 함께 있었어요."

"그렇군. 그 사람이 너와……."

세니아나는 그의 귓가에 대고 속삭였다.

"저도 아빠를 사랑해요."

아서가 딸을 꽉 끌어안았다. 몇 번이나, 얼마나 해야 이 마음을 온전히 전달할 수 있을까. 사람의 말로는 제 감정을 전부 전달할 수 없는 게 애달프다고 느꼈다. 너를 사랑한다. 사랑한다. 사랑한다. 세상에 너만큼 소중한 것이 있을까. 너보다 귀한 것이 존재할까.

세니아나는 히히 웃으며 그를 껴안았다.

"생일 축하드려요, 아빠."

"……"

"아빠가 제 아빠라서 행복해요."

끌어안은 두 손에 힘이 들어갔다. 미아가 낳은 갓난아이를 보았을 때 느꼈다. 내 인생의 주인이 이 아이가 되겠구나, 하고. 사실이었다. 인생의 주인이. 숨이. 심장이. 모두 이 아이였다.

*　　*　　*

새벽녘이 되었다. 3차 시험의 시험관인 오빠들과 나, 쟝뤼크를 배웅하기 위해 할아버지와 아빠, 사용인들이 나섰다. 할아버지는 장갑을 끼고 있는 아빠를 보고 인상을 찌푸렸다.

"이 더운 날에 땀띠 나겠군."

"세니아나가 준 겁니다."

"뭐야?!"

할아버지가 나를 빤히 쳐다보았다.

"할애비는!"

"아빠 생일 선물인데."

"내 생일은 겨울이다."

"그럼 겨울에 챙길게요."

내가 가볍게 대답하자 할아버지는 시무룩한 표정으로 어깨를 떨구었다. 장뤼크는 그런 할아버지를 보고 공포 영화라도 본 사람처럼 마른침을 꿀떡 삼켰다.

"그럼 가 볼게요."

멀린의 마원을 잡자 아빠는 내 어깨를 가만히 잡았다. 그리고 이마에 살짝 입 맞춰서 나는 음, 하고 고개를 끄덕였다.

"역시 선생님의, 아니, 엄마의 말이 맞았어요."

"미아가 네게 뭐라던가?"

"네. 아빠는 바람둥이라고."

"……."

"밖으로 내보내기 불안하셨대요."

"……그렇지 않아."

아빠가 굳은 얼굴로 떨어지자 오빠들과 할아버지가 조소를 삼켰다.

가족들과 인사를 나눈 나는 아카데미 내에 있는 란슬롯과 가웨인의 숙소로 이동했다. 쟝뤼크는 질렸다는 듯 도착하자마자 숙소를 벗어났고, 오빠들과 나는 가벼운 대화를 나누었다.

"라가세 백작은 확실히 심문하실 거야. 그리고 올리비에 폐공작의 일은 조사 중이니 밝혀지는 대로 곧 알려줄게."

란슬롯의 말에 나는 고개를 끄덕였다.

"그리고 로열 셰프인 고프레도 님도 살펴 주세요."

고프레도가 올리비에 폐공작의 추천을 받아 입관했다고 말하자 가웨인은 알아볼 필요가 있겠다고 대답했다. 란슬롯도 동의했다.

"아탈란이 로열 키친에 무언가를 숨겨 놨다면, 파수꾼을 세워 놨을 수도 있지."

현 로열 셰프가 그들의 파수꾼이라면 골치 아파진다. 나는 선부른 추측이었길 바라며 한숨을 내쉬었다.

"저는 로열 키친 입관 준비를 열심히 할게요."

"시험 내용 알려 줄까?"

가웨인이 짓궂게 웃으며 말해서 나는 뾰로통해졌다.

"제힘으로 입관할 거예요."

로열 키친은 천재들의 영역이었다. 가문의 힘이라든지, 누군가의 도움으로 그곳에 들어간다면 어차피 버티지 못할 거다.

"우리 막내는 현명하지."

란슬롯이 머리를 쓰다듬었다. 그 후, 나는 남몰래 오빠들의 숙소를 나와서 멍하니 걸었다.

아탈란. 로열 키친. 삿된 자. 그리고 실험체들. 머리가 복잡했다.

한참 걷다가 정신을 차리니 어느새 기숙사였다. 나도 모르게 익숙한 길로 온 모양이었다.

'기숙사가 아니라 호텔로 가야 하는데!'

가웨인이 외벽의 일부를 무너뜨린 바람에 공사가 한참이었다. 돌아가려다가 —

"조심."

손목이 끌어 당겨진다 싶더니 내가 있던 자리로 돌이 쿵! 떨어졌다.

"위험합니다."

"저하!"

나는 활짝 웃으며 도미니크를 올려다보았다.

"공사 중이니 출입을 금한다고 팻말을 세워 놓지 않았습니까."

그가 교장령이라고 쓰인 팻말을 가리켜서 난 어색하게 웃었다.

"멍하니 걷다가……."

웅얼거리는 나를 보며 그가 장난스럽게 웃었다.

"말 안 듣는 학생이군요."

"어떻게 여기 계세요?"

"공사 진척을 확인하러 왔습니다."

"언제 끝날까요?"

아카데미 근처에 호텔이 있다지만, 기숙사보다는 오가는 시간이 오래 걸려서 번거롭다.

"일주일이면 마무리될 겁니다."

"그렇게나 빨리요?"

내가 깜짝 놀라서 묻자 그가 건물을 힐긋 쳐다보았다.

"마탑 재직 경험이 있는 마법사 서른 명이 왔더군요."

"헉."

"공사가 목적의 전부는 아닐 테지만."

그가 작게 중얼거려서 나는 고개를 갸웃 기울였다.

"네?"

"아닙니다."

"……?"

"교칙을 어겼으니 교장실로 가실까요."

"좋아요!"

"벌을 이렇게 좋아하셔서야."

내가 밝게 대답하자 도미니크는 픽 웃었다. 그를 따라 걷다가 시선을 느꼈다. 의아함에 뒤돌아봤지만, 날 보고 있는 사람은 없었다.

"영애?"

"아니에요. 갈게요."

*   *   *

건물 뒤에 숨어 있던 남자가 통신석을 들었다.

"도련님."

[그래.]

"아가씨가 도미니크 황자와 함께 계십니다."

[⋯⋯빌어먹을. 어디로 갔나?]

"교칙을 어겼으니 교장실로 가야 한다더군요."

[밀폐된 방에 단둘이? 변태 새끼! 가서 죽여 버—]

[가웨인.]

통신석 안에서 [죽여 버려야 한다] 느니, [세니아나가 알면 안 되니 힘줄을 끊어 놓는 것으로 마무리하라] 느니 하는 살벌한 모의가 이루어졌다. 기둥 뒤에서 옹기종기 모여 있던 마법사들이 식은땀을 흘렸다.

그들은 인재 중의 인재였다. 마탑 재직 경험, 타국 유학, 참전 경력, 그리고 무수히 많은 연구 성과. 어디를 가도 환영받는 이들이 지금 하고 있는 것은 '아가씨에게 붙은 날벌레 감시'였다.

[교장실 안까지 투시해라.]

"그건 황족 사찰이 아닙니까."

[그런데.]

"황자는 반마법 마도구를 지니고 있어서 힘든—"

[그래서.]

"⋯⋯해 보겠습니다."

남자의 얼굴이 거무죽죽해지자 마법사들은 소리 없이 절규했다.

통신석을 내동댕이친 가웨인이 창문 밖에 보이는 도미니크의 숙소를 험악한 표정으로 쳐다보았다.

"저거 정말 죽여 버릴까."

"아직은 곤란하지."

란슬롯의 여상한 말에 가웨인은 인상을 찌푸렸다.

"저 새끼가 세니아나에게 무슨 짓을 할 줄 알고!"

"막내가 입관하면 볼 일 없을 놈이다."

도미니크는 계속 동부 아카데미에서 자빠져 있을 테니까. 그렇게 되게 만들 생각이고.

"눈에서 멀어지면 마음도 멀어지는 법이지. 그보다 서류나 확인해라."

"이 많은 걸 전부 확인해야 한단 말이지."

가웨인은 테이블 한편에 산처럼 쌓인 교수진과 학생 명단, 건축물대장 등의 서류를 질린 얼굴로 쳐다보았다. 란슬롯은 다리를 꼬고 앉아 서류를 한 장, 한 장 넘겼다.

"아탈란이 아카데미 내에선 움직이지 못하는 이유를 황실보다 먼저 찾아야 하니까."

그들이 바라는 건 오로지 가문과 막내의 안전뿐이었다.

'아탈란을 제지할 수 있는 수단을 황실보다 먼저 찾아 손에 넣는다.'

그것이 프렌시프 형제가 아카데미로 온 까닭이었다. 아탈란이든 전쟁이든 프렌시프와는 하등 상관없었다. 프렌시프의 목표는 제국의 안녕이 아니니.

"3차 시험은 어떻게 할 거지?"

가웨인이 묻자 란슬롯은 서류에 시선을 고정한 채 아무렇지 않게 중얼거렸다.

"진행해야지."

"졸업 후에 신분이 밝혀지면 성적 조작이니, 비리니 하며 개떼들이 시끄럽게 굴 텐데."

"그런 말이 나오지 않는 과제를 낼 거다."

란슬롯이 입꼬리를 끌어당겼다. 속내가 검은 미소를 본 가웨인은 팔짱을 끼고 고개를 삐딱하게 젖혔다.

"비열한 방법이라도 쓰려고?"

"설마. 막내가 싫어하는 짓은 안 하지. 난 너와 달리 사랑받는 오빠니까."

"말도 안 되는 소리. 세니아나는 날 제일 좋아해."

"착각은 자유다."

란슬롯이 어깨를 으쓱하자 가웨인은 왈칵 인상을 찌푸렸다.

* * *

"─그래서요, 아타르 왕세자는 무사하고……!"

내가 종알종알 얘기하자 턱을 괸 채 날 빤히 보던 도미니크가 빙그레 웃었다.

"무사하고?"

"쟝뤼크 교수님도 풀려나셨어요."

"풀려났군요."

무슨 말을 하든 그의 목소리와 눈빛이 엄청 다정해서 부끄러워졌다. 내가 붉어진 얼굴로 꼼질거리자 도미니크가 물었다.

"영애의 일은요?"

"네?"

"제가 궁금한 건 영애의 일입니다."

"아……! 아빠에게 생일 선물을 드렸어요. 좋아해 주셔서 기뻤어요."

"그리고?"

또 뭘 말해야 하나. 나는 눈을 데구르르 굴리다가 "으음." 하고 입을 열었다.

"어……, 밥도 잘 먹고……."

"잘했네요."

"잠도 잘 자고……."

"그렇습니까."

"그, 그리고."

나는 주변을 둘러보고 목소리를 한껏 죽였다.

"저하가 보고 싶었어요."

도미니크가 내 눈가를 손끝으로 가볍게 문질렀다.

"보고 싶었습니다."

"바쁘셨을 텐데 제 생각하셨어요?"

"매일."

"저도요."

도미니크가 뺨에 입을 맞춰서 나는 그의 목을 끌어안았다. 그러자 그의 입술이 코로, 또 입술로 내려왔다. 새가 서로 부리를 비비듯 가벼운 입맞춤이 이어졌다. 옆으로 긴 나른한 눈, 오뚝한 콧날,

좋은 향기가 날 것 같은 부드러운 입술, 칼로 베어 낸 것 같은 단정한 턱선도 모두 사랑스러웠다.

'우우.'

가슴이 간질거린다. 나는 그의 얼굴을 잡고 한숨을 내쉬었다.

"내 거였으면 좋겠다……."

도미니크의 눈이 살짝 커지더니 이내 다정하게 휘어졌다.

"당신 겁니다."

"정말요? 전부 다 주실 거예요?"

"예."

"신난다!"

나는 그의 눈에 쪽, 입 맞췄다. 그러자 도미니크의 눈이 깊게 일렁였다. 그는 엄지 끝으로 내 입술을 살짝 벌렸다.

"제 겁니까."

"지금은……."

얼굴이 새빨개진 채로 말하니 도미니크가 달려들 듯 입술을 삼켰다. 한참 뜨거운 입맞춤을 나누다 숨이 차서 살짝 입술을 떼어 냈다. 그러고 보니 어느새 나는 소파에 누워 있었다. 그리고 그는…….

"이, 이거 위험한 자세지요?"

"이런. 눈치채지 않길 바랐는데."

낮게 가라앉은 목소리는 약간 쉰 듯했다. 귓바퀴를 감고 들어온 짓궂은 말에 가슴이 터질 듯 쿵쾅거렸다. 그때 똑똑, 노크 소리가 들려서 나는 화들짝 놀라 그를 떠밀고 퉁겨지듯 일어났다. 도미니크는 문을 향해 인상을 썼다.

"저하."

그의 부관인 알베르의 목소리가 문틈 사이로 들려왔다.

"무슨 일이냐."

"프렌시프 경들이 시험 과제를 논의하시고 싶다 전하셨습니다."

"……."

도미니크는 소파 끝에 걸쳐 둔 재킷을 들고 일어났다.

'웅?'

방금 혀 차는 소리가 들린 것 같았는데.

"……?"

"함께 가시겠습니까."

"아니요. 시험 과제까지 들으면 정말로 성적 비리가 될 테니까요."

그리고 어쩐지 내가 교장실에 있다는 것을 오빠들이 알면 무슨 일이 날 것 같다. 난 도미니크에게 인사하고 포털을 열어 호텔로 이동했다.

다음 날, 오빠들이 낸 시험 과제가 공지되었다. 게시판에 붙은 시험 내용을 보고 학생들이 삼삼오오 모여 떠들었다.

"축제에서 음식을 판매하는 거라면 매출순으로 순위를 매기겠네?"

"가판대 자리 선정이 중요할 것 같은데."

"그건 제비뽑기로 한다나 봐."

나는 시험 내용이 마음에 들었다. 오빠들이 성적을 매기는 게 아니라면 졸업 후에 학생들이 내 신분을 알게 되어도 이의를 제기하진 못할 것이다.

"센!"

아카데미에서 친해진 아이들이 나를 향해 다가왔다.

"아버지 생신은 잘 치렀어?"

떠나기 전에 이들에게 아빠 생신으로 나흘 정도 자리를 비운다고 말해 놓은 걸 기억하고 있던 모양이었다.

"응."

"오자마자 시험이라 싫겠다."

"하지만 마지막 시험이니까!"

내가 밝게 대답하니 가까이 서 있던 여자애가 나를 덥싹 끌어안으며 소리쳤다.

"으아! 이제야 친해졌는데 너무 아쉽다!"

"나도……."

인생에서 처음으로 또래들과 친해졌는데 졸업하면 못 본다고 생각하니 시무룩해졌다. 내가 우울한 얼굴로 고개를 끄덕이자 다른 애들이 졸업 후에 모이자고 말해 주었다.

"저, 정말로? 졸업해도 만나 줄 거야?"

"그럼!"

나는 신이 나서 폴짝폴짝 뛰다가 여자애들 틈에 있는 스위트피를 보았다. 그녀는 내가 아카데미에 와서 가장 많은 얘기를 나눈 학생이었다. 우리 나이대 학생답지 않게 똑 부러지고 멋져서 내가 제일 좋아하는 학우이기도 했다.

"스위트피, 무슨 일 있어?"

"집안 어르신이 근처에 오셔서 신경 쓰이네."

"만나 뵈러 가야 해서?"

"그런 건 아닌데 축제 일정과 맞물려서 만날 수도 있지 않을까 싶어. 웬만하면 뵙기 싫은 분인데."

"어려운 분이야?"

"특이한 분이라⋯⋯. 나도 몇 번 못 만났기도 하고."

스위트피는 아무래도 신경 쓰인다며 집안 어른이 언제 오는지 알아보러 간다고 떠났다. 애들이 스위트피의 뒷모습을 보며 중얼거렸다.

"스위트피는 아무래도 귀족인 것 같지?"

"그렇지. 입고 쓰는 걸 보면. 통신석도 있잖아."

"제임스가 통신하는 걸 들었는데 꽤 고위 귀족인 것 같았대."

그러자 한 남자애가 농담하듯 물었다.

"프렌시프 영애님이 사실은 스위트피인 것 아냐?"

학생들 사이에서 눈치를 보던 왜소한 남자애가 말했다.

"사실은 나도 통신하는 걸 들었는데 분가인 것 같더라고. 본가 어른께 지원받으려면 무조건 로열 키친에 입관해야 한다고 통신 상대가 닦달하는 걸 들었어."

난 속으로 스위트피가 많이 힘들겠다고 생각했다.

"저, 저기."

내가 입을 열자 아이들이 날 쳐다봤다.

"신분 얘기는 학칙 위반이잖아⋯⋯."

그러자 여자애들이 소리쳤다.

"맞아! 스위트피에게도 실례야, 너희!"

다그치듯 말하는 소리에 남자애들은 꿀 먹은 벙어리가 되었다. 우리는 몇 마디 더 나누고 헤어졌다. 난 바로 쟝뤼크의 연구실에 가서 시험 준비를 시작했다. 쟝뤼크가 메뉴는 정했냐고 물어서 난 펜을 물고 끙끙거렸다.

"눈에 띄는 메뉴여야 할 것 같은데 통 모르겠어요."

"빵은 피해. 들고 다니며 먹기 좋으니 웬만한 녀석들이 선점할 거다."

"그렇지요."

그럼 대체 뭘 해야 하지.

'축제의 먹거리라면 일단……'

1. 들고 다니며 먹기 쉬울 것.
2. 향이 강해 주의를 끌 수 있을 것.

두 조건을 충족시켜야 사람들의 발길을 붙잡고 지갑을 열 수 있을 거다.

'날씨도 고려해야 해.'

겨울에 아이스크림을 판다거나 여름에 뜨거운 어묵을 파는 건 난센스다.

"교수님, 축제는 며칠이나 하나요?"

"사흘이지. 학생들도 사흘간 간이 상점을 열어 총매출을 합산할 거다."

"일단 가판대가 어디 설치되는지 보고 올래요."

도구를 손질하던 쟝뤼크는 픽 웃었다.

"그렇지. 위치가 중요해."

그는 지금쯤 가판대를 설치하려고 준비하는 중일 거라며 지도와 외출 허가서를 주었다. 가벼운 옷으로 갈아입고 상점 거리로 향했다. 나 말고도 미리 와서 가판대 설치 장소를 보는 학생들이 있었다. 가판대는 인적 드문 골목에까지 설치되는 것 같았다. 그렇게 생각하면서 걷는데 웬 고함이 들려왔다.

"장사 시작하자마자 재수 없게!"

괄괄하고 신경질적인 목소리에 사람들의 시선이 모여들었다. 조리모를 쓴 덩치 큰 남자가 낡은 로브를 뒤집어쓴 남자를 밀쳐 넘어뜨렸다. 아무도 그 남자를 도와주지 않았다. 나는 깜짝 놀라서 넘어진 남자를 부축했다.

"괜찮으세요?"

"……."

덩치 큰 남자가 씩씩거리며 침을 탁 뱉었다.

"돈이 없는데 왜 가게는 기웃거려, 어?!"

로브를 쓴 남자의 입매 주름이 깊어졌다.

"지갑을 잃어버린 것이라지 않았소. 곧 사람이 올 터이니 ─"

"흥, 비렁뱅이 말을 누가 믿어. 처먹고 나서 배 째라고 드러누울 테지."

그러곤 쿵! 가게 문을 닫았다. 난 로브를 쓴 남자를 빤히 보았다. 꾸룩, 하는 소리가 들려왔다.

'아빠와 비슷한 연배인 것 같은데.'

그렇게 생각하니 마음이 안 좋아졌다.

"이쪽으로 가세요. 음식을 사 드릴게요."

"난 밀가루는 먹을 수 없어."

이곳은 온통 밀가루로 만든 음식 천지였다. 빵부터 파스타 등의.

'고기 요리…… 살 수 있을까.'

나는 주머니를 매만졌다. 가판대 위치만 볼 생각이라 돈을 따로 챙겨오지 않았다. 혹시 몰라 평소에 가지고 다니는 십 피니가 전부였다.

"아……!"

좋은 생각이 났다.

"잠시만 기다리세요."

그를 간이 벤치에 앉혀 준 후에 바로 뛰어갔다.

* * *

남자는 소녀가 떠난 후에야 도착한 부관을 보고 인상을 찌푸렸다.

"거북이도 네 놈보다는 빠르겠군."

"소, 송구합니다, 주인님."

"저 건물 즉시 사들여라."

그가 자신을 내몬 요리사의 가게를 가리켰다.

"하지만 동부엔 더 이상 건물을 늘리지 않으시겠다고……."

남자가 부관을 싸늘히 쳐다보자 부관은 허리를 깊이 숙였다. 그 후에야 남자는 천천히 로브를 벗었다. 석양처럼 짙은 주홍색의 머리칼이 드러나자 부관이 펄쩍 뛰며 말했다.

"신분이 드러날 겁니다."

어떤 면에선 프렌시프 어르신보다 유명인사가 아닌가. 금좌 11석 중 하나이자 지하의 거목이라 불리는 샤르파크 후작은.

샤르파크 후작이 가볍게 대답했다.

"나베리우스의 영역에서 날뛸 무뢰배가 몇이나 되겠나. 근처에 호위나 몇 붙여 놓아라."

"하, 하면 시장하실 테니 음식점에……."

"됐어. 준다는 사람이 있으니 기다리겠다."

"예?"

샤르파크 후작의 식사를 준비하는 건 연차 높은 노련한 사용인들조차 골머리를 썩이는 일이었다. 밀가루는 입에도 안 대서 단백질로 된 요리만 전부 섭렵한 그가 길거리에서 남이 주는 음식을 먹는다고? 부관은 어리둥절한 표정으로 그를 바라보았다.

"너는 그 녀석에게 연락이나 해 두어라."

"정말 괜찮으시겠습니까."

샤르파크 후작이 직접 동부를 찾은 건 아카데미에 다니는 먼 친척 아이에게 연락을 취하기 위해서였다.

"세니아나 프렌시프를 어떻게든 데리고 나오라 전해."

"청녹발의 붉은 눈은 동부에선 그리 희귀하지 않습니다. 분가의 아가씨가 성녀를 확실히 데려오리란 보장은 없지요."

"프렌시프의 성녀가 아카데미 내에서 쓰는 이름을 알고 있으니 찾는 건 어려운 일이 아니지."

"하지만 지금은 프렌시프 경들이 아카데미에 —"

샤르파크 후작은 미간을 좁혔다. 가뜩이나 날카로운 인상이 더더욱 험악해지자 부관은 마른침을 삼켰다.

"하면 다른 방도가 있느냐."

"……."

"프렌시프가 싸고도는 통에 그들 눈길이 닿지 않는 아카데미에서 만나는 것밖엔 방법이 없지 않아!"

부관이 거무죽죽한 얼굴로 고개를 숙이자 샤르파크 후작은 인상을 찌푸렸다. 프렌시프의 성녀 때문에 일이 틀어진 게 몇 번인가. 제가 넘긴 약을 가지고 콜린이 그녀에게 헛짓거리를 했다. 그 탓에 황제는 약을 단속하기 시작했다. 거기다 사비에르의 성녀가 죽는 바람에 마약 유통 자체가 어려워졌단 말이다.

'이번엔 라가세 백작까지…….'

라가세의 땅에서 은밀히 재배하던 양귀비와 대마가 홀라당 황실에 넘어가게 생겼다. 부관은 주변을 살피며 낮은 목소리로 물었다.

"만나서 어찌하실 생각이십니까."

"거래를 해야지."

사비에르 성녀 대신에 그녀에게 유통을 맡길 거다. 이제 라가세의 땅은 쓸 수 없으니 타국에 길을 열어 양귀비와 대마를 재배할 땅을 관리하는 일도 맡길 생각이었다.

"재물은 부르는 만큼 줄 것이니 제대로 준비해 둬라."

"영애가 끝내 하지 않겠다면 어찌합니까."

"강경책을 쓸 수밖에."

그는 선대 후작의 사생아로 매춘부 어미에게서 태어났다. 선대 후작의 적자는 무려 다섯. 맨손으로 그들을 뛰어넘고 한미한 가문을 금좌 11석에 이름을 올려 두었다. 뭐든 끝까지 가는 사내였다, 자신은.

'내게 이만한 피해를 주고도 기어이 제안을 거절한다면 사생결단이라도 내야지. 그래야지.'

후작의 눈이 음험하게 일렁였다. 부관이 굳은 얼굴로 명을 수행하기 위해 떠났다.

*　　*　　*

상점가라 다행이다! 근처에 재료 상점이 있고, 가게 주인 중엔 인심 좋은 사람들이 있어서 내가 생각한 재료를 쉽게 구할 수 있었다. 나는 재료가 든 종이봉투를 끌어안고 얼른 벤치로 뛰어갔다.

"아저씨!"

"……아저씨, 라고."

어느새 로브를 벗은 사내가 기가 막힌 표정으로 나를 보았다.

"배고프시지요? 잠시만 기다리세요."

"대체 뭘 가져왔기에."

나는 봉투 안에서 사 온 것들을 하나둘 꺼냈다. 상점에서 사 온 싸구려 컵과 스푼까지 본 그가 미간을 좁혔다.

"이게 뭐지?"

"이렇게 하는 거예요."

나는 식당에서 싸게 산 소량의 밥과 조림 고기, 달걀 프라이를 털어 넣었다. 그리고 잎채소를 뚝뚝 분질러 그 위에 올렸다.

'마지막으로 버터와 간장을 살짝 뿌리면.'

샥샥 비벼서 그에게 컵째로 건넸다.

"개밥인가."

아저씨가 어처구니없는 표정으로 컵을 보았다.

"컵밥인데……."

"컵밥이라고?"

"드세요. 시장하시잖아요."

내가 그를 바라보자 그는 난감한 얼굴로 컵을 들여다보았다. 천천히 스푼을 들었지만, 여전히 미심쩍은 얼굴이었다. 비빔밥을 맛본 그가 눈을 동그랗게 떴다.

"……."

말은 없지만, 꽤 마음에 든 모양인지 작게 중얼거렸다.

"버터가 밥과 제법 어울리는군."

"즉석에서 만든 것치고는 괜찮죠?"

생글생글 웃으면서 말하니까 그는 크흠, 헛기침을 했다.

"소, 돼지에 물려서 밥이 괜찮은 거야. 내가 원래 이런 싸구려 음식을 먹는 사람이 아니다."

"네네."

나는 가볍게 대꾸하고 그의 스푼에 피클을 올려 주었다.

"뭐, 뭐 하는 짓이야!"

"버터가 느끼할 것 같아서……."

나는 눈을 깜빡이고 웅얼거렸다.

"함께 먹으면 맛있어요."

"……."

"드셔 보세요, 네?"

그가 슬쩍 스푼을 입에 넣었다. 꼬득꼬득 씹히는 소리를 들으며 기대에 찬 눈으로 그를 보았다.

"……뭐."

"맛있죠?"

"젊은 녀석이라 재밌는 요리를 아는군. 이건 리소토인가?"

반숙 달걀이 섞이면서 밥이 촉촉해졌다. 그래서 그렇게 느끼는 것 같은데, 사실은 리소토(육수로 졸인 쌀 요리)라고도 하기 애매하고, 필래프(팬에 볶은 쌀 요리)라고 하기에도 애매했다.

'졸이거나 볶지 않으니까. 불도 전혀 필요하지 않고.'

"비빔밥이에요."

"컵밥이라면서?"

"컵에 넣어서 먹는 비빔밥이라서요."

몇 마디 주고받은 후에 아저씨는 식사에 집중했다.

"별로야, 나는 이런 엉망인 요리는 즐기지 않는다고!"

─라고 하면서도 어쩌나 맛있게 먹는지 모른다.

'재밌는 아저씨네.'

난 킥킥 웃으며 그에게 물을 챙겨 주었다.

"네, 알겠으니까 천천히 드세요."

"내가 이런 데서 이런 걸 먹는 사람이 절대로 아닌데 성의를 봐서—!"

"네네."

저렇게 우걱우걱 먹다가 체하겠다. 나는 물을 더 얻어오기 위해 남은 컵에 손을 뻗었다. 그러자 그가 밥이 든 컵을 양손으로 감싸고 휙, 몸을 돌렸다.

"……."

"……."

"안 덜어 주셔도 돼요……."

근처 식당에서 물을 얻어 와서 다시 벤치로 돌아갔을 때 아저씨는 없었다. 남은 건 오직 밥알 하나 남지 않은 깨끗한 컵과 은으로 된 단추 하나뿐이었다. 은 단추를 든 나는 고개를 갸웃했다.

"보답인가."

남루한 로브를 걸쳤던 그를 떠올리자 마음이 좋지 않았다.

'차라리 이걸로 더 좋은 음식을 사드시지.'

그렇게 생각하고 널브러진 컵과 스푼을 봉투에 잘 넣어서 아카데미로 돌아왔다. 교내는 3차 시험 준비로 정신이 없었다. 과제가 장사이다 보니 손이 필요해서 후배들과 무리를 이룬 학생이 대다수였다.

'어쩌지.'

난 아는 사람도 없는데. 혼자서 재료 준비부터 손님 접객까지 하는 건 힘들 거다.

'손이 덜 가려면 메뉴를 하나로 한정하는 게 제일 좋긴 한데.'

하지만 그렇게 되면 취향이 다른 손님들은 포섭하기 힘들 거다. 일단 가게 앞에 줄이 늘어져 있어야 한 번이라도 더 사람들의 시선을 얻을 수 있다. 문득 손에 쥐고 있던 봉투가 떠올랐다.

'그렇지!'

기본 메뉴는 하나로 두고 거기에 이것저것 조합하면 되잖아.

'비빔밥처럼.'

좋은 생각이 났다!

나는 얼른 쟝뤼크의 연구실로 뛰어갔다.

"설치 장소는 보고 왔나."

쟝뤼크가 물어서 난 고개를 끄덕였다.

"네! 메뉴도 정했어요!"

"잘됐군."

그는 내게 웬 종이를 내밀기에 자세히 보니 부자재 신청서였다.

"교수님 혹시 종이로 된 컵은 없을까요?"

"종이로 컵을 만들면 물이 다 샐 텐데."

"내부에 코팅을 해서 물이 새지 않도록 하는 거예요."

"뭐, 신청하면 만들어 주기는 할 테지."

나는 냉큼 신청서를 작성했다. 단면도와 제작 과정을 자세히 서술해서 행정처로 넘기자 직원도 기막혀했다.

"이런 걸 뭐에 쓰려고?"

"이 안에 이것저것 담을 거예요."

"그럼 차라리 저렴한 컵을 사지 그러니."

"아무리 저렴해도 유리컵이 나무 꼬챙이보다 저렴하진 않을 것 아녜요."

이번 시험은 매출로 겨루는 것이다. 원가가 저렴하면 저렴할수록 이득이다.

'공장에서 제작하는 게 아니라 마법사와 연금술사가 만들어 주는 거라 다행이야.'

원자잿값만 내면 품이 드는 값은 원가에 포함되지 않았다. 직원은 작게 침음하며 신청서를 받았다.

그리고 난 즉시 3차 시험 준비에 들어갔다. 실습실엔 학생들이 잔뜩 모여 있었다. 모두 마지막 시험에 사활을 걸고 있었기 때문에 평소의 집중력과는 전혀 달랐다. 나도 열심히 소스를 만들고 있는데 옆 조리대에서 와르르, 쿵! 하고 물건이 떨어졌다.

"스위트피!"

시험 준비로 예민한 학생이 고함을 내질렀다.

"대체 어디다 정신을 팔고 있는 거야!"

"……미안."

"짜증 나게. 스토브가 또 엉망이 됐잖아!"

깡마른 남자애가 신경질적으로 말하자 스위트피는 한숨을 내쉬었다. 난 주섬주섬 조리 기구를 줍는 그녀에게 다가갔다.

"스위트피…… 괜찮아?"

"응. 내가 정신 놓고 방해한 게 맞으니까."

"집안 어르신 때문에 계속 신경 쓰여서 그래?"

볼을 꽉 그러쥔 그녀가 인상을 썼다.

"셴, 너 혹시……."

"응?"

그녀가 주변을 둘러보고 내게 속삭였다.

"사채 썼니?"

"어 — ?!"

내가 깜짝 놀라 소리치자 다른 애들이 눈살을 찌푸렸다. 나는 미안하다고 애들에게 말한 뒤 스위트피를 보았다.

"사, 사채?"

나는 이제 그 단어는 정말로 끔찍하다. 스위트피는 목소리를 더욱 한껏 죽이고 말했다.

"아니면 마약 해?"

"……?"

"대금을 못 냈어? 그래서 쫓기는 중이야?"

"나 마약 안 하는데!"

내가 펄쩍 뛰자 스위트피는 작게 중얼거렸다.

"그럼 대체 그분이 왜……."

"응?"

"아냐……."

스위트피가 바닥을 노려보다가 내 어깨를 꽉 잡았다.

"웬만하면 밖에 나가지 마."

"어?"

"누가 셴이 맞느냐고 물으면 절대로 아니라고 해. 알았지?"

"……."

"응?"

"알았어……. 근데 무슨 일인데?"

"나중에. 여기서 할 얘기는 아니고."

나는 어리둥절한 표정으로 스위트피를 쳐다보았다. 실습실에서 호텔로 돌아온 나는 불안한 얼굴로 통신석을 쳐다보았다.

'설마.'

아빠가 그럴 리는 없겠지만 사채라는 말은 내겐 트라우마였다. 나는 황도로 통신석을 연결했다.

[세니안.]

여느 때처럼 다정한 목소리였다.

"아빠, 저기……."

[그래.]

"혹시 지금 집안 사정이 어렵나요?"

통신석에서 픽, 하는 실소가 들렸다.

[내 딸이 원한다면 공국을 하나밖에 세우지 못할 정도로 어렵지.]

"농담하시는 거죠?"

나는 뾰로통한 표정으로 통신석을 쳐다보았다.

"정말로 괜찮은가요?"

[네 손주의 손주까지도 평생 재물 걱정 없이 살 정도라고 하면 안심이 될까.]

귀족이 사채를 쓰는 경우도 종종 있다고 들었다. 귀족 영애의 지참금을 마련할 때라든지, 결혼 자금에 어마어마한 금액이 들어서 이따금 고리대금에 손을 대는 일이 있다고 했다.

"아빠, 제가 결혼을 할 때는……."

[결혼?]

어쩐지 목소리가 서늘한 것 같아서 나는 눈을 동그랗게 떴다.

"저도 언젠가는 결혼을 할 테니까요. 보통 제 나이 때 하잖아요?"

[…….]

"어쨌든 그땐 거액의 지참금이나 결혼 자금이 필요하지 않아요. 그러니까 혹시나 —"

[소원권 말이다.]

"네?"

[지금 쓰마.]

그의 소원을 들은 나는 "네?" 하고 되물었다.

[무슨 소원이든지 가능하다고 했지.]

"그렇기야 한데…… 두 장밖에 없는 소원권을 그렇게 쓰시려고요?"

[그래.]

"……네."

어렵지야 않은 일이지만, 정말로 그걸로 괜찮을까. 포털을 쓰고 싶다고 해도 괜찮은데. 통신을 종료한 나는 한참 의아한 얼굴로 통신석을 바라보았다.

11장

노점 위치를 정하는 제비뽑기의 날이 하루 남았다. 나는 주말에도 실습실에 가려다가, 교내에 세워진 타라 동상을 발견했다.

'어제 점심때 애들이 말하던 게 이건가.'

타라 신 동상에 소원을 빌면 이뤄진다는 전설이 있다고 했다. 6년 전에 로열 키친에 입관한 선배가 해 준 말이라면서. 나는 동상을 올려다보다가 슬쩍 손을 모았다.

"제발 골목 안에 있는 가판대는 피하게 해 주세요."

너무 외진 골목인 데다 가판대가 하나만 덜렁 있어서 손님을 모으긴 무리다.

"아빠와 할아버지가 오래오래 건강하시길."

나는 눈을 꼭 감고 이마 위로 손을 올렸다.

"또 저하가 조금만 못생겨졌으면 좋겠어요."

그 얼굴은 정말로 유해해요. 등 뒤에서 낮은 웃음소리가 들려서 깜짝 놀라 뒤를 돌아보았다.

"저, 저하."

"그런 소원은 너무한데요."

"……."

뺨이 붉어져서 힐끔힐끔 눈치를 보자 그가 입꼬리를 끌어당겼다.

"마음에 안 듭니까, 내 얼굴."

"그게 아니라—"

그가 불쑥 얼굴을 내밀어서 나는 황급히 주변을 둘러보았다. 다행히 아무도 없었다.

"연인이 아름다우면 피곤한 거래요. 불안해서."

아빠만 봐도 그렇지 않은가. 선생님이 첫사랑을 회상할 때마다 그가 앞에만 있으면 쥐어박고 싶다는 표정을 했었다.

"그러니 제가 얼마나 불안하겠습니까."

도미니크는 웃으며 내 볼을 쓰다듬었다. 세상에서 가장 아름다운 그림을 보는 사람처럼 달콤한 눈빛이라 정말로 부끄러웠다.

"저는 불안하게 안 할 거예요. 저하가 그러시지."

"제가요?"

"에이레네 사비에르도 저하를 좋아했잖아요?"

마침 그의 부관인 알베르가 다가와서 짓궂은 얼굴로 덧붙였다.

"저하께선 많은 영애에게 나쁜 남자였지요."

"맞아요. 크리스틴도 별궁에서 저하께…… 별궁?"

불현듯 별궁에서 시트론에게 들었던 말과 아카데미에서 란슬롯이 한 말이 동시에 떠올랐다.

[르마르 공작 영애가 도미니크 저하께 홀딱 빠졌다는 얘기 아세요? 네, 결혼해 주지 않을 거라면 차라리 죽어 달라고 울고 불며 애원하더래요.]

[그 존경은 다른 분께 넘기죠. 르마르 영식이라던가.]

"르마르 영애……."

내 말에 알베르가 하하 웃으며 고개를 끄덕였다.

"그렇죠. 르마르 영애 때는 정말로 피곤했 — 헉."

알베르는 아차, 한 얼굴로 슬쩍 도미니크를 쳐다보았다. 그러고 슬금슬금 뒷걸음질 치며 말했다.

"저, 저는 일이 많아서 그만."

쏜살같이 내빼는 알베르를 노려보던 도미니크는 내 시선을 느끼고 우뚝 굳어졌다.

"흐응."

"……오해입니다."

"사연이 많으셨나 봐요."

"……."

"역시 못생겨지는 게 마음이 편하겠어요."

나는 그를 새초롬히 흘겨보다가 휙 몸을 돌려 건물 안으로 들어갔다. 이른 아침이라 복도엔 사람이 없었다. 막 쟝뤼크 연구실의 문고리를 잡는데 그가 내 손을 다정히 잡았다. 나는 돌아보다가 인상을 썼다.

"왜 웃으세요?"

"사랑하는 사람의 질투가 이렇게 달콤한 일이었군요."

그는 천천히 나를 끌어안았다. 등에 맞닿은 단단한 가슴과 귀에 흘러드는 부드러운 숨결에 가슴이 콩닥거렸다. 뾰로통한 얼굴로 손을 꼼질거리던 찰나에 파직! 스파크 소리와 함께 내 주변으로 동그랗게 불의 벽이 생겼다. 황급히 떨어진 도미니크와 나는 눈을 크게 떴다.

"뭡니까, 그건."

도미니크가 굳은 얼굴로 물었다.

'아빠의 소원!'

[아카데미에선 호위를 붙일 수 없으니 불안해서 말이지. 교내에 있
는 마법사들에게 방어 마법을 걸 수 있게 해 주겠니?]

"아빠가 날파리 방지 호위 마법이랬는데……."

이게 왜 도미니크에게?

내가 당황하여 중얼거리자 도미니크가 이를 갈았다. 도미니크와 떨어지고 몇 분이 지나자 거짓말처럼 불길이 사그라들었다. 나는 실험 겸 그의 손끝을 다시 잡아 보았는데 역시나 순식간에 스파크가 튀며 다시 불 벽이 세워졌다.

"……."

"……."

역시 프렌시프의 정예 마법사들. 손끝만 닿아도 순식간에 치솟는다.

'이렇게 뛰어날 필요는 없는데…….'

내가 당황스러운 표정으로 그를 쳐다보자 그는 눈썹을 까딱 들어 올렸다.

"재밌군."

어쩐지 목소리가 서늘한 것 같았다.

"저하?"

"뭐든 방법이 있는 법이죠."

빙그레 미소짓는 얼굴은 여느 때와 같이 다정했다.

'착각이었나.'

나는 고개를 갸웃 기울이고 그를 올려다보았다.

도미니크와 헤어지고 쟝뤼크의 연구실에 들어간 나는 바로 아빠에게 통신을 연결했다.

"마법, 해제해 주세요."

[소원 들어주기로 하지 않았나.]

"그게 아니라……."

3차 시험은 장사였다. 손님과 손끝이 스칠 때마다 불이 나면 좋은 성적은커녕 사상자가 날지도 모른다. 도미니크의 반사 신경이 뛰어나서 그렇지 둔한 사람이었다면 크게 다칠 뻔했다.

"여기는 아카데미고 사람들과 손끝도 스치지 않을 순 —"

[보고 싶은걸.]

"아, 저도요."

[오늘은 일찍 일어났구나.]

"네! 시험 준비를 하고 있어서요. 어제도 이 시간에 일어났어요. 아빠는 평소에 언제 일어나세요?"

[글쎄. 대여섯 시쯤.]

생각해 보니까 황도에 있을 땐 항상 아빠가 먼저 깨어 있었다. 나보다 훨씬 늦게 자는 데도. 나는 걱정 어린 목소리로 물었다.

"괜찮으세요?"

[필요한 만큼은 자니까.]

"저는 자는 게 제일 좋아요."

[미아를 닮았군.]

"네, 선…… 엄마도 저와 함께 낮잠 자는 게 제일 행복하다고 하셨어요. 저도 그렇고요!"

[그리고?]

"네?"

[또 좋아하는 건 뭐가 있지?]

"으음, 설탕 듬뿍 묻힌 도넛을 와구와구 먹는 것도 좋고, 새벽에 산책하다가 사 먹는 요구르트도 좋아하고, 또…… 아! 소파에 누워서 뒹굴뒹굴하는 게 진짜 좋아요."

아빠는 신나게 떠드는 나를 지루한 내색 없이 들어 주었다.

[황도에 오면 함께 하자.]

"뭘요?"

[내 딸이 좋아하는 것이라면 뭐든. 소파에서 끌어안고 누워 뒹굴거리는 것도 좋겠지.]

그때 통신석에서 [세니아냐냐? 응?] 하는 할아버지의 목소리가 들려왔다. 아빠는 냉정하게 [가십시오.]라고 할아버지에게 대꾸하더니 내겐 다정한 목소리로 말했다.

[그럼 나중에 다시 연락하자.]

"네!"

나는 밝게 대답하고 통신석을 종료했다. 황도에 돌아가서 내가 좋아하는 걸 아빠와 나눌 생각을 하니 금세 기분이 좋아졌다. 흐응, 흥. 콧노래를 부르면서 조리 도구를 정리하는데 쟝뤼크가 들어왔다.

"일찍 나왔군."

"네!"

"아침부터 기운차긴. 날을 갈려는 게냐?"

"네, 근데 샤프너는 영 손에 안 붙어요."

"그리 쥐니 힘들지. 이리 줘 봐라. 이건 — 어억!"

쟝뤼크와 손이 스치자 파지직! 스파크가 일면서 불길이 샘솟았다. 나는 깜짝 놀라 그에게서 떨어졌다. 맞다, 마법. 깜빡 잊고 있었다!

아빠에겐 연락할 때마다 이상하게 본론을 잊어버려서 결국 오빠들 쪽을 공략하기로 했다. 시험도 봐야 하고, 아카데미 생활도 계속해야 하는데 불 벽은 너무 위험하다고 설득하자 가웨인은 의외로 선뜻 고개를 끄덕였다.

마법을 해제해 주기로 약속한 날. 나는 우울한 얼굴로 가웨인이 내민 장갑을 쳐다보았다.

"이게 뭐지요?"

"호위 마법의 일부 해제가 가능한 마도구지."

"……전부 해제하는 게 아니라요?"

"장갑을 낀 부위는 만져도 마법이 발동하지 않아."

그는 "그럼 됐잖아?" 하며 창밖으로 시선을 돌렸다. 맞은편에 보이는 도미니크의 숙소를 보는 표정이 어쩐지 비열해 보였다. 마치 이런 일을 예상하고 미리 준비해 놓은 사람 같아서 기가 막힌다. 나는 한숨을 푹 내쉬고 장갑을 챙겼다. 란슬롯이 빙그레 웃으며 물었다.

"시험 준비는 다 했나?"

"네. 이제 제비 뽑으러 가요!"

내가 밝게 얘기하자 가웨인이 빙글빙글 웃으며 턱을 괴었다.

"뭘 만들 건데?"

"컵밥이요."

"컵밥?"

종이컵에 밥과 고기류를 담아 비벼 먹는 음식이라고 설명하자 오빠들이 고개를 끄덕였다.

"들고 다니면서 먹기 쉽겠네."

"간이 테이블도 몇 개 설치하고, 축제니까 간단한 주류도 팔 거에요."

"주류?"

"맥주요. 아이들을 위해 주스도 팔려고 빨대도 준비했어요."

준비한 재료를 즉석에서 양념을 넣어 볶을 거다. 분자가 휘발되며 냄새가 널리 퍼지도록. 가웨인이 오만하게 다리를 꼬았다.

"프렌시프의 이름을 가진 것들은 모두 일등이어야 하지."

"교수님도 그러셨는데."

"부담 갖지 말고."

내가 킥킥 웃으며 말하자 란슬롯이 다정하게 말해 주었다. 나는 장갑을 들고 대강당으로 향했다. 시간보다 이르게 갔다고 생각했는데 벌써 사람이 잔뜩 있었다. 얼마 지나지 않아 교감과 교수진이 도착했고, 우리는 번호순으로 강단 위로 올라갔다.

"말롬, 2 ‒ 31번 부스."

남자애가 뽑은 제비를 확인한 교감이 외치자 학생들 사이에서 앓는 소리가 흘러나왔다.

"2 ‒ 31이면 공연장 바로 앞이지?"

"사람이 제일 많은 중앙 구역. 말롬, 저 녀석은 횡재했네."

"제일 좋은 자리니까."

나는 두 손을 꽉 모으고 제비뽑기 상자를 주시했다.

'제발, 제발.'

"센!"

레아 교수가 내 이름을 불렀고, 나는 결기 어린 표정으로 상자 앞에 섰다. 손을 쑥 집어넣는데 손끝에 걸리는 게 있었다. 어쩐지 느낌이 좋아서 집으려고 하는데, 퍽. 명단에 이름을 적고 나서던 말롬과 어깨가 부딪쳤다. 노골적으로 강한 마찰이었다.

그의 무게에 떠밀린 나는 한 발로 균형을 잡으려다가 상자에 손을 넣은 채로 엉덩방아를 찧었다.

"아야야."

"센!"

레아 교수가 놀라서 나를 부축했다.

"괜찮니?"

"네, 그보다 제비가……."

제비뽑기 상자째로 넘어진 바람에 접힌 제비들이 와르르 쏟아졌다. 교수들이 와서 제비를 정리했고, 나는 다시 한번 상자에 손을 넣었다.

'으음, 이번엔 영 감이 좋지 않은데.'

하지만 아무리 저어 봐도 처음 뽑으려고 했을 때처럼 느낌이 오지 않았다. 우물쭈물 제비를 꺼내 교감에게 건넸다. 나는 간절한 표정으로 접힌 종이를 풀고 있는 그녀를 바라보았다.

"이런……."

그녀는 아쉬운 표정으로 중얼거리며 나를 쳐다보았다.

"센, 5 − 1번 부스."

학생들이고, 교수들이고 부스를 듣자마자 앓는 소리를 뱉었다.

"어떡해. 완전히 망했잖아."

"센은 1, 2차 시험 성적이 좋아서 로열 키친 응시도 가능성 있었는데."

난 불안한 표정으로 강당 벽에 붙은 숫자를 확인했다.

'5 − 1, 5 − 1은…… 으악.'

인적 드문 골목에 덜렁 하나 놓인 부스였다.

비척비척 대강당을 나온 나는 화단 앞에 쪼그려 앉아 머리를 감쌌다.

"어쩌지."

애들 말처럼 정말로 망했다. 윤세나였을 때 장사를 해 본 나는 입지 선정이 얼마나 중요한지 알고 있었다. 아무리 훌륭한 맛집도 외진 곳에선 성공하기 힘들다. 하물며 단 사흘만 운영되는 노점이라면 입소문이 날 시간도 부족하다.

'재료…… 잔뜩 준비해 놨는데.'

혹시나 부족할까 싶어서 닭고기를 백 인분 단위로 손질해 놨다. 내가 끙끙거리고 있을 때 머리 위로 그림자가 드리웠다. 고개를 들자 신경질적인 인상의 깡마른 남자가 안경알을 손바닥으로 올리는 모습이 보였다. 조금 전 강당에서 내 어깨를 밀쳤던 말롬이었다.

"우리의 세계에서는 운도 실력이지."

"어?"

"만년 꼴찌였던 너와 함께 로열 키친에 응시하게 될까 봐 걱정했는데 그렇진 않겠군."

말롬의 입꼬리가 비죽 올라갔다. 그는 아카데미 내에선 아소, 아니, 조슈아만큼 유명인사였다. 조슈아는 한 번도 수석을 놓친 적이 없는 천재였는데, 말롬은 그에게 밀려 늘 2등이었다.

'아, 참.'

스위트피를 비롯한 애들에게 들은 적이 있다. 1, 2차 시험에서 내가 수석을 한 일로 그가 무척 자존심 상해했다고. 나는 교복 치마를 툭툭 털며 일어나 그를 쳐다보았다. 말롬은 입매를 삐뚜름하게 올리며 중얼거렸다.

"뭐, 요행이 세 번까지 통하지도 않겠지만."

"요행이라고?"

"1차 시험은 프란츠와 마찰을 빚은 바람에 일어난 행운이고, 2차 시험은 쟝뤼크의 도움 덕에 가능했던 행운이었으니까."

"……."

"너 같은 게 로열 키친에 응시하면 동부 아카데미 위상 문제지. 천박한 요리밖에 할 줄 모르잖아."

말롬은 입에 서리를 문 것처럼 빈정거렸다. 나는 흠, 하고 침음하며 고개를 끄덕였다.

"요행일지도 모르지."

"인정할 줄은 아는군."

"그런데 넌 그런 요행도 없구나."

"뭐라고?"

"1차 시험 성적 상위자 명단에서 네 이름은 본 적 없는 것 같은데."

"……!"

"그렇지. 우리는 아소와 비교하면 평범하지."

"아소, 그 녀석은 아카데미에서 도망친 패배자야!"

"그런 패배자에게 밀려 만년 2등이었던 너는 뭔데?"

주먹을 꽉 그러쥔 말롬이 으득, 이를 갈았다. 난 어깨를 으쓱하고 그를 지나쳤다. 어느새 우리를 보고 있던 스위트피가 쿡쿡 웃고 있었다.

"이런 면이 있었네."

"스위트피! 어디가?"

"기어이 집안 어른을 피할 수가 없어져서."

"괜찮겠어?"

"아니."

스위트피는 나와 함께 걸으며 어깨를 부르르 떨었다.

"싫은 사람이거든. 돈은 쌓아 놓고 살면서 얼마나 수전노인지 몰라. 내가 태어났을 때부터 봤던 옷을 지금까지 입고 다니신다니까."

"절약은 좋은 거지."

"남에게 피해를 주니까 문제인 거지. 아무튼 센, 우리 내일부터 힘내자."

"응!"

나는 스위트피를 배웅하고, 쟝뤼크의 연구실로 향했다.

'일단 해 보자.'

하기도 전에 포기하는 것만큼 바보 같은 일은 없잖아. 열심히 준비했으니 혹시 모른다. 완전히 망하지 않을지도.

망했다. 정말로 내 부스 쪽으론 개미 한 마리 지나가지 않았다. 벌써 반나절이나 지났는데도.

아이들은 오전부터 착실하게 매상을 올리고 있었다. 그런데 나는 식칼 한 번 들 기회가 없었다. 말롬의 부스 쪽엔 손님이 줄을 이루고 있었다. 대체 뭘 파는 건가 싶어서 기웃거리자 나와 눈이 마주친 그가 조소를 머금었다.

'키시(채소, 치즈, 달걀 등이 들어간 고기 파이)잖아.'

파이니까 들고 다니면서 먹기 편하고, 포장지 원가도 아주 저렴하다. 거기다 소스를 안에 채워 넣지 않고, 바깥에 치즈와 함께 뿌려서 아주 맛있어 보였다.

'다른 애들 것도 맛있어 보여.'

스위트피는 크레이프를 팔고 있었는데, 아이들에게 인기가 좋았다. 아이와 함께 나온 부모들까지 끌어들일 수 있었다. 다른 부스에선 수제 아이스크림을 팔았다. 아직 날이 더운 데다 축제의 열기로 한껏 들떠 있는 사람들에게 안성맞춤이었다.

나는 내 부스로 돌아와 한숨을 푹 내쉬었다.

"이대론 안 되겠어."

광고 수단이라도 생각해야 해. 나는 종이컵에 간단한 그림을 그리고, 골목 앞에 똑같은 그림을 세워 로고처럼 만들었다.

'한 사람만 오면 되는데.'

그 사람이 들고 다니면서 먹는 걸 볼 수 있도록. 하지만 해가 뉘엿뉘엿 저물 때까지 맥주를 사러 온 사람 두 명이 전부였다. 고개를 푹 숙이고 있는데 익숙한 목소리가 들려왔다.

"장사는 하지 않는 거냐?"

아! 나는 반가움에 벌떡 일어났다. 일전에 가판대 설치 위치를 확인하러 왔을 때 보았던 아저씨였다.

"일부러 찾아오신 거예요?"

"찾기는 무슨. 그저 지나가다 보여서."

지나가다 봤다기엔 너무 외진 곳인데? 아저씨는 크흠, 헛기침을 하며 중얼거렸다.

"내가 네 음식이 생각나서 온 건 절대로 아니야. 그저 먹을 만하다고 느꼈을 뿐이지."

"어서 오세요. 어떤 걸로 하시겠어요? 추천 메뉴는 닭고기 컵밥이에요."

"뭐, 그걸로 한번 해 보든가."

나는 활짝 웃고 간해 둔 닭을 볶기 시작했다. 치이익—! 기름에 닭이 익는 소리가 그렇게 듣기 좋을 수 없었다. 데리야끼 소스를 뿌려 달달 볶은 닭고기가 익을 동안 밥과 양배추, 미리 만들어 둔 고추 장아찌 등을 쫑쫑 썰어 종이컵에 넣었다.

다 볶은 고기를 올려 주자 아저씨는 호오, 감탄하며 내가 건넨 컵을 받았다. 스푼으로 조금 떠먹어 본 그가 "괜찮군." 하며 고개를 끄덕였다.

"술도 파는 거냐?"

"네. 맥주예요. 드릴까요?"

"그래."

아저씨에게 맥주를 따른 컵을 건네자 양손에 각각 컵을 쥔 그가 인상을 찌푸렸다.

"테이블은?"

"있긴 한데. 곧 퍼레이드를 한대요. 보시면서 드시는 게 좋지 않겠어요?"

"스푼을 들 손이 없잖아."

'그렇구나.'

술을 팔 생각만 했지 함께 사 가는 사람이 불편한 건 고려하지 않았다. 축제는 보통 두 명 이상 함께 오니 남는 손이 있을 거라고 생각한 것이다.

'손님들이 편하게 먹으려면…… 어?'

머릿속의 전구에 반짝 불이 들어왔다. 나는 황급히 밀가루를 찾았다.

'이런. 밀가루는 챙겨오지 않았어.'

나는 얼른 재료 상점으로 뛰어갔다. 상점 주인에게 "밀가루 주세요!" 하고 소리치니, 그녀는 곤란한 얼굴을 했다.

"밀가루는 말룸이라는 학생이 재고까지 몽땅 가져갔다."

장사가 엄청 잘됐나 보다. 하기야 다른 학생들도 먹기 편한 빵을 메뉴로 택했으니 밀가루가 남아 있을 리 없었다. 나는 진열대를 보다가 무언가 발견했다.

'혹시 이거라면…….'

*   *   *

학생들의 장사 현황을 확인하러 나온 알베르는 프렌시프 형제를 발견하고 허리를 깊이 숙였다.

"나오셨습니까."

"세니아나의 부스는 대체 어디지?"

가웨인이 인상을 찌푸리며 말했다. 외진 곳이라곤 들었지만, 정말로 구석 중의 구석인지 도무지 찾을 수가 없었다.

"모시겠습니다. 이쪽으로 가시죠."

가웨인은 알베르를 따라 걸으며 투덜거렸다.

"어디까지 가는 거야? 이렇게 외진 곳에서 장사가 되겠느냐고."

"가웨인."

란슬롯이 다그치듯 말했으나 그의 표정도 좋지 않았다.

"이번 시험이 망하면 로열 키친 입관은 무리 아니야?"

가웨인의 말에 란슬롯이 가볍게 대꾸했다.

"권외 시험이라는 것도 있긴 하니까."

"하지만 그 녀석, 속이 좋지는 않을 텐데."

"……."

시무룩한 세니아나를 생각하니 마음이 가라앉았다. 그런데 골목 쪽으로 걷는 사람들 손에 하나같이 비슷한 것이 들려 있었다.

"뭐야, 저거."

익숙한 냄새와 익숙한 모양. 종이컵을 지지대처럼 들고 그 위엔 콜리플라워처럼 튀김을 가득 쌓았다. 아래는 빨대를 꽂아 놨는데, 쪽 빨아 먹은 남자가 "크아!" 하고 신음했다.

"저거……."

가웨인이 중얼거리며 골목 안에 다다랐을 때였다.

"한 줄로 서 주세요!"

세니아나가 다급히 외치며 정신없이 움직였다. 형제는 서로를 쳐다보았다.

"뭐야, 손님 없을 거라지 않았어?"

"그렇지……."

사람들이 몇 줄이나 늘어져 서 있었다. 알베르와 프렌시프 형제는 그들을 제치고 세니아나에게 다가갔다. 가웨인이 눈을 동그랗게 떴다.

"이거ー!"

세니아나가 영지에서 가장 처음 만들었던 음식인 치킨이었다. 가웨인이 눈을 빛내며 "하나 줘 봐." 하고 말했다. 기름기로 얼굴이 엉망이 된 세니아나가 고개를 저었다.

"줄 서세요."

"시험관인데?"

"그런데요?"

"……."

교장의 부관인 알베르도 얄짤 없었다. 프렌시프 형제와 알베르는 맨 뒤에 서서 차례가 오길 기다렸다. 알베르는 군침을 삼켰다. 대충 상황만 보고 돌아가려고 했는데 이 고소한 기름 냄새와 뭔지 모를 양념 냄새가 발길을 붙잡는다. 그렇게 20분쯤 후 드디어.

"뭘로 하시겠어요?"

"뭐가 있는데?"

"양념, 프라이드, 간장. 간장 치킨엔 파도 올릴 수 있어요."

생각 같아선 전부 맛보고 싶지만, 세니아나가 일 인당 하나씩밖에 살 수 없다고 못을 박았다.

"재료가 부족해서요."

"……."

"세 분이 각각 다른 걸 사서 나눠 드시는 건 어떠세요?"

"……그래."

세니아나는 커다란 종이컵 안에 맥주를 담고, 그 위에 납작한 종이컵을 넣었다. 그리고 치킨을 가득 쌓아 줬다. 알베르는 양념치킨을 꼬치로 찍어 맛보았다. 그리고 맥주까지 쭉 들이키자 펑! 머릿속에 불꽃이 터지는 기분이었다. 짭짤하고 달콤한 닭튀김과 시원한 맥주의 조합이 가히 환상적이다.

'이런 걸 한 사람에 하나씩만 팔다니…… 비겁하다!'

다른 종류의 치킨도 물론 맛있었다. 고소한 프라이드 치킨에 후추와 소금을 찍어 먹은 후 입안의 기름기를 맥주로 씻어낼 때의 개운함. 짭짤한 간장 치킨을 신선한 파와 함께 씹을 때의 산뜻함. 가웨인은 제 몫의 간장 치킨과 맥주를 모두 해치우고 세니아나를 쳐다보았다.

"하나 더ㅡ"

"손님, 정말 죄송해요, 재료가 다 소진됐어요."

그녀는 가웨인의 말이 끝나기도 전에 줄 서 있던 사람에게 사과했다. 재료가 다 소진되었다니 조르더라도 소용이 없겠다.

'아쉽다.'

가웨인은 빈 종이컵을 우그러뜨려 버리곤 알베르에게 손을 내밀었다. 알베르가 어깨를 돌려 컵을 감쌌다. 그러자 가웨인이 눈썹을 슥 들어 올렸다.

"줘 봐."

"없습니다."

"뒤져서 나오면 부스러기 하나당ㅡ"

"가웨인."

란슬롯의 목소리에 가웨인은 쳇, 혀를 찼다.

*　　*　　*

　다행이다. 완전히 망할 뻔했는데 아저씨의 힌트 덕에 무사히 장사를 끝낼 수 있었다. 다른 학생들보다는 늦게 시작한 데다 재료가 부족해서 치고 나가진 못하겠지만, 남은 이틀도 이 정도로 팔 수 있으면 순위가 나쁘진 않을 것 같았다.

　'참. 아저씨에게 인사를 드려야 하는데.'

　밀가루 대신 쌀가루를 사서 돌아왔을 때 아저씨는 자리에 없었다. 빈 그릇만이 덜렁 놓여 있었을 뿐이었다. 나는 답례로 뭐가 좋을까 고민하며 색이 변한 기름이 잔뜩 튄 조리대를 닦았다. 정리 후 골목을 나왔을 땐 이미 열 시에 가까운 시간이었다.

　말롬의 부스에서도 사람들이 나서고 있었다. 후배들은 시끄러운 펍에 가겠다며 삼삼오오 모였고, 말롬은 나와 같은 쪽으로 걸었다.

　'껄끄러운데.'

　나는 말롬과 떨어지기 위해 걸음을 빨리했다.

　"엉덩이라도 흔들었냐?"

　밉살맞은 목소리에 나는 뒤를 돌아보았다.

　"뭐라고?"

　"부스 앞에서 홀딱 벗고 춤이라도 춘 거야?"

　말롬이 어깨를 으쓱하며 말을 이었다.

　"아니면 그따위 음식이 팔릴 리 없잖아. 상인 조합장에게 아양이라도 떨어서 입소문을 낸 거 아냐?"

　내 표정이 굳어지자 말롬은 입꼬리를 삐뚜름하게 올렸다.

"창피하지도 않냐. 그따위 천박한 음식."

"……."

"돈 들여 아카데미 보내 준 부모님께 죄스럽지도 않아?"

부모님이라는 말이 나오자마자 나는 얼굴이 딱딱하게 굳어졌다. 말롬은 안경을 손바닥으로 슥 올리며 은근한 목소리로 중얼거렸다.

"시험 성적 잘 받아 보겠다고 요리사 명예에 먹칠하는 거, 나 같으면 쪽팔려서 못 해."

픽 웃고 나를 지나치려는 그의 손목을 덥석 잡았다. 말롬이 왈칵 인상을 찌푸렸다.

"뭐야."

"사과해."

"내가 왜?"

"부모님 운운한 것, 사과하라고."

"그런 말은 날 이기고서 해, 등신."

그렇게 말한 말롬은 내 손을 거칠게 떼어 내고 성큼성큼 걸어갔다. 주먹을 꾹 말아쥐었다. 나는 이번 시험에서 로열 키친 응시원만 받으면 된다고 생각했다. 4등 이내에만 들어간다면 무리 없으리라 여겨졌고, 그래서 1등에 연연하지 않았다. 하지만 지금 결심했다. 저 애만은 기필코 이겨야겠다고.

나는 호텔이 아닌 쟝뤼크의 연구실을 찾았다.

'말롬은 오전부터 꾸준히 키시를 팔았지.'

손님도 많았다. 한 시간에 최소 30개쯤 팔았다고 치고, 원가는……. 말롬의 매출과 내 매출을 비교한 난 한숨을 삼켰다.

'오후가 다 되도록 장사를 공친 게 커.'

준비한 쌀과 소스 등은 쓰지 못한 데다가 치킨의 재료도 급히 산 거라 도매가가 아니라 소매가로 샀다. 원가 손해가 크다.

'내일 말롬의 곱절은 팔아야 손해를 메꿀 수 있어.'

그러면 사흘째 판매량으로 승부를 볼 수 있었다. 일단 닭고기부터 주문하자. 밀가루와 튀김가루도 구할 수 있는지 확인해 보아야 한다. 나는 연구실 소파에서 새우잠을 자다가 해가 뜨자마자 시장으로 직행했다.

"손질한 닭 백 마리?"

"이 사람아, 그걸 지금 어떻게 구하나. 미리 주문해 놨으면 몰라도."

"이미 식당으로 다 들어갔지. 돌아다녀 봐야 못 구할 거다."

발에 불이 나도록 뛰어다녔지만, 닭을 구하기 힘들었다. 학교로 돌아온 나는 창고를 뒤지며 끙끙, 신음을 삼켰다.

"닭고기, 닭, 닭."

*　　*　　*

도미니크는 학생들의 하루 치 매상을 확인하고 실소를 흘렸다.

'제비에 실패했다더니.'

이번 시험은 힘들려나 싶었는데 결과가 꽤 좋다. 이 정도 위치에서 이 만큼의 매출이라면 괄목할 성과다.

"로스분이 많죠."

알베르의 말에 도미니크는 짧게 고개를 끄덕였다.

"중간에 메뉴가 변경됐군."

"변경한 메뉴가 꽤 괜찮았습니다. 튀김옷은 바삭하고 안에 든 육질은 촉촉합니다. 바삭한 튀김옷을 덮은 소스가 매콤달콤하고, 묘한 주홍색인데 색이 예뻤죠. 향은 또 어떻고요. 적당히 기름지고, 적당히 짭조름해서 맥주와 몹시 조화롭……."

서류를 내려놓은 도미니크가 신이 나서 떠드는 알베르를 쳐다보았다.

"……."

"……."

"먹어 봤나?"

"그, 그게—"

"시험 중인 학생의 음식을 행정관이."

얼굴색이 변한 알베르가 재빨리 다음 서류를 올려 주었다.

"첫날 매상의 일등은 말롬 군입니다."

"네 섣부른 행동으로 그녀에게 피해가 없어야 할 거다."

"……."

"아니면 내 손에 목이 분질러질 테니까."

알베르는 마른침을 삼켰다.

"그…… 예."

도미니크가 다시 서류에 시선을 고정했다.

"재료 수급에 문제가 있을 텐데."

"프렌시프 영애 말씀이십니까."

"그녀가 아니면 내가 애송이들에게 신경 쓸 것 같나."

알베르는 벽에 붙은 역대 교장의 명패를 보고 마른침을 삼켰다. 그래도 감투를 쓰고 있는 사람이 어쩌면 저렇게 편파적인지.

"있겠지요. 오늘도 새벽부터 시장에 나가신 듯합니다."

"호위는 잘 따라붙고 있겠지."

"물샐틈없이 하고 있습니다. 영애는 꽤 고생이신 것 같더군요. 닭은 구하지 못하신 것 같고."

학교 창고에 남은 몇 마리가 전부였다고 하니 도미니크는 느른히 입꼬리를 올렸다. 포털을 써도 될 텐데. 그녀라면 간이고 쓸개고 덥석 내줄 형제들에게 부탁해도 될 테고.

'하여간 성품이 발라서.'

패가 있으면서도 규정을 넘을 생각을 하지 않는다. 도미니크는 서류에 사인하며 말했다.

"학교와 거래하는 도매상에 연락해라. 학생들에겐 재료를 재신청하게 하고."

"영애 한 분을 위해서라면 공정하지 않은—"

도미니크는 사인을 마치고 깍지를 끼었다. 눈썹을 까딱 들어 올린 그가 싱긋 미소를 머금은 채 말했다.

"그러니까 티가 나선 안 되겠지."

"……제가 처리해야 합니까?"

도미니크가 당연한 걸 묻는다는 듯 의자 등받이에 깊게 몸을 기댔다. 알베르는 앓는 소리를 삼켰다. 왜 연애는 황자가 하고 고생은 제가 해야 한단 말인가…….

'황도로 돌아가기만 하면 사직서를 쓸 테다!'

말롬은 이를 악물었다.

'빌어먹을, 빌어먹을!'

벌써 장사 이틀째의 오후. 어제 일로 입소문이 난 건지 세니아나의 골목 안으로 사람들이 줄을 이뤘다. 반죽을 하던 통통한 남학생이 허허 웃으며 말했다.

"이번엔 학교에서 발 빠르게 나서 줬네요. 덕분에 재료도 원활하게 구하고."

그러자 다른 후배들이 고개를 끄덕이며 말했다.

"다들 밀가루가 필요해서 끙끙 앓았는데 잘됐죠, 뭐."

말롬이 오븐용 내열 장갑을 내던지며 소리쳤다.

"잘되기는 무슨!"

'셴, 그년이 재료를 못 구해야 장사가 망했을 텐데.'

그 망할 계집애의 음식은 날개 달린 듯 팔리고 있었다. 거리 곳곳엔 그년이 만든 재수 없는 로고가 찍힌 종이컵을 들고 있는 사람이 심심치 않게 보였다. 내일은 더 입소문이 날 테고, 재료 수급도 원활하니 오늘 오전처럼 재료가 부족해 손님들을 돌려보내지 않을 터.

"젠장!"

말롬이 오븐을 걷어차며 소리치자 후배들이 움찔, 어깨를 좁혔다. 그들이 눈치를 보며 웅얼거렸다.

"그, 밥을, 우리도 저녁 장사 전에 뭐라도 먹어야지."

"그, 그래. 식당에 가자고."

"선배도 가셔야죠."

말롬은 버럭 소리쳤다.

"돼지 같은 네놈들이나 처먹어!"

후배들이 떨떠름한 표정으로 부스를 떠나고 혼자 남은 말롬은 내내 씨근덕거렸다. 아소, 그 녀석이 아카데미를 떠나 잘됐다 싶었는데 더 거슬리는 계집이 생겼다.

'재능도 없는 나부랭이가.'

제 손목을 잡고 '사과해' 하고 외치던 모습이 떠오르자 울컥 화가 치밀었다. 한 대 치면 툭 쓰러질 것 같은 계집애 주제에 감히 제게 따박따박 대들다니. 말롬은 신경질적으로 손톱을 물어뜯었다.

"여기 장사 안 하시우?"

그때 건장한 사내 몇이 그를 불렀다. 말롬이 퍼뜩 정신을 차리고 주문을 받았다.

"당근 키시 두 개, 계란 스프 둘이죠."

사내들은 대충 고개를 끄덕이며 서로 대화를 나눴다.

"대체 어떻게 찾으라는 거야. 녹색 머리 계집애가 한둘이냐고."

"오늘까지는 찾아야 의뢰비를 받는데. 아~! 내가 이래서 대장에게 귀족 나리 의뢰는 받지 말자던 거라고."

"찾기만 하면 되나? 반항할 테니 어디 하나 부러뜨려 놔야 하는 것 아냐?"

"아서라. 귀족이 찾는 계집애라면 사생아나 이거일 텐데."

사내가 새끼손가락을 흔들며 낄낄거렸다. 말롬은 오븐을 돌리며 사내들을 힐끔거렸다.

'용병인가.'

추레한 꼴을 보면 그럴 수도 있겠다. 그는 소리 없이 혀를 찼다. 단승 작위의 남작이긴 하더라도 제 부친은 귀족이었다. 귀족의 자제가 이런 데서 천박한 용병들에게 요리나 팔고 앉았다니.

'프렌시프 형제들은 대체 무슨 생각인 거야. 이따위 시험을 내다니.'

속으로 투덜거렸지만, 사내들의 대화는 계속 이어졌다.

"사생아나 애인은 아닐걸."

"어떻게 알아?"

"척 보면 알지. 의뢰한 부관이라는 놈이 고리대금업자로 유명하다면서. 돈 끌어 쓰고 못 갚는 계집애겠지, 뭐."

"그래, 그런 귀한 여자를 찾는 거라면 우리한테까지 의뢰하지 않았겠지. 패서라도 끌고만 가면 되는 거야, 우리는."

"이름이 뭐랬지?"

"센…… 이라고 했던가."

말롬의 손이 우뚝 멈추었다.

'센이라고?!'

녹색 머리의 계집애라고 했다. 게다가 시험 준비 중에 스위트피가 속삭이던 소리를 얼핏 들은 기억이 있었다.

[센, 너 혹시…… 사채 썼니?]

말롬은 헛기침을 하며 사내들의 대화에 끼어들었다.

"저기……."

"뭐요."

"센을 찾고 계신 것 같은데,"

사내들이 인상을 찌푸리며 "그런데?" 하고 묻자 말롬은 씩 웃었다.

"제가 압니다. 그 계집애."

"뭐라고?"

"녹색 머리의 붉은 눈이죠? 혹시 아카데미 학생입니까?"

"그, 그래! 어디 있소? 그 여자!"

"저쪽 골목으로 가시면 아카데미 부스가 있는데 거기서 장사 중일 겁니다."

말롬이 가리킨 방향을 본 사내들이 희번덕 눈을 빛냈다. 그들은 주문한 요리도 받지 않은 채 헐레벌떡 골목을 향해 뛰어갔다. 말롬의 입매가 삐뚜름히 올라갔다.

'그래, 곤죽을 만들어서 끌고 가라.'

아주 죽여 주면 더 좋고.

* * *

나는 골목 입구에 식사 중이란 팻말을 놓고 허리를 툭툭 쳤다.

'다행이다.'

아카데미에서 재료 신청을 받자마자 전달해 준 덕에 손님들을 더 놓치지 않았다.

으, 힘들어.

정신없이 닭을 튀기고 팔았더니 온몸이 욱신거렸다. 잠을 못 잔 탓에 어지럽기까지 했다. 부스 안에 쪼그려 앉아 밥을 덜었다. 얼른 밥을 먹고 장사를 시작해야겠다. 그런데 팻말 너머 인기척 소리가 들려왔다.

"아 ─ 식사 중이라 잠시……."

고개를 빼꼼 내밀며 말하던 나는 인상을 찌푸렸다. 낡은 옷을 입은 남자들이 껄렁껄렁하게 팻말을 넘어뜨리며 들어왔다. 순식간에 피가 식는 기분이었다. 이런 상황과 기분을 나는 잘 알고 있다.

'사채업자들이 쫓아왔을 때 같잖아.'

굳은 얼굴로 그들을 쳐다보고 있으니 대장 격으로 보이던 남자가 가까이 다가왔다.

"같이 좀 가지?"

"……무슨 일이시죠?"

"가자면 순순히 가자. 계집애에게 난폭하게 굴고 싶지 않다고, 응?"

남자가 부스 안으로 불쑥 손을 내밀어 내 어깨를 잡았다. 나는 황급히 그의 손을 쳐 내고 주춤, 뒷걸음질 쳤다. 남자는 내가 쳐 낸 손을 바라보며 허, 실소를 흘렸다.

"이것 봐라?"

"……."

"이렇게 말을 안 들으면 내가 난폭해지잖아."

그가 부스를 쾅! 걷어차자 닭을 튀기던 기름이 출렁이며 왈칵 넘쳤다.

"윽!"

조리복 에이프런으로 쏟아진 기름에 덴 나는 허벅지를 잡았다. 남자들이 부스를 때려 부수기 시작했다. 손에 들린 각목으로 조리대까지 내리친 후에 "어!?" 하고 소리치며 위협했다.

"그만둬! 사람을 부를 거예요!"

"그럼 다시 와야지. 그런데 다음에 올 내 부하들은 나보다 더 거칠 텐데 괜찮나? 응? 손님들한테도 피해가 미칠 텐데."

그가 내 머리채를 잡고 낄낄거렸다. 쾅, 쾅! 다른 사내들은 내 부스를 엉망으로 만들었다. 겨우 얻은 재료가 땅에 떨어지며 흙먼지로 엉망이 되었고, 조리대와 버너까지 망가져 나뒹굴었다.

"얌전히 가자. 얻어맞기 전에."

'포털로 도망칠까.'

하지만 소란을 듣고 사람들이 기웃거리기 시작했다. 여기서 포털을 열었다간 내가 세니아나 프렌시프라는 게 아카데미에 퍼질 것이다. 그럼 시험은커녕 아카데미에 남을 수도 없다.

'하지만 이대로 끌려갈 순—'

"왜 이렇게 말귀를 못 알아듣지. 좋은 말 할 때 알아서 나와 주면 좋잖아."

철썩! 뺨에 불이 붙은 듯 뜨거워졌다. 순간 목과 팔목에 각각 걸고 있는 멀린과 테디의 마원이 뜨거워졌다. 가슴이 울렁거리기 시작했을 때였다. 쿵, 쿵, 쿵, 쿵! 워커 소리와 함께 기사로 보이는 남자들이 어딘가에서 나타나 사내들을 포위했다.

"뭐, 뭐야!"

당황한 무뢰배들이 소리쳤고, 기사 몇이 나를 쳐다보았다. 붉어진 뺨에 기사의 시선이 멈추었다.

"제기랄."

기사가 무뢰배의 복부를 걷어찼다.

"여성의 몸에 손을 대는 건 사내의 도리가 아니지."

아주 점잖은 목소리였지만, 이내 눈을 매섭게 부라린다.

"특히 이분은."

성질 급해 보이는 검은 머리의 기사가 휙, 튀어나와 검집으로 내 뺨을 때린 남자의 명치를 찍어 눌렀다.

"너희 같은 양아치 때문에 우리만 저하께 죽어나게 생겼잖아!"

저하? 다른 기사들이 무뢰배들을 곤죽으로 만들고 있을 때, 우두머리로 보이는 기사가 헐레벌떡 부스 안으로 들어왔다. 그는 내 뺨을 만지지도 못하고 안절부절못했다.

"어디 더 상하지는 않으셨습니까?"

"……네."

"다리는?! 왜 저십니까?"

"기름이 엎어져서요."

"대체 그 짧은 사이에 어쩌다……!"

남자는 머리를 쥐어뜯으며 "으아아, 우린 죽었어." 하며 낮게 읊조렸다. 저승사자에게 끌려가기라도 할 것처럼 손을 벌벌 떠는 남자를 보고 나는 눈을 끔뻑거렸다.

그런데 어떻게 이렇게 일찍 도착할 수 있었을까. 아카데미 경비병들의 주둔지는 중심가였다. 하지만 이곳은 아주 외곽이고, 일이 벌어진 지 5분도 안 됐다.

'게다가 기사?'

어떻게 된 영문인지 모르겠지만 다행이다. 멀린과 테디가 튀어나왔으면 수습하기 힘들었을 것이다. 나는 얼얼한 뺨을 문지르며 쪼그려 앉았다. 떨어진 닭고기를 하나둘 줍고 있으니 기사들의 표정이 안절부절못했다.

"영애, 저희가—"

'영애?'

나는 화들짝 놀라 주위를 둘러보았다. 다행히 작은 소리라 들은 사람이 없는 모양이었다. 목소리를 바짝 낮추고 물었다.

"누구예요?"

"예?"

"아빠? 할아버지? 오빠들?"

"저희는……."

기사의 표정에 당황이 역력했다. 달려올 때부터 허둥거리더니 이번 일이 크게 곤란한 모양이었다. 나는 한숨을 내쉬며 말했다.

"호칭은 조심하세요."

"예……."

* * *

세니아나에게 호위로 붙인 기사들이 무뢰배를 둘러업고 돌아왔다. 알베르는 도미니크의 눈치를 보았다. 차라리 기세가 흉포하다면 이렇게까지 오금이 저리진 않을 것이다. 그의 주변에 서늘한 오라가 일렁였다.

"대체 어떻게 된 거요!"

알베르가 부러 크게 소리치자 기사들의 대장 격인 사내가 손을 등 뒤로 모은 채 고개를 숙였다.

"교대 중에 일어난 일이었습니다. 영애에게 들키지 않도록 떨어져 호위 중이었던 터라 상황을 놓친—"

"그래서."

도미니크의 목소리가 싸늘했다.

"……."

"영애의 상태는?"

"부스가 망가지는 와중에 기름 냄비가 떨어져 다리를 데셨습니다. 그리고 이자들에게 뺨을 맞—"

퍽! 도미니크가 기사의 뺨을 후려치자 기사들이 황급히 한쪽 무릎을 굽혔다.

"뭐 하는 놈들이야."

"송구합니다."

"알베르."

"예, 저하."

"새로 호위를 차출해라."

"하면 이들은……."

"내가 지시한다면 목숨이 온전치 않을 텐데."

알베르가 속으로 한숨을 삼켰다.

'다리 두 짝은 부러뜨려야 되겠군.'

도미니크는 안쓰러운 눈빛으로 기사들을 돌아보는 알베르를 향해 낮게 읊조렸다.

"다시 영애의 머리카락 하나라도 상한다면 네 목도 함께 떨어질 것이다."

오싹할 만큼 위험한 기운에 알베르가 고개를 숙이며 재빨리 대답했다.

"며, 명심하겠습니다."

도미니크는 엉망이 된 얼굴로 벌벌 떠는 무뢰배들에게 다가갔다. 그들은 움찔, 어깨를 떨며 슬금슬금 뒷걸음질 쳤다. 휙! 도미니크가 한 사내의 머리채를 잡았다.

"누구냐. 그녀의 몸에 손댄 새끼는."

사내의 눈동자가 주저앉아 벌벌 떠는 붉은 머리에게 향했다. 도미니크의 시선을 느낀 붉은 머리는 흠칫하여 마른침을 삼켰다.

'뭐, 뭐야.'

그 계집애가 대체 누구길래 이 난리가 났단 말인가.

'저하, 라고.'

남자는 오들오들 떨며 도미니크의 얼굴을 올려다보았다. 뒷골목에서 평생을 구른 자신도 견디기 힘든 위압감을 뿜어냈다. 마치 사지에서 태어난 야수처럼. 도미니크가 한 걸음씩 다가갈 때마다 척추를 타고 소름이 내달렸다.

"오, 오지 마. 오지 — *끄아악*!"

허벅지가 검에 꿰뚫리자 끔찍한 비명이 방안에 메아리쳤다. 다리를 잡고 벌벌 떠는 사내를 보다 가볍게 눈을 감은 도미니크가 중얼거렸다.

"묻는 말에만 대답한다."

"끄으, 큭⋯⋯."

"대답."

퍽! 무뢰배의 명치에 주먹을 꽂아 넣자 그는 벌레처럼 꿈틀거렸다.

"용병이냐."

"그, 그렇습, 끄윽⋯⋯."

"누가 그녀를 찾아 달라 의뢰했지?"

"모, 모릅— 으아악!"

손등을 뚫고 단도가 바닥에 박혔다. 침과 눈물로 범벅이 된 얼굴이 바닥에 짓눌리자 사내는 "크흐윽." 신음했다.

"저, 정말입니다. 신분을 밝히지 않았습니다. 고리대금업자인 듯했고, 의뢰한 남자는 귀족의 하수인인 것으로 보였습니다. 사, 살려 주십시오⋯⋯."

도미니크가 손등에 박힌 검을 빼내자 남자는 고통에 몸부림쳤지만, 얼굴은 희망으로 밝아졌다. 돌려보내 줄지도 모른다. 그래, 고작 뺨 한 대였다. 사과하고 배상한다면⋯⋯!

"껴—!"

검날이 목을 스치고 지나갔다. 턱 밑에서 후끈한 격통이 느껴진다 싶더니 선혈이 줄줄 흘러내렸다.

"커헉⋯⋯."

남자가 균형을 잃고 쓰러졌다.

"다음."

도미니크는 피 묻은 단도를 죽은 남자의 옷깃에 문지르며 한 번 더 "다음." 하고 외쳤다. 기사들이 재빨리 다른 용병을 끌고 왔다.

"그녀에게 기름을 엎은 놈은 누구냐."

"그, 그건."

도미니크가 검 끝으로 그의 눈을 겨눴다. 온몸을 오들오들 떨던 남자가 실금했다. 도미니크의 입매가 삐뚜름히 올라갔다.

"너군."

"사, 살려, 살려 주 ― 끄악!"

용병의 몇은 죽었고, 남은 자 또한 사지가 온전치 않았다. 기어이 인상착의와 의뢰인의 사소한 버릇까지 알아낸 도미니크가 알베르 에게 명했다.

"찾아."

"프렌시프 영애를 찾으려던 자라면 고위 귀족이나 타국의 왕족 쯤 될 겁니다."

"한데."

"찾기 어려울⋯⋯."

"하면 대륙을 다 뒤지기라도 해야지."

그가 고개를 들어 알베르를 느른히 돌아보며 말했다.

"네가 뒤지기 싫다면."

"소, 속히 정보부를 움직이겠습니다."

"쓰레기들에게 그녀의 정보를 넘겨줬다는 키시를 파는 놈의 신 상 명세도."

"예……."

*　　　*　　　*

치료를 받기 위해 아카데미 의무실에 있던 나는 다급한 발소리를 듣고 고개를 돌렸다. 쾅! 문이 열리고 오빠들이 들어왔다.

"다친 데는."

란슬롯의 표정에서 미소가 사라졌다. 내 뺨에 연고를 발라 주던 의사가 눈을 동그랗게 뜨고 그를 쳐다보았다. 그녀가 "프렌시프 경과 아는 사이니?" 하고 물어서 나는 마른침을 삼켰다.

"그게 ─"

내가 변명하기도 전에 가웨인이 싸늘한 표정으로 말했다.

"나가."

"예, 옛!"

당황한 그녀가 뛰듯이 문을 나서고, 나는 오빠들을 흘겨보았다.

"들키면 어쩌려고요!"

"그게 중요해? 뭔데, 어떤 새끼들인데!"

"몰라요. 기사들이 데려가서……. 오빠들이 보내신 거 아니에요?"

란슬롯과 가웨인이 시선을 교환했다.

"우린 아니야."

"흐음, 그럼 누구지."

감사 인사를 하려고 했는데.

나는 침대에서 폴짝 내려와서 떨어진 에이프런을 둘렀다. 가웨인이 인상을 썼다.

"뭐야."

"네?"

"어디 가려고?"

"장사해야죠. 이러다 시험 다 망하겠어요. 얼른 부스도 고쳐서……."

"다쳤잖아!"

소리친 건 란슬롯이었다. 나는 깜짝 놀라 눈을 동그랗게 떴고, 그는 내 어깨를 잡은 채 고개를 숙였다. 늘 다정한 그가 소리를 치자 무섭고 당황스러워서 난 어쩔 줄 모르고 눈만 데구르르 굴렸다.

"다쳤잖아……."

란슬롯이 나를 끌어안았다. 거친 숨결이 그가 얼마나 화가 나고 죄스러워하는지 알려 주는 것만 같아서 나는 손을 꼼질거렸다.

"괜찮은데."

"……."

"괜찮아요."

"……."

그렇게 말했어도 두 사람 모두 표정이 좋지 않았다.

'정말인데.'

조금 두렵긴 했지만, 어릴 때도 겪은 일이라 그렇게까지 놀라진 않았다. 가웨인은 머리를 거칠게 쓸어올리며 신경질적인 어조로 말했다.

"넌 왜 항상―!"

"네?"

"애써 괜찮아할 필요 없어."

"그렇지만 지금은 이렇게 걱정해 주는 오빠들도 있고, 얼마 다치지도 않았어요."

"정말이지."

"그래도 아빠와 할아버지에겐 비밀이에요. 걱정하실 테니까."

내가 검지로 입술을 꾹 누르며 말하자 란슬롯은 한숨을 내쉬었다.

"그런데 누굴까요?"

운 나쁘게 용병들의 눈에 들어 끌려갈 뻔한 건 아닐 거다. 누군가 '프렌시프 영애'를 찾고 있었던 게 틀림없다.

'누가 그런 겁 없는 짓을 했지?'

아탈란이 가장 먼저 생각났지만, 난 이내 고개를 저었다. 그들이라면 용병들의 손을 빌리는 어리숙한 짓은 하지 않았을 터. 내가 고개를 갸웃 기울이자 란슬롯이 내 뺨을 쓰다듬으며 말했다.

"그건 우리가 알아볼게."

"네."

"마법사와 기사를 네 주변에 붙일 테니 뿌리치지 마라."

"그럴게요."

난 오빠들과 굳게 약속하고 의무실을 나섰다. 복도를 걷고 있으니 누군가 불쑥 다가왔다.

"저하!"

"다쳤다던데."

머리끝이 약간 젖었다. 나를 찾느라고 뛰어다녔던 사람처럼. 난 주변을 둘러보고 팔랑팔랑 손짓했다.

"가요."

그가 '어딜?' 하는 표정으로 눈을 크게 떠서 난 얼른 마원을 잡고 그와 함께 이동했다. 주변을 둘러본 도미니크가 실소를 흘리기에 난 그를 따라 웃었다.

"둘만 있을 수 있는 곳이요."

"야한 말인데요, 그거."

그가 짓궂게 말해서 난 입을 삐죽였다. 하지만 학생들이나 교직원들이 언제 올지 모르는 데다가 오빠들의 눈에 띌 수도 있었다. 내가 우물쭈물하며 "싫으세요?" 하고 말하자 그가 나를 끌어안았다.

"아니."

나는 그의 가슴에 가만히 이마를 기대고 등을 꼭 끌어안았다. 신기한 일이지. 왜 도미니크와 함께 있을 땐 이다지도 안심이 될까. 가족들에겐 걱정을 살까 봐 내색할 수 없었지만, 그에겐 마음껏 어리광을 부려도 될 것 같았다. 나는 "아후……." 한숨을 내쉬며 중얼거렸다.

"무서웠다……."

"그랬습니까?"

"막 쾅쾅 때려 부수고, 때리고 그랬어요. 여기여기."

내가 뺨을 가리키며 울상을 짓자 그가 붉어진 부분에 입 맞췄다.

"약 발라서 쓸 텐데요!"

"예, 쓰네요."

"……."

나는 미소 짓는 그를 가만히 보다가 놀라서 퍼뜩 떨어졌다.

"마법!"

불나면 어쩐담! 내가 당황하여 눈을 동그랗게 뜨자 도미니크는 제 몸을 내려다보았다.

'으웅?'

안 나네? 나도 내 몸을 내려다보다가 고개를 갸웃했다.

'장갑을 끼고 있어서 그런가.'

난 란슬롯이 준 장갑을 살짝 빼내고 뺨을 그의 가슴에 비볐다. 찌릿! 정전기가 일더니 화르륵 가슴에 불이 붙었다.

"역시!"

도미니크는 재킷을 던지듯 벗고 인상을 찌푸렸다. 난 장갑을 빤히 쳐다봤다.

"장갑을 낀 부분만 닿아야 한댔는데."

도미니크는 입가에 조소를 걸쳤다.

"거짓말이겠죠."

하기야 정신없이 장사를 하다 보면 손님과 손만 닿을 순 없었을 거다. 팔도 닿고, 팔꿈치나 머리칼도 닿겠지.

'장갑을 끼는 동안엔 호위 마법이 전혀 발동하지 않는구나.'

"그런데 오빠들이 왜 거짓말을 했을까요?"

"……마법이 계속 발동하는 줄 알아야 내가 손을 못 댈 테니까요."

"네?"

"아닙니다."

"그럼 장갑을 끼지 않으면 평생 못 만지는 걸까요?"

내가 아쉬운 표정을 짓자 그는 빙그레 웃으며 침대 옆 협탁 위에 어떤 향을 피웠다.

"늘 방법은 있죠."

"방법이요?"

시트러스 계열의 상큼한 향이 방안을 가득 메우자 내 몸 주변에 붉은빛이 맴돌았다.

"여기선 닿을 수 있습니다."

그가 나를 번쩍 들어 올렸다. 난 깜짝 놀라서 "꺅!" 비명을 지르며 그의 어깨를 잡았는데 불이 붙지 않았다.

"와ー! 어떻게 한 거예요?"

"재물로 안 되는 일이 없는 세상에 태어난 게 다행입니다."

"아하. 돈 쓰셨구나."

내가 킥킥 웃자 그는 나를 침대에 살포시 내려 주었다. 우리는 한 침대에 누워 서로를 바라보았다.

*　　　*　　　*

도미니크는 눈을 꽉 감았다. 그녀가 다쳤다는 말을 들었을 땐 심장이 멎는 줄 알았다. 적군의 검이 목전에 들어왔을 때도 이만큼 놀라진 않았다. 이 여자를 잃을까 봐 무섭다. 언제부터였을까, 이 작고 가냘프게만 보이던 여자가 제 숨이 된 것은. 도미니크는 세니아나의 흘러내린 머리를 귀 뒤로 넘겨주며 중얼거렸다.

"함께 삽시다."

"……그거 프러포즈?"

그가 그녀의 약지에 키스하며 낮게 읊조렸다.

"원한다면 떠나죠. 어디든 좋습니다."

"……."

"바닷가에 식당을 하고 싶다고 했었죠."

"……네?"

"낚시를 해서 당신이 원하는 물고기를 잡아 오겠습니다. 나무를 해서 겨울도 춥지 않게 할게요."

세니아나는 도미니크의 눈을 빤히 응시했다. 그는 간절한 표정으로 세니아나의 이마에 입술을 눌렀다.

"황자의 자리도, 황위도 모두 포기하겠습니다. 필부가 되어 산대도 좋습니다. 용병이 되라 하시더라도 하죠."

"……."

"나랑, 살아요."

눈을 깜빡이던 세니아나가 살짝 몸을 일으켰다.

"안 되는데?"

"……예?"

"아빠랑 가족들이 싫어해요."

"가족들이 싫어하면 헤어질 겁니까?"

"……."

세니아나는 대답 없이 슬쩍 시선을 돌렸다. 도미니크의 눈이 조금 커졌다.

"영애."

"……."

"세니아나."

"……그, 결혼은 가족들과 상의하에……."

도미니크가 미간을 좁힌 채로 일어났다.

'가족이야, 나야.'

머릿속에 촌스럽고 유치한 질문이 떠올랐지만, 질문할 순 없었다. 그녀가 정말로 가족을 택할까 봐서. 세니아나는 아예 침대에서 일어나 손을 꼼지락거렸다.

"저는 그럼 장사하러……."

"결혼은?"

"저는 독신주의자인데요?"

그러더니 "선생님이 능력 있으면 혼자 살아도 된대요. 굳이 결혼할 필요가?" 하며 종알거렸다. 대체 그 선생님이 누군데!

*   *   *

난 방문을 잡고 도미니크에게 인사했다.

"그럼 쉬세요."

"……말롬을 조심하십시오."

"말롬이요?"

"그자가 용병들에게 영애가 있는 곳을 가르쳐 줬다더군요."

나는 대번에 인상을 썼다. 아카데미를 나섰을 땐 벌써 해가 뉘엿뉘엿 지고 있었다. 말롬의 부스엔 사람이 가득했다. 나는 손님들을 비집고 들어가서 말롬을 쳐다봤다.

"안녕?"

"……뭐야?"

난 생긋 웃고 키시 반죽을 그의 얼굴에 엎어 버렸다.

"이게 무슨 짓이야!"

"그건 내가 묻고 싶은 말인데."

내가 차갑게 응시하자 그의 얼굴이 거무죽죽해졌다. 잠시 멈칫한 말롬은 벌컥 화를 내며 소리쳤다.

"이 미친 —!"

"무슨 의도로 그 사람들에게 내가 있는 곳을 알려 준 거야?"

"내, 내가 뭘 알려 줬다고…… 이거 완전히 돌았잖아!"

말롬이 내 어깨를 밀치며 "꺼져!" 하고 외쳤다. 아닌 체하지만 표정엔 당황이 역력하다. 난 고개를 모로 꼬고 그의 얼굴을 가만히 들여다보았다.

"발뺌하는 걸 보면 잘못했다는 건 아나 보지."

"내가 언제 발뺌했다는 거야. 장사 방해하지 말고 꺼져—! 부스 망가진 게 내 탓이라고 하고 싶은 모양인데, 어림없어."

말롬은 콧방귀를 뀌며 비죽 입꼬리를 올렸다.

"이번 시험 망해서 로열 키친 응시원을 못 받을까 봐 두려우면 저기 구석에 꺼져서 질질 짜거나 할 것이지, 엄한 데 화풀이하기는."

"그야 두고 볼 일이고."

"정신 차려, 등신아. 지금이라도 웨이트리스 자리를 알아봐야 할 거다."

나는 말롬의 손목을 휙 잡아채서 조리대에 찍어 눌렀다. 절로 목소리가 낮아진다.

"내기할래?"

"너 같은 것과 내가 왜 ― !"

"손모가지 걸어."

"……!"

"내가 이기면 이 손목 분질러 버릴 거야."

"차, 참나! 내가 이기면 어쩌려고."

"그럼 네가 분지르든가."

"그따위 질 낮은 내기에 관심 없……!"

"왜, 겁나?"

손님들이며 주변을 기웃거리던 학생들, 그리고 일을 돕는 후배들까지 수군거리기 시작하자 말롬의 표정이 새빨갛게 달아올랐다.

"망할 계집애……. 좋아, 손목이 분질러진 후에도 그렇게 자신만만한지 보자고."

나는 더러운 것을 버리듯 휙 손을 떼고 에이프런에 슥슥 닦았다. 바짝 약이 오른 말롬의 얼굴은 험악해졌지만, 난 어깨를 으쓱였다.

엉망이 된 내 부스를 정리하던 난 인기척에 고개를 돌렸다. 스위트피가 새하얀 얼굴로 숨을 몰아쉬고 있었다.

"센⋯⋯."

"무슨 일이야?"

한참 사람이 몰릴 시간인데. 스위트피의 요리는 인기가 많아서 눈코 뜰 새 없이 바쁠 거다. 내가 걱정 어린 표정으로 쳐다보자 그녀는 한숨을 내쉬었다.

"도와줄게."

"괜찮아!"

"⋯⋯."

"넌 크레이프를 말아야 하는데⋯⋯ 손이 더러워질 거야."

손 씻을 새도 없이 바쁠 텐데. 내가 얼른 고개를 젓자 스위트피는 입술을 꾹 깨물었다.

"돕게 해 줘⋯⋯."

언제나 단단한 나무처럼 다부지던 스위트피의 표정이 오늘따라 영 좋지 않았다. 난 걱정 어린 눈으로 스위트피를 바라봤다. 그녀의 시선도 내 볼에 닿았다가 떨어졌다. 스위트피의 눈이 순식간에 커다래졌다.

"너, 뺨 — !"

"으응. 이것도 괜찮⋯⋯."

"개자식!"

불쑥 튀어나온 욕에 깜짝 놀라서 눈을 동그랗게 뜨자 스위트피가 헛기침했다.

"⋯⋯미안."

"네가 왜?"

"널 찾는 사람이 아무래도 본가의 가주님인 것 같아."

"뭐라고?"

스위트피의 집안 가주라니.

"처음부터 말해 줬으면 좋았을 텐데 확실하지 않아서 주저했어. 정말로 미안하다. 그분이 누구냐 하면—"

"교칙 위반이잖아. 3차 시험까지 끝나면 말해 줘."

굳이 스위트피에게 들을 필요는 없었다. 이미 오빠들이 조사 중일 테니까.

"하지만……."

"스위트피."

나는 그녀의 손을 잡고 눈썹을 늘어뜨렸다.

"너희 집안 어른이 나를 억지로 데려오라 명했더라도 그건 네 탓이 아니야."

"착해 빠져서."

"그런 거 아닌데."

나는 눈을 깜빡이며 고개를 갸웃 기울였고, 스위트피는 무슨 소리냐는 듯 날 빤히 쳐다보았다.

"아니라니?"

"나는 너를 좋아하니까, 네가 순순히 네 혈육의 짓이라고 말한다면 나도 모르게 그들을 용서하려고 할 거야. 네가 가슴 아픈 건 싫으니까. 그렇지만 난 그렇게 쉽게 용서하기는 싫은걸?"

나는 "착한 건 아니지." 하며 고개를 끄덕였고, 스위트피는 한참 말이 없다가 이내 픽 웃었다.

"정말이지, 너는……."

"응?"

"묘한 구석이 있다니까."

스위트피는 그래도 나를 도울 수 있게 해 달라고 했다.

"용서는 필요 없어. 잘못했다면 대가를 치러야지. 나도 내 마음의 빚을 덜려는 더러운 수작이니까 너도 날 확실하게 이용해 먹어."

"그, 그럴까?"

사실 도와줄 사람이 있으면 좋겠다고 생각했다. 말롬의 부스엔 후배가 다섯이나 붙어 돕고 있었고, 난 혼자였다. 게다가 오늘 저녁부터 내일까지 말롬과의 차이를 메꾸려면 나 혼자선 힘들 것이다. 난 "응! 마구 부려 먹을게." 하고 말했다. 스위트피는 빙그레 웃고는 아예 자신의 부스를 정리해 후배들까지 데려왔다.

"네 장사는 안 해도 돼?"

"어차피 크레이프는 해가 떴을 때나 잘 팔려. 사람들은 날 저물면 식사 거리를 찾거든. 밤엔 널 도울게."

나는 눈을 초롱초롱 빛내며 그녀의 손을 덥석 잡았다.

"고마워!"

"그럼 뭐부터 하면 돼?"

나는 미리 아카데미에서 가져온 두툼한 종이를 잔뜩 꺼냈다.

"이렇게 접으면 상자가 되거든."

후배들이 "오호." 하며 고개를 끄덕였다.

"잔뜩 만들어 줘. 그리고 닭은 튀겨야 하는데—"

"내 부스에 솥이 있어."

"빌려줘~!"

이제 골목 안에 가만히 있어선 승산이 없다. 내 부스는 망가져서 금세라도 쓰러질 것 같은 데다가, 운이 나쁘면 건달들이 노리고 있는 곳이라고 소문이 나서 꺼리는 사람이 생겼을 수도 있다. 무엇보다 줄이 지나치게 길어지면 기다리느니 포기하는 사람이 생긴다. 그래서 생각한 것이 배달 서비스!

'배달과 야식의 나라에서 와서 다행이야.'

나는 스위트피, 그리고 후배들과 두 시간가량 상자와 전단을 만들었다. 그리고 시식 용기에 닭을 작게 잘라서 전단을 돌리고 다녔다. 그렇게 저녁 일곱 시쯤, 입질이 오기 시작했다.

*　　　*　　　*

"거리 공연단 간이 대기실로 열두 상자요!"

"상인 회관으로 일곱 상자래요. 양념 넷, 간장 하나, 프라이드 둘!"

"느티나무 앞에도 프라이드 세 상자 있어요!"

"잠깐, 잠깐. 선배! 양념 소스가 부족해요!"

"칼리 꽃집으로 배달 갔어? 꽃집에 여섯 상자 있잖아."

치킨은 불티나게 팔렸다. 밤 열한 시가 다 되어 가는 시간에도 배달은 끊임이 없었다. 거리엔 사람들이 없어서 대부분의 학생들이 장사를 정리했는데, 우리는 바빠서 눈이 돌아갈 지경이었다.

"지금 닭 얼마나 남았지?"

"열 마리도 안 남았어요."

"이제 슬슬 장사를 정리해야 하나."

"무슨 소리! 지금이라도 밀간해서 튀겨야지! 이렇게 잘 팔리는데……! 그렇죠, 선배?"

"당연하지."

스위트피와 후배들도 밀려드는 주문에 행복한 비명을 질렀다. 식당 매출은 고스란히 학생의 몫인데, 나는 이들에게 매출을 나누어 주겠다고 약속했다. 심약한 남자 후배는 "다음 학기 등록금…… 부모님께 손 벌리지 않아도 될지도……." 하며 울먹였다.

"센 선배, 맥주가 부족한데 어떻게 할까요?"

그러자 후배 하나가 눈을 빛내며 "물 타서 불릴까요?" 하며 물어왔다.

"큰일 날 소리!"

나는 깜짝 놀라서 외쳤다.

"장사는 신뢰라고. 근처 식당에 남는 게 있을 테니까 사 오자."

난 식당으로 후배들을 데려갔다. 아카데미 학생들의 졸업 시험 때문에 손님이 줄어든 식당에선 흔쾌히 술을 팔아 주었다.

"감사합니다."

"뭘, 이거라도 팔 수 있으니 우리가 더 고맙지, 그런데 치킨이란 게 그리 맛있나?"

"드셔 보시겠어요? 거래처니까 싸게 드릴게요."

"어머, 그래? 그럼 종류별로 두 상자씩."

옆 가게의 사장님도 "어머, 자기야. 우리 것도 같이 시켜 줘~!" 하고 말해서 우리는 술을 사러 갔다가 주문을 왕창 받아서 돌아왔다.

자정이 넘어서야 장사를 정리했다. 나와 스위트피, 그리고 후배들은 쪼그려 앉아 돈을 셌다.

"우리 장사 대박 났어요!"

"이게 다 몇 장이야!"

세어 본 돈을 하나, 둘 박스에 정리한 우리는 "하아아." 하고 신음을 흘렸다.

"여섯 시간도 안 되어서 매출이 이 정도라면 내일은 정말 기대된다."

"그러게. 입소문도 더 날 텐데."

돈 세는 재미에 푹 빠진 나는 치킨과 배달을 생각해 낸 조상님을 끌어안고 싶은 기분이었다.

'장사 최고!'

역시 식당을 해야 해. 행복하다! 컵 치킨은 가격이 저렴해서 많이 팔아도 크게 남지 않았는데, 닭 한 마리를 통으로 팔았더니 꽤 많이 남았다. 역시 축제엔 치킨이다. 거기다 내일은 축제의 꽃인 상인회 크로켓을 하는 날!

'왜 치킨집 사장님들이 월드컵과 올림픽만 기다리시는지 알겠다.'

나는 돈 냄새에 흠뻑 취해 히히 웃었다. 닭에 밑간을 하고 나서 바로 아카데미로 향했다. 내일 쓸 기구를 만들기 위해서였다. 커다란 가방을 몇 개나 사 와서 그 안에 딱딱한 받침대를 넣고 바느질했다. 눈이 시릴 정도로 집중해 있는데 덜컹, 문이 열렸다. 도미니크가 뻬딱하게 서서 실을 물고 있는 나를 쳐다봤다.

"뭐 하는 겁니까?"

"장사 도구를 만들려고요."

그가 내 뒤에 있는 빈 가방을 흘깃 쳐다보았다.

"아직 한참 남은 것 같은데요."

"네…… 언제 다하지요……?"

내가 우울한 표정을 지으니 도미니크는 한숨을 푹 내쉬었다. 그러고 내 곁에 앉아 여분의 바늘을 잡았다.

"직접 도와주시려고요?"

"사람을 부르면 영애가 거절할 테죠."

"반칙이잖아요."

도미니크가 "그러니까요." 하며 바늘에 실을 꿰어 넣었다. 그리고 내가 하는 양을 따라 했는데 가만히 지켜보던 난 조그맣게 웅얼거렸다.

"도와주지 않으셔도 돼요."

"괜찮습니다."

그는 다시 바느질에 집중했다. 난 그의 눈치를 슬쩍 보며 말했다.

"제가 안 괜찮아요……."

"이 정도는 ―"

"아니, 그러니까 가만히 계시는 게 도와주시는 건데……."

엉망이라고? 바느질이 엉성한 데다 삐뚤빼뚤해서 이걸 들고 움직이면 판이 쑥 빠져 버릴 것 같았다.

"……."

"……."

침묵하던 도미니크가 이내 낮은 목소리로 말했다.

"……꼼꼼하게 해 보죠."

"네, 부디."

그렇게 말한 나는 다시 바늘을 잡고 열심히 천을 꿰맸다. 정신을
차렸을 땐 해가 떠오르고 있었다. 난 "으그그." 하고 허리를 툭, 툭
쳤다.

도미니크를 슬쩍 바라보자 그는 인상까지 써 가며 바느질에 열
중하고 있었다. 곰처럼 커다란 손을 고물고물 열심히 놀리는 모습
이 귀엽기도 하고, 어쩐지 짠하게도 느껴졌다.

"그거까지만 하고 그만 하세요. 이 정도면 충분할 거예요."

"다행이군요."

그가 "눈이 몰릴 것 같았습니다." 하며 인상을 찌푸렸다.

"안 도와주셔도 되는데 하서 놓고선."

"……."

"왜 그렇게 열심히 하세요."

"예쁨받고 싶어서."

"저한테요?"

내가 눈을 동그랗게 뜨고 묻자 그는 가늘게 한숨을 내쉬었다.

"부황께도 이렇게 간절한 적이 없었습니다."

"저하, 예뻐요."

그가 혼잣말하듯이 "……중증이군." 하고 중얼거렸다.

"이런 말에도 기쁘니."

나는 킥킥 웃고 그의 뺨을 살짝 잡았다.

"아이, 예쁘다."

"언제쯤 프렌시프 공보다 예뻐지겠습니까?"

"그건……."

내가 그의 얼굴을 놓고 꼼질거리자 그는 눈을 가늘게 뜨고 날 응시했다.

"1순위는 바라지 않겠습니다. 2순위로 두어 주십시오."

나는 슬쩍 시선을 피했다.

"……설마 2순위도 아닙니까?"

"……."

"누군데요."

"아니, 핏줄이 더 중요하니까요. 아직까지는……."

변명하니 그는 실소를 흘리고 바늘을 내려놓았다.

"후작?"

"네."

"하면 제가 3순위는 되겠죠."

"할아버지가 서운해하실 테니까 세 번째는 할아버지를……."

"4순위는 접니까?"

"……."

"……설마 그것도 아닙니까."

"저하보다는 오빠들과 더 오래 봤잖아요."

몇 달 차이긴 해도. 하지만 아주 어릴 땐 이 세계에 있었다고 하니 더 오래되었을 수도 있겠다.

"……."

도미니크는 말이 없었고 나는 손을 내저으며 황급히 수습하려 했다.

"다섯 번째는 저하예 — 아, 시트론."

"……."

"아니아니, 저하할게요."

도미니크의 표정이 풀어질 줄을 몰라서 난 해가 다 뜰 때까지 우물쭈물 그의 눈치를 봐야 했다.

가방을 가지고 아카데미를 나서려는데 통신석이 울렸다. 아빠였다.

"네……."

[일이 있었다고.]

오빠들이 얘기했나 보다!

'말하지 말랬는데.'

나는 그가 걱정할까 봐 급히 "큰일은 아니었어요." 하고 말했다.

[정말이냐.]

"네……."

[그런데 왜 그리 시무룩하지?]

"저하가 화나셨나 봐요. 제가 5순위라고 해 —"

생각 없이 말하다가 화들짝 놀라 입을 다물었다.

'바보!'

이틀을 거의 꼴딱 새듯 했더니 머리가 안 돌아간다.

"그, 치, 친구! 친구 하기로 했거든요. 서로에게 첫 친구인데 5순위라고 해서 서운하신가 봐요."

[……흐음, 다섯 번째라.]

아빠는 더 캐묻지 않았다. 거기다 왜인지 기분 좋은 것 같은 목소리라 난 갸우뚱 고개를 기울였다.

[그럼 할애비는 몇 번째이냐.]

불쑥 할아버지의 목소리가 들렸다.

"세 번째요."

[뭐?!]

그가 버럭 고함을 내질러서 나는 우뚝 굳어졌다.

'무, 무서워.'

얼어 버린 나 대신 아빠가 대답했다.

[제가 첫 번째라지 않습니까.]

[네놈이 왜?! 세니아나에게 수작을 부린 게 아니냐!]

아빠의 목소리는 오만했고, 할아버지는 분노했다. 두려워진 나는 얼른 통신을 종료했다. 다시 통신석이 깜빡깜빡 점멸했지만, 고개를 도리도리 젓고 생각했다.

'못 본 거로 하자.'

가방을 잔뜩 끌어안고 걷다가 문득 드는 생각에 난 눈을 데구르르 굴렸다.

"아빠가 첫 번째는 아닌데."

내게 첫 번째는 절대로 변하지 않을 것이다. 우리 선생님이 최고지. 선생님의 상냥한 미소를 떠올리자 기분이 좋아졌다. 부스에 도착하자 스위트피가 보낸 후배들이 먼저 와 있었다.

"왜 스위트피에게 가지 않고?"

"오늘은 선배를 도와주라고 하셨어요. 해가 지면 다른 애들과 함께 합류하신대요."

"고마워라."

내가 감동하고 있자 후배들이 "귀여—!" 하다가 합, 입을 다물었다. 잔뜩 준비한 닭을 본 후배가 물었다.

"선배님."

"응?"

"어제 매출만으로도 로열 키친 응시는 안정권 아닌가요?"

나는 고개를 끄덕였지만, 후배들은 의아한 표정이었다. 그런데 왜 어제보다 닭을 더 많이 준비했느냐는 표정이었다. 나는 에이프런을 두르며 생긋 웃었다.

"부러뜨릴 손목이 있거든."

정말로 말롬의 손목을 아작내 줄 생각이었다. 난 치킨 상자를 가방 안에 잔뜩 넣어 크로케 대회장으로 향했다. 나를 따라온 후배는 걱정 어린 얼굴로 "이게 정말로 팔릴까요?" 하고 말했다.

'팔리지요!'

야구장에서 치킨이 얼마나 불티나게 팔리는가. 배달 주문이 밀려드는 건 점심 즈음이다. 오전엔 이렇게 찾아가는 방식으로 얼마간 매출을 올릴 생각이었다.

"치킨! 치킨 팝니다!"

나는 일부러 관중 사이를 돌아다니며 소리쳤다. 고소한 기름 냄새에 끌린 관중이 하나 주문하여 상자를 열자 주변 사람들도 관심을 가지기 시작했다.

"여기도 하나!"

"프라이드로 드릴까요? 맥주도 있어요!"

"하나 줘 봐."

한 번 팔리기 시작하니 한지에 먹물이 번지는 것처럼 다른 사람들도 너나 할 것 없이 주문하기 시작했다. 후배들도 신이 났다. 금세 가방 안의 치킨은 다 팔렸고, 우리는 몇 번이나 가게와 경기장을 오갔다.

'배달 주문할 때보다 괜찮은걸!'

우리가 관중에게 치킨을 파는 동안, 가게에 있는 후배들은 열심히 닭을 튀겼다. 속도가 붙기 시작하니 쏠쏠하다 못해 매출이 어마어마할 지경이었다.

"선배, 술이 부족해요!"

"드럼통째로 가져와야겠다. 앗, 손이 부족한데 어쩌지."

"아무래도 주문받은 것부터 먼저 가져와야겠어요!"

손님에게 계속 치킨 상자를 내어 주는 사이 후배는 술을 찾으러 뛰어갔다.

"나도 이것만 하고 얼른 ― 응?"

관중석을 벗어나기 위해 뛰어가던 난 눈을 동그랗게 떴다.

"이거 우리 드럼통인 것 같은데."

난 어느새 관중석 바로 뒤편에 옮겨진 드럼통을 보고 고개를 갸웃했다.

'내 거 맞는 것 같아.'

드럼통 아래 내 이름이 쓰여 있었다. 분명 양조장에서 술을 옮겨 오며 이름을 썼던 내 드럼통이다.

'후배들이 옮겨 놓은 건가.'

언제 옮겼담. 시간이 부족했을 텐데. 손도 빠르고 성실하고, 의욕적이기까지 해. 정말 좋은 사람들이다! 나는 헤헤 웃으며 드럼통에 호스를 연결했다.

"여기도 맥주 하나!"

"네!"

술잔을 재빠르게 옮기다가 멀리서 보이는 뒷모습을 보고 눈을 깜빡였다.

'도미니크와 비슷한 것 같네.'

그는 무얼 하고 있으려나. 5순위라고 한 것 때문에 꽤 충격을 받은 표정이었다.

'으음, 그렇지만 거짓말을 할 순ㅡ'

"빨리 줘요!"

"아, 네! 갑니다!"

너무 바빠서 그를 생각할 틈조차 없었다. 크로케 경기 중에 치킨을 어마어마하게 팔았다. 해가 떨어지기도 전에 어제 미리 준비를 해 놓은 닭이 똑 떨어져서 급하게 다시 생닭을 가져와야 했다. 날이 저물어선 스위트피와 다른 후배들이 합류했다.

"이거 지금 튀기면 되지?"

"주문은 저와 잭이 받을게요."

"서커스단에서 대량 주문 들어온 것부터 해야 돼. 잠깐, 센! 이거 40상자 전부 프라이드야?"

"아니, 그 아래에 종류가 있어. 음, 양념이 열둘, 프라이드가 열여 덟, 간장이 열."

"선배, 기름 솥 더 가져와야겠어요!"

정신이 하나도 없었다. 오늘은 어제보다 더 입소문이 퍼진 탓에 허풍 한 술 보태 오 분에 한 번씩 주문이 들어오는 것 같았다.

'으아아, 어떡하지.'

스위트피와 후배들이 총 다섯. 나까지 하면 여섯인데 이 숫자로 밀려드는 주문을 전부 받기는 무리였다. 난 배달을 하기 위해 수레 를 밀며 뛰어가다가 말롬의 부스를 보았다.

'헉.'

어제보다 훨씬 많은 수의 사람을 직원으로 두고 있었다. 게다가. 나는 바닥에 팔랑 떨어진 종이를 주우며 미간을 좁혔다. 그 틈에 말 롬과 시선이 마주쳤는데 그는 나를 매섭게 노려보았다.

"뭐야!"

왈칵 소리치는 그를 보고 나는 눈썹을 까딱 들어 올렸다.

"내 요리는 천박해도 방식은 아니었나 봐?"

"뭐?"

"따라 하고 있잖아."

내가 주운 종이는 말롬의 키시 전단이었다. 그 아랜 배달 주문서 도 함께 있었는데, 어느새 그도 나를 따라 하고 있던 모양이었다. 말롬은 왈칵 얼굴을 구기며 소리쳤다.

"따라 하긴! 나도 다 생각해 놨던 건데 네가 나보다 한발 먼저 시작했을 뿐이야!"

"거짓말이 더 천박하지 않니?"

"뭐, 뭐?!"

나는 어깨를 으쓱이며 자리를 벗어났다. 배달을 끝내고 도착하자 벌써 내 부스의 후배들도 말롬에 관해 이야기를 나누고 있었다.

"정말 너무해. 어떻게 이렇게까지 따라 할 수가 있어?"

"배달이야 그렇다 쳐도 메뉴는……."

메뉴? 내가 후배들을 쳐다보자 스위트피가 벌컥 성을 내며 말했다.

"치킨을 팔기 시작했어!"

"……."

"네 매출을 나눠 먹겠다는 심보지. 게다가 말롬의 구역은 중심가 잖아. 여기서 손님을 뺏기면―!"

따라 하지 않았다고 해 놓고 속이 빤히 보이는 짓을 한다. 나는 조리대를 검지로 툭, 툭, 두들겼다.

하지만 제재할 방법은 없었다. 배달은 내가 특허를 낸 것도 아니고, 요리 메뉴는 중간에 변경할 수도 있는 데다가 잘되는 남을 따라 한다고 해서 학교에서 어떤 불이익을 주는 것도 아니다. 게다가 이런 건 장사가 생계 수단인 사람들에게는 비일비재한 일이었다.

'하지만 시험에서 이런 짓이라니 비열해.'

말롬이 배달과 치킨을 시작했다면 금세 내 매출을 따라잡을 수도 있었다. 자리도, 일하는 사람의 수도 나보다 훨씬 좋은 조건이었으니까.

"스위트피. 우리 닭은 얼마나 남았지?"

"마흔 마리 정도 되려나."

"더 준비해 놓자."

"괜히 재룟값만 날리는 게 아닐까? 말롬도 치킨 배달을 시작했으니 주문이 나뉠 텐데."

"주문받았을 때 닭이 없는 것보다는 나으니까."

"그렇기야 하지만……."

대량 주문이 한 건만 더 들어오면 말롬을 완전히 따돌릴 수 있는데.

나는 한숨을 내쉬며 부족한 양념 소스를 만들기 시작했다. 시간이 지나면서 예상했던 대로 말롬의 부스가 우리보다 더 많은 주문을 받고 있었다.

'역시 자리가.'

전화가 있는 게 아니라서 주문을 받을 땐 부스의 후배들이 뛰어다니며 받는데, 말롬은 스무 명이나 되는 후배들을 거리에 풀었다. 수가 몇 안 되는 우리는 닭을 튀기는 것만으로도 벅차서 저들을 대적할 수가 없었다. 말롬이 많이 팔면 팔수록 내 부스는 한가해졌다. 후배들이 초조한 표정으로 손톱을 물어뜯었다.

"어쩌죠……."

"……."

내가 하루하고도 반나절 동안 장사를 하지 못한 탓에 말롬과 나의 매출은 그리 차이가 나지 않는다.

'말롬이 이길지도.'

내 손모가지…… 날아간다. 난 후배들과 스위트피에게 내색하지 않으려 밝게 말했다.

"우리는 우리 일만 열심히 하면 돼. 메뉴를 따라 하는 것뿐이니 맛에선 밀리지 않을 거야."

"그, 그래요. 우리 쪽 맛이 더 훌륭하면 손님들이 돌아올 거예요."

"말롬네는 고작 오픈 효과 같은 거죠!"

"하지만 시험은 오늘까지고……."

누군가 우울한 목소리로 말하니 다시 부스 안의 기운이 가라앉았다. 그때, 우리 부스 쪽으로 로브를 푹 뒤집어쓴 누군가가 다가왔다.

"치킨 백 상자 주문 가능합니까."

"배, 백 상자요?!"

"예."

나와 스위트피는 재빨리 서로 시선을 교환했다. 그리고.

"네 — !"

"당연하죠!"

우리가 버럭 소리치며 로브의 남자를 덥석 잡자 그는 당황한 듯 잠시 말이 없었다.

"두 시까지 광장으로 백 상자 배달 부탁합니다. 메뉴는 전부 프라이드로 하지요."

스위트피가 "아!" 하며 소리쳤다.

"저희가 장사를 자정까지만 해서요."

시험이 자정까지니까. 자정이 넘으면 학교에서 얄짤없이 매출을 정산하러 올 거다. 그는 절그럭거리는 커다란 돈주머니를 조리대 위에 턱, 얹었다.

"선금으로 드리겠습니다."

후배들이 환호성을 내질렀다. "멋쟁이!" 하며 소리치는 후배가 있는가 하면 "감사합니다!" 하고 울먹이는 후배도 있었다. 우리는 곧바로 주문받은 치킨을 튀기기 시작했다. 그렇게 시간이 흘러 자정. 학교에서 보낸 교직원이 정산을 하기 위해 찾아왔다.

* * *

알베르는 두꺼운 로브를 신경질적으로 벗으며 거친 숨을 몰아쉬었다.

'더워!'

가을에 돌입했다지만, 아직 날이 후덥지근했다. 이런 계절에 로브라니. 게다가 목소리 변조 마도구는 장착하고 있는 동안 목을 꽉 조여 와서 기분이 나쁘다. 알베르에게 다가온 기사가 수레째로 끌고 온 치킨을 보고 눈을 동그랗게 떴다.

"이게 다 뭡니까."

"그러게 말이다."

"어찌하시려고요?"

"동부 외곽에 주둔시킨 병사들에게 전해 줘라."

그러자 기사가 "예ㅡ!?" 하고 소리쳤다. 그러곤 이내 감동받은 얼굴로 크흑, 신음했다.

"저하께서 저희 같은 것들을 위해 보내 주신 겁니까."

"……저하께서 사 주신 것이긴 하지."

"자애로운 주군 밑에서 일할 수 있어 이 켄달, 신께 감읍합니다."

"……그게 아닐걸."

"예?"

알베르는 짜증스러운 표정으로 휙, 휙, 손을 내저었다.

"가져가기나 해라."

"예!"

"한 상자만 놓고."

"드실 겁니까?"

기사의 말에 알베르가 커흠, 헛기침을 했다.

"내가 먹고 싶어서 그런 게 아니라, 그, 병사들에게 먹이기 전에
어?! 먹여도 되나 확인차! 확인차 놓고 가라는 것이다!"

"오오!"

기사는 감동으로 흥분하여 "그렇군요!" 하고 소리쳤다. 그러곤
결기 어린 표정으로 말했다.

"아닙니다, 혹여 병사들에게 위험한 음식이라면 제가 확인해야지
요. 제가 하겠습니다!"

"아, 아니, 내가 해도 된……."

"경을 위험에 노출시킬 수는 없습니다. 위험하고 고된 일은 제
가―!"

"내가 한다니까."

"아닙니 —"

"아, 놓고 가라고!"

알베르가 버럭 소리치자 기사는 놀라 눈을 동그랗게 떴다.

'왜 심기가 불편하신 거지.'

실수라도 한 걸까.

'아아, 그렇군.'

부하를 위험에 노출시키지 않으려 일부러 악역을 자처하는 저 자애로움!

'역시 명장 밑에 명졸이 있는 것이다.'

훌륭한 주군인 저하 밑에 훌륭한 부관이 있는 것은 당연한 일이었다. 기사는 굳은 얼굴로 척, 뒷짐을 짚고 고개를 숙였다.

"병사들을 위한 경의 희생정신. 이 켄달, 가슴에 깊이 새기겠습니까."

기사가 몇 번이나 인사하자 알베르는 내심 안절부절못했다.

'내 치킨, 식는다!'

따뜻할 때 먹어야 맛있다고 했는데!

* * *

장사를 정리하고 호텔의 내 방으로 돌아왔다. 씻지도 못하고 침대에 풀썩 쓰러졌다.

'아, 익숙한 느낌.'

식당에서 일할 때 느꼈던 기분 좋은 피로감이었다. 씻고 자야 하는데 도무지 움직일 수가 없었다. 나는 보드라운 이불에 얼굴을 비비며 푹 한숨을 내쉬었다.

'내일은 일어나서 매출 순위를 확인하고, 날 납치하라고 지시했던 사람의 조사 경과를 오빠들에게 듣…… 피곤해.'

끙끙거리고 있자 손에 쥐고 있던 통신석이 깜빡거렸다.

[세니아나.]

할아버지의 목소리였다. 나는 눈을 반쯤 감고 졸음기 가득한 목소리로 웅얼거렸다.

"네……."

[할애비가 생각을 해 보았지. 내가 왜 아서보다 순위가 높지 않은지 말이다.]

뭐라고 막 하시는데 너무 졸려서 한 귀에 들어갔다가 한 귀로 나왔다.

[행정관, 그리고 가신들과 긴 회의 끝에 결론을…… 한 번도 네게 사랑한다는 말을…… 그래서 말인데 세니아나…… 크흠, 사랑…… 커흐흠! 사, 사랑…….]

목소리가 마구 겹쳐져서 이제는 뭐라고 하는지 하나도 모르겠다.

'나중에 다시 하자고 말씀드려야 되는데…….'

―라고 생각하는 중에 의식이 멀어졌다.

[그러니까 말이다. 할애비도 너를 많이 사랑한다는 말을…… 아서보다 더…… 세니아나?]

"……."

[세니아나?]

"……."

[마법사! 마법사를 들여라! 통신석이 이상해!]

[이, 이상은 없는데요.]

[한데 왜 아이가 말이 없는 게야. 어? 어디 이따위로 통신석을 만들어서 ─! 목을 잘라 주랴!]

다음 날 아침. 교복을 입고 기숙사를 나온 난 눈을 비볐다. 오랜만에 푹 잤더니 몸이 노곤노곤했다.

'할아버지가 어제 뭐라고 하셨더라.'

자다가 뭐라고 막 소리치시는 걸 들은 것 같은데.

[목을 잘라 주랴!]

─라고 하셨던 건 기억한다. 할아버지가 한 말을 곰곰이 생각하며 걷던 난 헉, 숨을 들이켜고 멈춰 섰다.

'내 목을 자른다고?'

나는 하얗게 질려서 마른침을 꼴깍 삼켰다.

"아빠보다 순위가 낮다고 해서 화가 나셨나……."

내가 겁에 질린 얼굴로 "어쩌지, 어쩌지." 하며 발을 동동 구르고 있을 때 누군가 어깨를 툭 쳤다. 화들짝 놀라 돌아보니 스위트피였다.

"센, 잘 잤니?"

"으응, 너도……?"

"나야 잘 잤지. 그런데 표정이 왜 그래?"

"……아니야."

스위트피는 의아한 표정으로 나를 보다가 금세 빙그레 웃었다.

"그럼 가자. 게시판에 성적 붙었대!"

"응!"

나는 스위트피와 함께 얼른 게시판으로 뛰어갔다. 양손을 꽉 맞잡은 채 눈을 감았다.

'말롬보다는 성적이 좋아야 해.'

말롬보다는 제발! 그렇게 기도하고 있는데 주변에서 탄성이 들려왔다.

"1, 2위 매출 뭐야."

"미쳤어. 공 하나가 더 차이 나잖아."

"저게 몇 년 치 수업료람."

난 눈을 가늘게 뜨고 아래서부터 이름을 훑었다.

[5등 스위트피 4,230피니.]

나는 스위트피의 이름을 보고 펄쩍펄쩍 뛰었다.

"5등이야!"

이틀 내내 밤엔 장사하지 않았는데도 매출이 엄청 좋았다. 스위트피는 씩 웃으며 "괜찮네." 하며 고개를 끄덕였다. 난 다시 성적표를 확인했다.

"헉!"

[1등 셴 11,096피니.

2등 말롬 10,003피니.

.

.]

이겼다! 난 스위트피를 껴안고 "와!" 소리쳤고, 그녀도 킥킥 웃었다.

"뭐야, 마지막 단체 주문은 안 받아도 될 걸 그랬어."

그래도 받은 덕분에 큰 차이로 이겼다. 나는 마지막에 주문해 준 로브의 남자에게 감사하며 한숨을 푹 내쉬었다. 그러고 건물 안으로 들어갔는데 실습실에 얼굴이 새하얘진 말롬이 있었다.

'벌써 성적을 봤나 보네.'

그에게 다가가자 그는 움찔, 뒷걸음질 쳤다.

"뭐, 뭐야. 뭔데!"

"약속, 잊지 않았지?"

"무슨 약— 하! 정말 내 손목이라도 자르려고? 이거 미친 거 아니야. 그따위 농담을 누가…….''

농담이라고 말하는 주제에 겁먹은 얼굴이었다. 나는 조리용 망치를 실습실 서랍에서 꺼내서 빙글빙글 돌렸다.

"누가 농담이래?"

그의 손목을 꾹 잡은 채 쾅! 조리대를 내리쳤다. 순식간에 손목을 비틀어 피한 말롬이 주춤, 주춤, 뒷걸음질 치다가 주저앉았다. 새파란 얼굴로 헉, 헉, 거친 숨을 내쉬는 그를 보고 난 생긋 웃었다.

"왜? 쫄려?"

"……미, 미친, 너 미쳤ー!"

"내가 용병들에게 끌려갔다면 더한 짓을 당했을 텐데, 남이 당하는 건 우습고, 네가 당하는 건 무서워?"

그러자 주변에서 놀란 표정을 짓고 있던 학생들이 수군거리기 시작했다.

"무슨 소리야? 용병에게 끌려갈 뻔했다니?"

"센의 부스가 망가졌던 일을 말하는 건가?"

"설마 말롬이 그놈들을 센에게 보낸 거야?"

"아니겠지……."

"그럼 저게 대체 무슨 소리야?"

말롬은 화살처럼 쏟아지는 시선을 느끼며 부들부들 떨었다. 주저앉은 말롬이 나를 올려다보았다. 얼굴이 황망함과 당황스러움, 그리고 공포로 일그러져 있었다.

"미, 미쳤어? 너 돌았냐고!"

"그것도 내가 묻고 싶은 말인데."

"다들 뭐 해! 교수님 모셔 와! 저년이 돌았다고! 내 손목을 망치로 내려치려는 것 못 봤어?!"

말롬이 꽥 소리쳤지만, 아이들은 쉽사리 움직이지 못했다.

"그래, 오시면 나도 드릴 말씀이 있어."

내 말에 말롬이 "허……." 실소를 뱉었다.

"미친 계집애. 네가 무슨 할 말이 있다고ー!"

"건달들에게 나를 팔아넘기려고 했던 것 말이야."

"파, 팔아넘기긴 무슨!"

"그들은 네게서 내가 있는 곳을 들었다고 했어."

그때 스위트피가 소란을 듣고 안으로 들어왔다. 그녀는 딱딱하게 굳은 얼굴로 말했다.

"건달들에게 센이 있는 곳을 알려 줬다고?"

"나, 난 그자들이 저 계집애를 찾기에 그냥—!"

용병들이 날 찾으러 왔을 당시 골목 안의 상황을 목격했던 학생들이 기함했다.

"척 보기에도 위험한 놈들이었잖아!"

말롬은 황급히 변명했다.

"내겐 손님이었다고! 손님이 물으면 장사하는 입장에선—!"

스위트피가 탁자 위에 놓인 음식물 쓰레기를 그에게 쏟아 버렸다.

"센은 허벅지에 끓는 기름을 맞고, 그들에게 폭행까지 당했어! 뺨을 때리고 머리채를 잡아서 끌고 가려고 했단 말이야!"

"사채 쓴 저년이 잘못이지!"

"아무리 경쟁자를 떨어뜨리고 싶었어도 해야 할 짓이 있고, 해선 안 될 짓이 있는 거야. 쓰레기!"

스위트피가 그에게 달려들었다. 깡마르고 작은 말롬은 그녀에게 머리채를 잡힌 채 "악!" 비명만 내질렀다.

'헉.'

오히려 내가 당황해서 스위트피를 뜯어말렸다.

"놔, 놔 봐! 내가 이 새끼 죽여 버릴 거야!"

"내, 내가 해야 하는데…….."

"그 일로 얼마나 미안했는데, 하루도 마음이 편한 날이 없었는데―! 미친놈!"

말롬은 스위트피에게 머리채며 멱살이 잡혀 짤짤 흔들리고, 팔뚝과 다리를 콱콱 깨물렸다. 소란이 한층 더 심해지자 결국 교수들이 나타났다. 나 대신 그녀가 난리를 친 탓에 내가 망치를 든 일은 언급되지 않았다.

소란을 시작으로 말롬이 했던 야비한 짓거리가 하나둘 터져 나오기 시작했다. 필기시험 중에 같은 반 학우를 협박한 일까지 추가로 드러나 그는 처벌을 피할 수 없었다. 제적 전에 학부모 상담이 논의되고 있다고 하니, 그의 요리 인생은 끝났다고 봐도 무방했다.

*　　*　　*

3차 심사가 끝나고 학교는 한가해졌지만, 나는 아니었다.

"아직도 칼이 손에 안 익으면 어떡해!"

쟝뤼크의 불호령에 나는 채 썬 당근을 얼른 통에 담고 새 당근을 꺼냈다.

"입관 시험을 시작하자마자 떨어지겠군."

나를 비롯해 응시 원서를 받는 게 거의 확정적인 학생들은 시험 준비에 열중이었다. 우리는 새벽같이 일어나 자정이 될 때까지 학교를 떠나지 못했다.

'죽겠다.'

그에게 이것저것 배우는 게 재밌고, 혼나는 것도 견딜 만했지만, 연일 이어지는 혹독한 수련은 힘에 부쳤다. 겨우 수련이 끝난 후 점심을 먹기 위해 교정으로 나왔다.

"끄으응."

벤치에 엎드린 채 신음하고 있을 때 "센!" 하고 부르는 소리가 들려왔다. 슬쩍 고개를 드니 스위트피 무리가 내게 다가오고 있었다.

"괜찮아?"

아이들의 말에 난 "으응……." 힘없는 목소리로 대답했다.

"다 죽어가네."

"그래도 난 부럽다~!"

남자애가 소리치자 다른 애들도 고개를 끄덕였다. 저 애들 중에 몇몇은 응시 안정권이 아니라 추가 합격 학생 명단을 애타게 기다리고 있었다.

"나 결국 실습 신청했다. 거기에라도 기대 보려고."

곱슬머리 여자애가 우울한 표정으로 중얼거리자 다른 애들도 고개를 끄덕였다.

"그렇지. 너는 점수가 아슬아슬하니까. 운이 좋으면 로열 키친 응시원을 받을 수도 있으니 꼭 나가야지."

"맞아."

나는 빵 봉투를 정리하며 애들을 쳐다보았다.

"실습이 뭐야?"

"귀족 가문이나 식당 주방에 수련생으로 나가는 거야."

"나가면 뭐가 좋아?"

"로열 키친 응시에 간당간당한 녀석들은 학점이 중요한데 실습을 나가면 추가 점수를 얻을 수 있거든."

스위트피가 내게 우유를 내밀며 덧붙였다.

"로열 키친 입관 시험을 보지 않는 애들도 많이 가지. 취업의 기회니까."

"아하."

난 그녀가 우유병에 꽂아 준 빨대를 쪽 빨며 고개를 끄덕였다.

"센, 너도 실습 나갈 준비를 해야 하지?"

나는 안정권인데? 내가 눈을 동그랗게 뜨니 다른 애들이 어리둥절한 표정을 지었다.

"넌 휴학을 오래 해서 학점이 부족하잖아."

"3차 시험까지 봐서 메꿨는걸."

"그거야 졸업할 때의 일이고. 입관 시험을 보려면 200점 이상이어야 해."

뭐라고? 세니아나가 채운 학점이 158점. 그리고 내가 올해 시험을 보며 채운 학점이 39점이니까…….

'3점 부족하다!'

내가 파랗게 질린 얼굴로 굳어져 있으니 스위트피가 어깨를 툭툭 두드렸다.

"망했네."

"어떡하지. 실습 어디서 신청해?"

"이미 신청 끝났지."

"헉."

정말로 망했다. 내가 어쩔 줄 모르고 발을 동동 구르자 애들도 마음이 급해져서는 이런저런 조언을 해 줬다.

"쟝뤼크 교수님께 일단 말하고……."

"말해서 뭐 해. 행정처와는 담쌓고 지내시는 분인데. 쟝뤼크 교수의 부탁이라면 행정처장이 얼씨구나 하고 반대부터 할걸."

"그럼 교감한테라도 가야 하는 것 아냐?"

"출장 중이시라던데."

내가 머리를 감싸고 "으아아." 신음하자 스위트피가 말했다.

"그 윗대가리에게 가면 되지."

"윗대가리?" 하고 물으니 그녀는 학사를 가리키며 말했다.

"교장 말이야."

도미니크라면…….

'저번에 5순위라고 말한 이후로 통 못 봤네.'

아직 서운한 걸까. 잠시 고민하던 난 한숨을 푹 내쉬고 몸을 일으켰다. 가 봐야겠다. 겨우 로열 키친에 응시할 수 있게 되었는데 3점이 부족해서 일을 그르칠 순 없었다. 난 애들에게 인사하고 교장실을 찾았다. 문 앞에서 우물쭈물하고 있으니 알베르가 묘한 표정으로 나를 쳐다보았다.

"안 들어가십니까?"

"아…… 들어가야지요……."

나는 콩콩, 노크한 후에 문 앞에서 얌전히 기다렸다. 대답이 들려오지 않는다.

"저하, 안 계신가요?"

"계십니다."

"그런데 왜 대답이……."

"영애 앞에서 저하가 얼마나 내숭을 부리시는지 아셔야 할 텐데요."

"네?"

"들어가시죠."

그래도 되나? 내가 괜찮냐는 듯한 표정으로 보니 그는 어깨를 으쓱했다. 알베르가 문을 열어 주어서 고개를 빼꼼 내밀었다. 방 안이 온통 고요했다. 나도 모르게 살금살금 걷게 될 정도로.

'아, 잔다.'

의자에 기대 눈을 감고 있는 그를 빤히 쳐다보았다. 자는 모습은 처음 보는 것 같다. 칼 맞고 쓰러진 모습은 봤어도. 그때는 너무 놀라고 무서워서 몰랐는데, 자는 도미니크는 얼굴이 순해 보여서 귀엽다.

'눈 떴을 땐 날카로워 보이는데.'

속눈썹이 정말로 길다. 머리칼처럼 칠흑 같은 까만 속눈썹을 보다가 볼에 한 가닥 떨어진 것을 발견했다. 나는 슬그머니 손을 들어 그의 볼에 올렸다.

'부드러워~!'

볼이 도자기처럼 매끈매끈하다. 더 만지고 싶다. 만져도 되나. 되지 않을까.

[영애 겁니다.]

내 거랬는데. 검지로 살짝 그의 뺨을 쓸었다. 간지러운지 미간을 찡그리는데 그게 또 귀여워서 가슴이 콩닥거렸다. 한 번 장난을 치기 시작하니 걷잡을 수 없었다.

'딱 한 번만 더.'

살짝 입가를 매만지는데.

"으악!"

물렸다. 손을. 난 화들짝 놀라 펄쩍 뛰었고, 도미니크는 내 허리를 덥석 잡아서 무릎 위에 앉혔다.

"자는 사람에게 뭐 하는 겁니까?"

"아, 안 잤잖아요!"

"깬 거죠."

"거짓말!"

그는 씩 입꼬리를 끌어당겼다.

"남의 얼굴을 몰래 만지는 건?"

그가 문제를 내듯 물어서 나는 시무룩한 목소리로 "나쁜 짓이에요⋯⋯." 하고 대답했다.

"시, 신고하실 건가요?"

잔뜩 겁에 질린 목소리로 물으니 그는 빙글빙글 웃었다.

"어떻게 할까요?"

"잘못했어요!"

프렌시프 영애가 황제의 아들에게 신고당하면 가문의 위신이 상할 것이다. 상하기만 할까. 황제가 이 일을 기회로 무엇을 요구해 올지 모른다.

"내 거라고 하셔서⋯⋯ 아니, 제가 잘못했어요. 정말이에요. 다음부터는 절대로─!"

쪽. 입술 위로 말랑한 감촉이 느껴져서 나는 눈을 크게 떴다.

"합의금 받은 걸로 하죠."

"……."

장난스럽게 웃는 얼굴이 유난히 잘생겨 보여서 나는 심장이 콩닥거렸다. 얼굴이 새빨개져서 우물쭈물하자 그는 흘러내린 머리를 내 귀 뒤로 넘겨 주며 말했다.

"난 당신의 것인데, 당신은 언제 내 것이 되어 주시려나."

"……."

"1순위의 허락이 필요합니까?"

"그건…… 못 해요."

선생님이 안 계시니까.

"그럼 2순위?"

"아니…… 사귀는 데엔 아빠 허락이 필요하진 않으니까요……."

"그럼 언제 목적지에 다다를 수 있습니까, 우리는."

그가 내 어깨에 머리를 기댄 채 약간 쉰 듯한 낮은 목소리로 읊조렸다.

"나는 꿈속에서도 영애를 봅니다."

"무슨 꿈 꾸셨는데요."

"손을 잡고 함께 걸었죠. 그리고……."

"그리고?"

"들으시면 놀랄 텐데."

짓궂은 농담에 난 얼굴이 새빨개져서 후다닥 몸을 일으켰다. "안 들을래요." 하고 고개를 젓자 그는 픽 웃으며 내 손을 잡았다.

"무슨 상상을 하신 겁니까?"

"그야 들으면 놀란다고 하니까……."

그는 대답이 없었다. 난 눈을 도르륵 굴리다가 퍼뜩 정신을 차렸다.

아닌가 봐. 얼굴이 후끈 달아올라서 어쩔 줄 몰라 하니 그는 "영애께서는 제게 바라시는 게 있으신가 봅니다." 하고 낮게 웃으며 턱을 괴었다. 난 얼른 말을 돌렸다.

"그, 그보다 드릴 말씀이 있어요."

"하세요."

"실습 신청 기간을 놓쳐서요. 행정처에선 받아 주지 않을 거라던데, 저하께서 도와주시면 안 될까요?"

"대가는요?"

나는 "으음." 침음하다가 주머니에서 돈을 꺼내 책상에 내려놓았다.

"제가 가진 게 오십 피니밖에 없어서 이걸로 안 될까요?"

"오십 피니……."

그가 기가 막힌다는 듯 중얼거렸다.

'너무 적나.'

하기는 한화로 따지면 오만 원 정도니까. 난 "그럼 무엇을……." 하고 중얼거렸다.

"달리 있을 텐데요. 제가 영애에게 바랄 만한 것은."

'뭐지.'

그가 나에게 무엇을 바라려나. 한참 고민하던 나는 "아하!" 하며 고개를 끄덕였다.

"저 알아요."

"다행이군요."

그는 눈을 감고 얼굴을 내밀었다. 나는 자신만만하게 "그럼!" 하고 외치고 문밖으로 달려나갔다. 대기하고 있던 알베르가 무슨 일이냐는 듯 쳐다봤지만, 난 재빨리 뛰어 쟝뤼크의 연구실로 향했다. 그리고 오전에 수련 과제로 만들어 놓은 요리를 들고 교장실에 돌아왔다. 도미니크는 굳은 얼굴로 날 쳐다봤다.

"……그건 뭡니까."

"요리요!"

이걸 말했던 거지? 내가 다 안다고. 알베르가 치킨을 좋아하더니 도미니크에게도 내 요리가 맛있었다고 했나 보다. 나는 접시와 함께 가져온 포크를 내려놓으며 "식기 전에 마음껏 드세요." 하고 말했다.

"이게 짜장면이라는 건데요, 쟝뤼크 교수님도 맛있다고 하신…… 저하?"

그가 실소를 흘렸다.

"그러니까 내가 당신께 원하는 게 요리……."

"아닌가요?"

"……아무래도 영애는 절 괴롭히는 게 취미가 되신 모양인데요."

"설마요!"

그런 무서운 소리를. 나는 손을 내저으며 단호히 아니라 외쳤지만, 도미니크는 한숨을 폭 내쉬었다.

"면 요리 싫어하세요?"

"……알베르."

그가 열린 문을 향해 외치자 알베르가 들어왔다. 왜인지 그는 고개를 푹 숙인 채 어깨를 가늘게 떨고 있었다.

"예, 저하…… 큽."

"닥쳐."

도미니크가 매섭게 읊조리자 알베르는 커흠, 헛기침을 했고 난 어리둥절해서 그들을 쳐다보았다.

"……?"

도미니크가 알베르에게 실습 추가 신청을 열도록 명했고, 그날 바로 게시판에 실습 추가 신청에 관한 공지가 올라왔다. 난 도미니크에게 감사하다고 말한 뒤, 행정처로 향했다. 행정처 직원이 내가 내민 서류를 보고 실습 기관의 목록을 확인했다.

"어디 보자……. 이런, 자리가 몇 없네. 하나는 서부라서 너무 멀 테고, 남은 하나는 점수가 너무 짠걸."

"3점만 채우면 돼요!"

그러니까 제발. 내가 간절한 얼굴로 쳐다보니 직원은 고개를 끄덕였다.

"5점은 될 거야. 하지만……."

"왜요?"

"대귀족 가문이긴 하지만 워낙에 일이 고되기로 유명하고, 점수도 짜서 가려는 학생이 없거든."

"괜찮아요!"

"그럼 다행이네. 처리할 테니 가 보렴."

"감사합니다!"

나는 얼른 인사하고 행정처를 나섰다.

'다행이다.'

입관 시험은 볼 수 있겠어. 쟝뤼크에게 보고한 뒤, 다시 문을 연 기숙사로 향했다. 공사는 일찌감치 끝났는데 가구가 오늘에서야 전부 들여왔다. 내 방에 들어간 나는 깜짝 놀라 신음했다.

"우와!"

방은 예전보다 훨씬 더 멋있어졌다. 개인 욕실도 넓어진 데다가 쿡탑도 새로 들여와서 밤늦게까지 실습실에 남아 있을 필요가 없었다.

'졸업까지 한 달밖에 안 남은 게 아쉽다.'

난 얼른 기숙사에서 지내고 싶어 호텔에 있는 짐을 바로 옮겨 오기로 했다. 짐이 많아서 호텔과 기숙사를 몇 번이나 오갔다. 그러다 보니 어느새 캄캄한 밤이었다. 마지막 짐을 끌고 오다가 기숙사와 이어진 샛길에서 익숙한 인영을 발견했다.

'저하다!'

반가움에 재빨리 다가가자 그가 빙그레 웃었다.

"실습처 이야기를 들었습니다."

"네, 대귀족 가문이래요."

"싫으면 바꿔드리죠."

"하지만 남은 건 서부의 식당뿐이라던걸요."

포털로 오갈 순 있지만, 남들이 알면 의아하게 여길 테니 가까운 귀족 가에서 일하는 게 나을 거다. 한 달뿐이지만, 애들에게 거리감을 느끼게 하고 싶지 않았다. 처음 사귄 소중한 친구들인걸.

"다른 실습처를 물색하겠습니다."

내가 가는 곳이 그렇게 이상한 곳인 걸까? 난 의아한 표정으로 그를 올려다보았다.

"그렇게까지 하실 건……."

도미니크가 가볍게 나를 끌어안았다.

"제가 걱정이 되니까요."

─라고 말했을 때였다.

"어떤 새끼가 감히 ─!"

익숙한 고성과 함께 무언가 득달같이 달려들더니 순식간에 나와 도미니크를 떼어 냈다. 그리고 말릴 새도 없이. 퍽!

"내 동생에게서 손 떼, 이 개자…… 씩?"

가웨인이 얻어맞은 얼굴을 손등으로 문지르는 도미니크를 보고 인상을 찌푸렸다. 뒤이어 란슬롯이 달려왔다. 그 또한 도미니크를 보고 얼굴을 굳혔다. 나는 깜짝 놀라 도미니크에게 달려갔다.

"저하!"

"예."

"괜찮으세요?"

턱을 제대로 맞았다. 나는 발을 동동 구르며 그의 얼굴을 살피다가 가웨인을 흘겨보았다. 그러니까 개자식이 아니라 황제 자식이래도! 나는 도미니크를 붙잡고 얻어맞은 뺨을 연신 살폈다.

"괜찮습니다."

괜찮긴! 벌써 뺨이 붉어졌다.

"전장에서의 무위는 모두 거짓이었나 봅니다."

"오빠!"

나는 버럭 소리치고 도미니크를 가리고 섰다.

"죄 없는 사람을 때리셔 놓고 사과도 없이……! 황족이라고요!"

"등도 안 켠 밤인데 황족인지 아닌지 어떻게 알아. 야밤에 동생을 끌어안고 있으니 치한인가 싶었지."

"치한이 아닌 것을 보셨으니 사과하셔야지요."

도미니크를 노려본 가웨인이 대충 고개를 숙이며 "송구." 하고 말했다. 나는 기가 막혀서 말을 잃었다.

"못됐어요."

"그건 내가 아니라 남의 동생을 형제 눈을 피해 끌어안은 작자…… 분이 들을 소리지 않나."

"오빠!"

내가 다시 소리치자 가웨인은 움찔, 물러났다.

"그, 뭐…… 내가 사과했잖아!"

"그게 어떻게 사과예요."

도미니크가 내 손목을 잡으며 "영애." 하고 낮은 소리로 나를 불렀다.

"저는 정말로 괜찮습니다."

눈썹을 늘어뜨리며 힘없이 말하는 그가 안쓰러웠다. 난 가웨인을 홱! 돌아보며 말했다.

"사과하세요."

가웨인이 고집스럽게 얼굴을 굳혔다. 어쩐지 눈초리에 불안과 배신감, 당혹, 당황이 모두 어려 있는 것처럼 느껴졌다.

"그것도 못 피한 게 이상한 거지! 평생 전장에서 산 남자가 어떻게…… 일부러 안 피한 걸지도 모르잖아!"

"말도 안 돼."

난 다시 도미니크를 쳐다보았다. 도미니크가 붉어진 뺨을 손등으로 가리면서 살짝 고개를 틀었다.

"저하가 그렇게 약삭빠르고 못된 저질일 리 없어요!"

내가 소리치자 왜인지 도미니크의 어깨가 움찔했다. 가웨인은 믿을 수 없다는 듯이 눈을 가늘게 좁혔고, 난 그가 혹여라도 다시 도미니크에게 접근할까 봐 양팔을 활짝 벌리고 막아섰다.

"오지 마세요."

그러자 그동안 가만히 상황을 보고 있던 란슬롯이 나를 감쌌다.

"세니아나."

"……가웨인이 나빠요."

"그래, 가웨인이 나쁘지."

그러더니 도미니크를 향해 허리를 깊이 숙였다.

"형제의 무례를 대신 사과드립니다."

역시 란슬롯. 가웨인과는 다르다. 도미니크가 잠시 침묵하자 란슬롯은 아예 한쪽 무릎을 굽힌 채로 아주 정중히 말했다.

"어떤 말로도 황족의 몸에 손을 댄 것은 변명할 수 없는 중죄입니다. 황궁에 이번 일을 알리고 가웨인의 처벌에 관한 논의를 부탁드리지요."

"……."

"황제 폐하의 진노가 누그러지실 때까지 아버님과 조부님, 그리고 제가 비가 오나 눈이 오나 무릎을 꿇고 사죄드리겠습니다."

"……."

"부친과 조부, 그리고 저는 가웨인을 잘못 가르친 죄가 있으니 바라신다면 응당 목을 내놓겠습니다."

도미니크가 "그러실 것 없―" 까지 중얼거렸을 때였다. 란슬롯은 쐐기를 박는 것처럼 외쳤다.

"하지만 세니아나는, 이 아이는 죄가 없습니다. 부디 막내의 안위만큼은 지켜 주십시오, 저하."

도미니크가 안절부절못하는 나를 보고 가는 한숨을 흘렸다.

"그러실 것 없습니다."

"요, 용서해 주시는 거예요?"

"예."

"……."

내가 못 믿겠다는 표정을 짓자 도미니크가 란슬롯을 지그시 응시하며 말했다.

"말씀하신 대로 야밤에 누군가 누이를 끌어안고 있었다면 치……한으로 오인할 만하죠."

"……."

"이번 일은 우리 외엔 아무도 모를 겁니다."

그제야 나는 안도의 한숨을 내쉬었다.

도미니크와 짧은 인사를 나누고 헤어진 프렌시프 남매는 샛길을 벗어났다. 놀라서 어쩔 줄 모르는 세니아나를 다정하게 달래서 올려 보내고, 란슬롯과 가웨인은 귀빈 숙소로 돌아왔다. 창문 밖으로 보이는 도미니크의 숙소를 본 가웨인이 쯧, 혀를 찼다.

"젠장."

분명 저 개자식은 제가 주먹을 내질렀을 때, 요령 좋게 몸을 틀었다. 그러다 자신과 눈이 마주친 일순 얼굴을 들이밀 듯 다시 발을 내디뎠다.

'일부러 맞은 거야.'

"비열한 놈."

"닥쳐."

란슬롯은 무릎에 묻은 흙먼지를 털며 낮게 읊조렸다. 가웨인은 큼, 헛기침을 했다.

"무릎까지 꿇을 건 없잖아."

"황자의 계략대로 일이 흘러가고 있으니 더 큰 걸 던져 줘야지."

세니아나가 미안한 마음에 자신들에게 앵 돌아지길 바란 것이다. 그 틈에 안아 어르려고. 가웨인이 씩 웃으며 제 형의 어깨를 두드렸다.

"역시 형이야. 제깟 게 아무리 비열해도 형을 따라갈 수는 없지."

가웨인은 고개를 끄덕이다가 란슬롯에게 정강이를 얻어맞았다. 소파 등받이에 깊게 기대앉은 란슬롯은 나른한 표정으로 목을 주물렀다.

'제법 머리를 쓸 줄 아는군.'

직접 '치한'을 언급해서 세니아나가 미안함에 멀어지지 못하도록 만들었다.

'뼈까지 전부 쳐내려고 했는데.'

살은 다 내준 상태로도 전열을 가다듬고 다음 수를 구상한다.

"가웨인."

"왜?"

"네 휘하에 있던 곱상한 녀석 말이다."

"곱상한 녀석이 한둘이어야지."

"알렉…… 이라고 했던가."

"아, 그 녀석."

가웨인이 대수롭지 않은 표정으로 고개를 끄덕이며 물었다.

"그 녀석은 왜?"

"세니아나 호위 명단에 이름을 올려라."

"제도에선 빅터, 카터 형제가 밀착 호위를 할 테니 영지에서도 그만한 실력자를 붙여야 하잖아. 그 녀석은 아직…… 형, 설마."

란슬롯이 빙그레 미소지었다.

"이간계는 내 특기지."

티끌 한 점 없이 아름다운 미소였으나 가웨인은 오소소 소름이 돋았다.

'정말이지.'

이럴 땐 아주 든든한 형님이시다.

*　　　*　　　*

나는 오빠들이 소개한 기사를 보고 눈을 동그랗게 떴다.

"실습을 가는데 왜 호위가 필요하지요?"

의아한 표정으로 란슬롯을 쳐다보자 그는 빙그레 웃었다.

"시험 도중에도 납치될 뻔했지. 타 가문의 저택이라면 더더욱 위험하다."

"그렇기야 하지만…… 어떻게 제게 붙이시려고요?"

"이번 납치 미수 사건은 학원의 불찰이었으니 거래하기 어렵지 않았어."

실습생에겐 혹시 모를 불상사를 대비해 학원에서 경비병을 붙여 보낸다.

'그 안에 집어넣겠다는 거구나.'

나는 "흠." 하며 고개를 끄덕였다. 하기는 포털을 가진 내겐 어떤 위험이 도사릴지 모른다. 맨정신에 위험이 닥치면 포털로 도망칠 수 있어서 그나마 나은데, 약에 취하거나 자는 도중에 습격당하면 도리 없이 당해 버린다.

'호위가 필요하겠구나.'

난 란슬롯만큼 아름답게 생긴 기사에게 손을 내밀었다.

"잘 부탁해."

"영광입니다, 아가씨."

와, 엄청 미성이다. 키가 크긴 했지만, 선이 가는 것이 아직 앳된 티가 났다. 윤세나의 세계로 따지면 아이돌 같은 스타일. 그중에도 눈꼬리가 새치름한 고양이상의 미소년처럼 보였다.

"아직 어려 보이는데 이 애까지 위험해지면 어쩌죠?"

차라리 고레일이나 바커스 쪽이 더 낫지 않을까. 건장하고, 건강해 보이고, 한두 군데 부러져도 내일이면 나을 것 같으니까. 기사는 빙그레 웃으며 말했다.

"보기보다 어리지 않습니다."

"정말?"

내가 깜짝 놀라서 묻자 그가 내 손등에 입 맞췄다.

"올해로 스물셋입니다."

"나보다 연상이잖아!"

"알렉이라고 편히 불러 주십시오."

"응."

알렉은 아주 영리하고, 사려 깊은 기사였다. 아카데미 경비대에 들어가서도 요령 좋게 내 주변을 맴돌았다. 오빠들이 어째서 내 호위로 붙였는지 알 만했다. 그렇게 이틀, 알렉의 실력을 확인한 나는 가웨인에게 종알종알 칭찬을 늘어놓았다.

"발도 정말 빠르고요, 그리고 무엇보다 세심해요. 지나가는 말로 크림을 듬뿍 넣은 밀크티가 마시고 싶다고 했는데, 어느새 책상에 올려져 있더라고요!"

나는 알렉이 마음에 쏙 들었다. 호위를 한다고 까다롭게 굴어서 내가 프렌시프 영애인 걸 들키면 어쩌나 싶었는데, 이제 그런 건 걱정하지 않아도 되겠다.

시험이 끝나서 오빠들은 돌아갈 준비로 한창이었다.

"......."

짐 가방을 본 내가 우울한 표정을 짓자 란슬롯이 내 뺨을 다정히 쓰다듬었다.

"황도에서 보자."

"황도요? 영지에 계시는 게 아니라요?"

"후계 교육을 본격적으로 받을 생각이야."

"신난다!"

그러면 금세 볼 수 있겠다. 기쁨에 발을 동동 구르자 그는 내가 귀엽다는 듯 픽 웃었다.

"그러면 영지엔 작은 오빠가 남으시나요?"

"나도 황도에 갈 건데."

가웨인이 가방에 서류를 던져 넣으며 말했다.

"오빠는 후계 교육을 받으실 것도 아닌데 왜……."

"형과 조부님이 모두 황도에서 머무실 거라 호위 총괄로."

"할아버지도요?"

할아버지는 왜? 아빠와 사이가 안 좋아서 황도라면 질색을 하는데.

"네가 입관하는 모습을 보고 싶으신 거겠지?"

란슬롯이 빙그레 웃으며 말했다. 나는 손을 꼼질꼼질 매만졌다.

입관…… 해야 할 텐데. 가족들이 모두 기대하고 있는데 못 하면 미안하고, 창피할 거다. 가웨인이 내 볼을 약하게 꼬집으며 말했다.

"프렌시프는 어떻다고 했지?"

"무조건 일등?"

"자신감도 일등이어야지. 안 그래?"

"네."

나는 히히 웃으며 란슬롯을 꼭 끌어안았다. 그는 내 등을 다정하게 쓰다듬었고, 가웨인은 인상을 찌푸렸다.

"말은 내가 했는데, 왜 상은 형이 받는 거지?"

그러면서 두 팔을 활짝 벌렸다.

"나도 해 줘."

"있잖아요, 큰오빠. 제가 포털로 이동시켜 드릴까요?"

"그럼 좋지."

"나도 해 달라니까!"

우리는 왁자지껄하게 인사를 했다.

오빠들이 떠나고, 난 행정처를 찾았다.

"이름은?"

"센이에요."

"센이라……, 여기 있네."

직원이 내게 서류를 건넸다.

"실습처에서 수락했으니 내일 오후에 떠나면 돼. 마차는 이쪽에서 준비할 거다."

"네."

난 행정처에서 준 서류를 확인하며 교정을 걸었다.

'우와, 엄청 대귀족 가문이네.'

무려 후작가다. 이런 대귀족 가문이라면 다들 가고 싶어서 줄을 서야 하는데 외려 꺼리는 걸 보면 엄청나게 까다로운 모양이었다.

"어?"

가문 이름이 익숙했다. 어딘가에서 들어 본 것 같은데…….

"센 양."

그때 알베르의 목소리가 들려왔다. 주변에 학생들이 많이 있어서 난 그에게 예를 갖춰 인사했다.

"출발이 내일 오후라고 들었습니다."

"맞아요."

"그 일로 교장실에서 찾으십니다."

나는 알베르를 따라 걸었다. 어느새 알렉도 우리를 뒤따르고 있었다. 교장실 문 앞에 이르러 알베르가 알렉을 막아섰다.

"허가받지 않은 자는 들어갈 수 없다."

"저는 아가씨의 호위입니다. 한 몸처럼 움직이라 명받았으니 따를 뿐입니다."

"저하의 명이다."

"제 주군은 프렌시프 경이십니다."

두 사람의 눈에서 불꽃이 튀었다. 알베르가 무어라 말하려 했을 때, 벌컥 문이 열렸다.

"저하."

도미니크가 무표정한 얼굴로 알렉을 지그시 응시했다.

"재미난 이야기를 하는군. 한 몸처럼, 이라."

"그렇습니다, 저하."

알렉이 허리를 깊게 숙였고, 도미니크는 시리게 미소지었다.

"하필 저런 곱상한 녀석이란 말이지."

나는 어리둥절해서 그를 쳐다봤다. 도미니크가 낮게 읊조렸다.

"역시 계략으로는 프렌시프의 첫째를 따를 수가 없군."

그러고 나를 보며 말했다.

"함께 들어오셔도 됩니다."

"네?"

"저는 영애를 믿으니까요."

"……?"

무슨 소리람. 의미 모를 말에 눈을 깜빡이다가 알렉을 쳐다보았다.

"밖에 있어."

"하지만 아가씨 —"

"응, 저하는 괜찮아."

내가 말하자 알렉은 잠시 곤란한 표정을 지었지만, 이내 고개를 숙였다. 알렉을 두고 안으로 들어가자 도미니크가 자리를 내어 주었다.

"실습처에 관해선 서류를 받으셨다죠."

"네."

"다시 말씀드리지만 가지 않으셔도 됩니다."

"하지만 바꿀 수는 없잖아요."

이제 실습처도 없는데.

"위험한 사내입니다, 샤르파크 후작은."

"샤르파크…… 아!"

드디어 생각났다! 금좌 11석 중 하나. 백성들에겐 지하의 거목이라고 불리고, 금좌들 사이에선…….

'마약왕, 이라고 했던가.'

확실히 위험한 사내이긴 했다.

"로열 키친의 청으로 매년 사방 아카데미 실습처 명단에 이름을 올려 두긴 하지만, 정작 수락한 적은 없는 인물입니다."

까다롭다는 게 그런 뜻이었나.

'하긴.'

실습처로 예약해 두었는데 그쪽에서 수락하지 않으면 학생은 꼼짝없이 다른 곳으로 갈 수밖에 없다. 결국 남은 곳을 택해야 하는 학생은 운이 나쁠 경우 실습처가 남지 않아 아예 실습을 나갈 수 없으니 꺼려질 만도 했다. 도미니크가 미간을 좁히며 말했다.

"올해 난데없이 수락한 건 아마도—"

"제가 프렌시프 영애라는 걸 알고 있기 때문이겠지요."

"정확히 말하면 '성녀'라는 이름 쪽에 구미가 당길 겁니다."

난 잠시 고민하다가 고개를 저었다.

"괜찮아요."

"영애."

"샤르파크 후작이 절 이용하려고 한다면 언젠가는 만나게 될 거예요. 성에서 만난다면 더 곤란한 일이 생길지 모르니 차라리 지금이 낫겠어요."

"……"

"게다가 꿍꿍이가 있다는 걸 알고 만나는 거니까 저도 나름대로 방비책을 생각할 거고요."

걱정 말라는 듯이 웃자 도미니크는 한숨을 내쉬었다.

"제 쪽에서도 호위자를 선별하도록 하죠."

"네."

"그리고…… 프렌시프에서 붙인 호위는 계속 데리고 계실 생각입니까?"

"그럼요! 일도 잘하고, 섬세하고, 영리한 데다가 굉장히―"

나는 활짝 웃으며 말했다.

"멋져요."

도미니크의 얼굴이 왈칵 일그러졌다. 대화를 하는 내내 굳은 얼굴이 펴질 줄을 몰랐다. 내가 교장실을 나서자 따라온 도미니크가 알렉을 노려보았다.

"왜 그러세요……."

"아닙니다."

"그럼 눈에 힘은 푸시지……. 알렉이 무서워할 수도 있잖아요."

알렉은 어깨를 으쓱했고, 도미니크는 으득, 이를 갈았다.

난 알렉과 학사를 나오며 고개를 갸웃했다.

"왜 그러시지?"

알렉은 입꼬리를 끌어당겼다.

"제 진명을 모르니 그러실 만도 하지요."

"응?"

"저하께는 말씀하지 않으셨죠?"

"응, 네가 싫다고 했으니까."

"상냥하신 분."

나는 생긋 웃으며 알렉의 손을 덥석 잡았다.

"알렉시아."

"예, 아가씨."

"시트론이 네 친척 언니라고 했지? 시트론은 옛날엔 어땠어?"

내가 종알종알 묻자 알렉시아는 상냥하게 옛날이야기를 해 주었다.

'알렉시아는 참 좋아.'

그중에서도 시트론과 닮은 상냥한 눈이 제일.

실습을 떠나기 전 마지막 날. 나는 언제나처럼 쟝뤼크 교수에게 수련을 받은 후, 학사를 나섰다. 어둑한 밤이라 지나는 학생들이 없어서 알렉시아는 내게 바짝 붙어 걸었다. 우리는 한가로이 잡담을 하며 까르륵 웃었다.

"정말로? 시트론이 그랬다니 안 믿겨."

"사실은 꽤 야멸찬 구석이 있어요. 아가씨께만 설탕 과자처럼 달콤하죠."

"그랬구나."

알렉시아는 재주가 많은 사람이었다. 똑 부러진 일 처리에서부터 느껴지는 지성, 상냥하고 섬세한 행동. 하나하나 전부 마음에 들지만, 이야기를 재미나게 하는 것도 좋았다.

"그런데 알렉은 왜 남장을 하게 되었어?"

"굳이 남장이라고 느끼지는 않았습니다. 그저 이쪽이 제 취향일 뿐입니다."

"아하."

"과거에 하녀로 일할 땐 꽤 불편했습니다만, 꿈을 이뤄 기사가 되니 이보다 편할 수 없더군요."

"그래? 마담 버지니아도 젊을 땐 비슷했으려나?"

"그분은 화려한 편이셨지요."

"응, 왠지 그랬을 것 같아."

기사 출신이지만, 마담 버지니아는 영지의 귀부인 중 누구보다 호화롭게 차려입고는 했다.

"마담 버지니아는 기사가 된 여성에게 선망의 대상이죠. 제가 검을 든 것도 그분께 반했기 때문입니다."

"그렇구나."

"아주 어릴 때부터 그분 곁에서 검을 들길 꿈꿔 왔습니다. 제가 나이 들었을 땐 퇴역하셔서 아쉬웠죠."

"마담 버지니아가 그렇게 멋있었어?"

"웬만한 실력자들도 감히 고개를 들지 못하는 어르신께 소리칠 수 있는 강심장을 가진 분이거든요. 전쟁에서도 늘 선봉에 서서 프렌시프의 위용을 자랑하셨습니다."

"그렇구나."

"늘 닮고 싶다 여기고 존경하고 있었지요."

"알렉도 멋진걸!"

내가 눈을 크게 뜨며 소리치자 알렉은 "감사합니다." 하고는 눈꼬리를 접었다. 하지만 정말이었다. 오늘 오전에 남학생들끼리 치고받고 싸우는데, 워낙 드세기로 유명한 애들이라 아무도 말리지 못했다. 그런데 그녀가 끼어들더니 단숨에 두 남자를 제압했다.

"정말이야. 정말로 멋져, 알렉은."

"그거 다행이군요."

등 뒤에서 익숙한 목소리가 들려왔다.

'도미니크다!'

나는 활짝 웃으며 "저하!" 하고 그를 불렀다. 그가 부관인 알베르와 함께 내게 다가오고 있었다.

"일 끝나신 거예요?"

"예."

알렉이 소리 없이 앞에 나서 내 앞을 막아섰다.

"송구합니다, 저하. 7보 이상 가까이 오시면 곤란합니다."

"일을 아주 잘, 하는군."

도미니크의 입가에 삐뚜름한 미소가 걸쳐졌다.

"맞아요, 알렉은 일을 참 잘하지요."

"……그렇습니까."

도미니크는 알렉을 잠시 매섭게 응시하다가 나를 보며 빙그레 웃었다.

"이토록 '멋진 기사'가 영애의 곁에 있다니 안심입니다."

"그럼요. 샤르파크 성에 가서도 잘 해 줄 거예요. 그렇지, 알렉?"

"성심을 다해 모시겠습니다."

나는 "응!" 하며 힘차게 고개를 끄덕였다. 도미니크의 표정이 일순 굳어졌다.

"샤르파크 성에도 함께 가십니까? 실력자들로 영애의 호위를 준비해 놓았습니다."

"알렉이 더 편할 거예요. 아무래도 제 사람이고."

"……제 사람."

"네! 앗, 제가 내일 떠날 준비를 해야 해서요. 그럼 바쁘니까 나중에 뵈어요."

나는 고개를 꾸벅 숙이고 알렉과 함께 그를 지나쳤다.

"마담 버지니아는 원래부터 그렇게 실력이 좋았어? 할아버지는? 할아버지는 어떠셨어?"

"어르신께서는……."

알렉과 떠들면서 걷는데 지나쳐 온 방향에서 알베르의 비명이 들려왔다.

"큭!"

화들짝 놀라 뒤를 돌아보자 알베르가 다리를 붙잡은 채 신음하고 있었다. 그러고 입꼬리를 엄지와 검지 끝으로 내리며 "송구… 풉……." 하며 부들부들 떨었다.

"……?"

왜 저런담.

"가시죠, 아가씨."

"아, 응."

나는 알렉을 따라가면서 고개를 갸웃 기울였다.

＊　　＊　　＊

샤르파크 후작은 굳은 얼굴로 부관이 건넨 보고서를 확인했다.

눈을 느른히 감은 채 관자놀이를 주무르던 그는 낮은 목소리로 읊조렸다.

"하여."

"프렌시프에 의해 벤테스 용병단이 와해하였습니다. 두목 벤테스를 비롯한 관리자들의 목이 잘렸고, 휘하 용병들까지 불구가 되어⋯⋯."

쾅! 테이블을 내리친 후작은 새하얗게 질려 벌벌 떠는 부관을 흉흉하게 쏘아보았다.

"세니아나 프렌시프의 몸에 손을 댔으니!"

"소, 손을 대라 명한 적은 없습니다. 프렌시프 영애에 관해 조사 중이던 말단 용병이 의뢰를 오인하여 벌어진 —!"

"손녀라면 죽는시늉도 하는 늙은이에게 그런 변명이 먹히겠느냐."

"죄송합니다. 제 불찰입니다."

부관은 황급히 한쪽 무릎을 굽혀 고개를 수그렸다. 후작은 보고서를 바닥에 집어 던지며 한참을 씨근덕거렸다. 일이 틀어진 것을 알고 즉시 제국 전역의 정보 길드와 연계하여 제 가문의 이름을 찾을 수 없도록 정보를 혼란시켰다. 그런데.

"아서 프렌시프 —!"

애초에 그리할 것을 예상이라도 한 것처럼 빠르게 길드장들을 제압했다.

'이렇게 되면 내 이름까지 알아내는 것은 금방일 테지.'

뒷세계에서 근 이십 년을 닦아 놓은 길이 삽시간에 프렌시프의 군마에 짓밟혔다.

"세니아나 프렌시프는?"

"오늘 아카데미에서 출발한다 연통이 왔습니다."

"내가 용병들을 사주했다는 것을 프렌시프에서 알아내기까지 얼마나 걸릴 듯하느냐."

"……길어도 일주일이면."

샤르파크 후작이 거칠게 머리를 쓸어 넘기며 이를 악물었다.

"그 안에 거래를 끝내야 한다. 어떻게서든 그 계집애의 마음을 얻을 수 있어야 해."

"마, 만반의 준비를 하였습니다만……. 그녀가 기어이 우리의 손을 잡지 않으면 어찌합니까."

"죽지 않기 위해선 그 녀석을 수중에 쥐고 있기라도 해야겠지."

그래야 프렌시프의 칼날에 목숨을 잃는 일이 생기지 않을 터였다.

"마법사들을 불러와라. 포털을 쓸 수 없도록 단단히 결계를 쳐 두라 일러."

"예."

"네놈 멱을 따는 건 이번 일이 끝날 때까지만 유예해 두지."

서늘한 노성에 부관은 마른침을 꿀꺽 삼켰다. 샤르파크 후작이 누구던가. 맨손으로 시작해 지금의 영광을 이룩한 남자였다. 밑바닥을 겪은 만큼 수틀렸을 땐 누구보다 잔혹한 성미를 자랑한다.

'실패해선 안 돼.'

부관은 벌벌 떨리는 두 손을 맞잡았다.

＊　　＊　　＊

이튿날, 나는 전담 교수인 쟝뤼크와 학교장인 도미니크에게 인사한 후 마차에 올랐다. 나는 마차에서 마원들을 살폈다.

'내게 신수가 하나 더 있다는 건 모르니까 혹시나 결계를 쳐 놔도 도망칠 시간을 벌 수 있을 거야.'

"잘 부탁해, 테디."

내가 조그맣게 속삭이자 테디의 마원이 응답하듯 따뜻해졌다. 밤이 되어 마차가 멈추고, 샤르파크 성에 도착했다. 나는 여타 실습생처럼 뒷문을 통해 주방에 들어갔다.

"아카데미에서 온 실습생이라고?"

"그렇습니다."

"수셰프 루시다. 네가 지낼 숙소를 보여 줄 테니 따라와."

나는 조용히 그녀를 따라 걸었다. 어두운 복도엔 등이 아닌 횃불이 놓여 있었다.

'아카데미에서도 횃불은 놓지 않는데.'

내가 의아한 듯 횃대를 보자 그녀는 쯧, 혀를 찼다.

"우리 주인은 수전노로 유명하지. 사업과 관련된 일이 아니라면 당근 하나도 쉽게 구매할 수 없으니 알뜰히 써야 해."

"아……."

내가 지낼 곳은 고용인 숙소의 가장 끝방이었다. 고시원을 방불케 하는 낡고 초라한 방이었는데, 그래도 창 하나는 있어서 다행이었다. 벽에서 나는 꿉꿉한 곰팡냄새가 선생님과 지내던 방을 떠올리게 했다.

'어쩐지 안심이 되는걸.'

늘 어마어마한 방에서 지내다 보니 조금 답답하게 느껴졌다.

"기상 시간은 새벽 네 시. 막내 조리사와 함께 재료를 다듬어 놔."

"조리사요?"

"그럼 칼도 제대로 잡을 수 없는 사람을 '요리사'라고 부르겠니? 양심도 없어라."

루시는 까칠하게 대답하며 방을 나섰다.

'우와, 침대 딱딱하다.'

구들장에서 자는 것 같겠는걸. 따뜻하진 않겠지만. 내가 옷장이며 협탁에 가져온 짐을 넣고 있을 때였다. 쿵, 쿵, 쿵! 다급한 발소리가 들리더니 웬 멀끔한 남자가 방문을 노크하고 들어왔다.

"의사소통이 원활하지 않아 이런 누추한 곳으로 모시게 되었습니다."

자신을 샤르파크 후작의 부관이라고 소개한 남자는 얼른 허리를 굽혔다.

"가시지요. 기거하실 귀빈실을 준비해 놓았습니다. 또한 주인님께서 기다리고 계시니 —"

"저는 실습생인걸요. 이 방으로 충분해요."

내가 손을 내젓자 부관은 곤란한 표정을 지었다.

"하지만 프렌시프 영애께 어찌 이런 곳을……."

"제가 프렌시프 영애란 것을 아시고 계시군요."

부관은 잠시 침묵했지만, 이내 빙그레 미소지었다.

"중앙탑은 정보가 목숨줄보다 소중한 세계지요. 주인님뿐만 아니라 모든 금좌들이 영애의 행보에 주목하고 있습니다."

"수련생으로 왔으니 수련만 하다 가겠습니다."

"하지만 영애 —"

"저를 도와주시고 싶으시다면 부디 호칭을 정정해 주세요."

부관은 만만치 않다는 표정으로 나를 보았다. 그가 곤란한 듯 침음을 흘리더니 말했다.

"부디 주인님과의 독대만큼은 물리지 말아 주시길 청합니다."

"호위를 대동하겠습니다."

어치피 한 번은 만날 생각이었으니까. 부관은 표정이 단숨에 환해지더니 "모시겠습니다." 하고 문을 열어 주었다. 나는 알렉과 함께 그를 따라갔다. 커다란 접객실에 노을처럼 짙은 주홍빛 머리칼을 지닌 남자가 앉아 있었다.

"각하를 뵙습니다. 동부 아카데미에서 온 셴입니다."

가슴에 손을 얹고 허리를 굽혔다. 그리고 다시 고개를 들었을 때.

"……아저씨?"

"컵밥?"

나와 아저씨는 당황스러운 표정으로 시선을 교환했다.

"어떻게 여기 계세요? 여긴 샤르파크 성인…… 설마."

아저씨가 허, 하고 헛웃음을 터뜨렸다.

"그리 사방팔방 찾았는데 이미 본 녀석이었다니."

'샤르파크 후작이 이 남자구나!'

나는 얼굴을 딱 굳힌 채로 한발 물러섰다. 후작도 황망한 표정으로 허공을 바라보았다. 잠시 접객실에 침묵이 고였다. 얼마쯤 지나 후작이 먼저 입을 열었다.

"앉지."

"……."

나는 경계 어린 표정으로 소파 끝에 걸터앉았다.

"괘씸하군."

후작이 중얼거린 말에 난 그를 흘깃 쳐다봤다. 그러자 그가 고개를 모로 꼬았다.

"이토록 깜찍하게 나를 속였단 말이지."

"그런 적 없습니다. 각하야말로 저를 속이고 계셨던 게 아닌가요?"

후작이라고 한 적은 없잖아. 돈도 없어서 식당에서 쫓겨났던 초라한 차림의 사내가 후작인 줄 어떻게 알았겠는가.

"흥, 맹랑하긴."

"……."

"단도직입적으로 말하지. 이번 일은 잊어 주겠다."

"네?"

"영애가 나를 희롱한 일은 잊어 줄 테니 이제라도 제대로 된 친분을 쌓아 보자는 말이다."

"……."

"그만한 힘을 가지고 권력욕에 눈을 돌리지 않기란 쉽지 않은 일. 나는 인간의 욕망을 잘 안다. 영애 또한 미래를 위해 금좌 하나라도 더 포섭하고 싶을 텐데."

"……."

"로열 셰프가 되려는 이유는 제국의 물자를 완전히 손에 넣기 위해서가 아닌가."

후작은 듣던 대로 오만한 사람이었다. 그냥 친절한 아저씨가 아니라고 생각하니 이제야 비로소 위험한 기운이 폴폴 뿜어 나오는 게 보인다. 후작이 입꼬리를 끌어올리며 "내 손을 잡아." 하고 명하듯 말했다.

"싫은데요?"

"뭐?"

"그런 권력욕 없어요."

후작이 기가 차다는 듯 나를 처다봤다. 그는 잠깐 감정을 누르듯 눈을 꽉 감더니 낮은 목소리로 말했다.

"하면 재물을 주지."

"재물이라면 충분해요. 할아버지가 황도의 건물을 일곱 채나 주셔서……."

그것도 관리가 안 돼서 곤란하다고.

"정보 길드를 주겠다."

"딱히 정보가 필요한 일은 없어서요."

"절세 미남으로 영애의 주변을 채워 주마."

"별로……."

"마약의 유통권."

"싫어요!"

"그럼 대체 뭐가 필요한 거야!"

후작은 부글부글 끓는다는 표정으로 소리쳤다. 나야말로 답답했다. 난 정말로 아무것도 필요하지 않다. 꿈이 있다면 아탈란이나 삿된 자들에게 위협당하지 않고 바닷가에서 작은 식당을 하며 사는 것이다.

"돌아갈 때까지 그저 실습생으로 봐 주시면 감사하겠습니다."

"빌어먹을!"

후작은 쥐고 있던 파이프를 집어 던졌고, 나는 뾰로통 입술을 내밀었다. 거짓말쟁이인 데다 난폭하기까지! 정말로 이상한 아저씨였다.

새벽같이 일어난 나는 얼른 주방으로 향했다. 막내 조리사로 보이는 작은 소년이 미리 와있었는데 그는 자신을 '폴리'라고 소개했다.

"내가 아직 열넷이긴 한데 다음 달이면 생일이라 열다섯이 되니까 무시하면 안 된다!"

"네, 선배님."

"서, 선배……."

폴리는 발그레 달아오른 얼굴로 큼큼, 헛기침을 했다.

"조갯살 발라낼 줄 모르지? 이건 말이야. 집게로 하는 것보다 이렇게 조개껍데기로 빼내는 편이 좋다고."

다 아는 내용이었지만, 엄격한 주방 위계에 익숙한 나는 폴리의 말을 경청했다.

"자, 이제 해 봐. 수련생이라고 손이 느리면 내가 아주 혼쭐을 낼 거다!"

떵떵거리며 말하는 폴리에게 고개를 끄덕이고 쪼그려 앉아 조개를 잡았다. 각자 조개를 손질하고 있는데 폴리가 "어흠!" 하더니 등을 돌렸다.

"아직 반도 못 했지! 선배님이 도와줄 테니—"

폴리는 말을 하다 말고 목이 막힌 듯 꽉 메인 목소리로 "다했네……." 하고 중얼거렸다.

"아, 도와드릴까요?"

폴리의 그릇에는 아직 조개가 가득했다.

"그, 그런 건 선배가 묻는 거야!"

그렇게 두 시간쯤 우리는 재료를 다듬었다. 해가 뜰 즈음 요리사들이 주방으로 나왔다.

"오오, 벌써 다했네. 폴리 녀석, 손이 느려서 도와야 할 줄 알았더니."

"후, 후배 앞에서 그런 말씀은—"

"으하하, 텃세 부리긴!"

샤르파크 저의 요리사들은 수는 적지만 그만큼 화합이 잘 되는 모양이었다. 본격적인 아침 준비에 들어가기 전, 후작의 부관이 굳은 얼굴로 주방에 들어왔다.

"너희들은 지금 바로 병영 주방으로 가라. 병영 요리사들이 장부를 조작한 것이 드러나 조사 중이다."

수셰프 루시가 화들짝 놀라 그에게 다가갔다.

"하지만 주인님과 마님의 식사는—"

"주인님은 생각이 없으시다셨고, 마님은 간단한 수프면 된다고 하셨으니 ─"

부관이 흘깃 나를 쳐다보았다.

"수련생이니 수프 정도야 할 수 있겠지."

폴리는 "으앗!" 하며 나를 흘끔 쳐다봤다.

"큰일 났네."

"왜요?"

"주인님보다 더 까다로운 분이 우리 마님이시거든."

수세프 루시와 요리사들도 난색을 표했다. 그러자 폴리가 그들의 눈치를 보며 속삭였다.

"클리오라 왕국의 공주님이시지."

"공주……."

"황제 폐하의 이종사촌이셔서 웬만한 귀족들, 아니, 금좌 11석도 함부로 대하지 못하는 분이시거 ─"

"폴리! 얼른 나와라!"

요리사들의 부름에 폴리는 허겁지겁 주방을 나섰다. 준비된 재료 사이에 덩그러니 남겨진 나는 인상을 썼다. 그 모습을 본 부관은 웃음을 삼키며 입꼬리를 실룩였다.

"힘드시다면 주인님께 말씀드리겠습니다."

홀로 나를 압박하는 건 프렌시프의 눈치가 보여서 못하겠으니 아내를 이용했구나. 내가 샤르파크 후작 부인의 심사를 거슬러서 도움을 요청하길 바라는 것일 터였다.

'치사한걸.'

부관이 나를 달래듯 말했다.

"역시 주인님께 도움을 청하는 편이 —"

"마님은 해산물과 육류 중 어떤 것을 좋아하시나요?"

"예?"

미안하지만 수프는 자신 있단 말이지요.

＊　　＊　　＊

샤르파크 후작이 슬쩍 시계를 확인했다. 이쯤 되면 우는 소리가 나와야 하는데 주방에선 영 소식이 없었다. 그는 아무렇지 않은 표정으로 아내의 방 앞을 거닐었다.

"어머나!"

언제나 고요하던 아내의 방에서 탄성이 흘러나왔다.

'뭐야, 뭔데 이렇게 좋은 냄새가 나는 거지?'

까르륵, 하는 웃음소리와 함께 세니아나가 빈 그릇을 가지고 방을 나왔다. 후작과 눈을 마주친 그녀는 고개를 숙였다.

"각하를 뵙습니다."

"커흠! 그건 무슨 음식이냐."

"아, 이건 쌀국수라고 하는데요. 얼큰한 수프에 쌀로 만든 면을 넣어서 먹는 거예요. 저는 짬뽕처럼 얼큰하게 만들었어요."

"쌀로 된 면이라…… 어흠, 나도 맛 좀 볼까."

세니아나가 눈을 동그랗게 뜨고 고개를 갸웃 기울였다.

"한 그릇밖에 안 했는데요."

"……왜!"

"안 드신다고 하시기에."

"그럼 한 그릇 더 만들어 보든가."

"마님이 제가 만든 디저트를 맛보고 싶다셔서 시간이 없는데, 그럼 각하께서 마님의 음식은 때려치우라고 했다 전하고 쌀국수를 만들까요?"

그가 움찔, 어깨를 떨었다.

"아니, 내가 언제 때려치우라고…… 돼, 됐어!"

흥! 콧방귀를 뀐 후작은 "그럼." 하고 인사한 뒤 자신을 지나친 세니아나를 쳐다보았다. 정말로 안 주려는 건가. 쌀국수, 라는 것.

*   *   *

'다행이다.'

나는 빈 그릇을 보고 한숨을 내쉬었다. 까다로운 안주인이라서 잔뜩 긴장했는데 의외로 꽤 수더분한 편이었다.

'매운 게 입맛에 맞으시나 봐.'

샤르파크 후작 부인은 매콤한 냄새가 나자마자 흥미를 보였다. 후작의 부관으로부터 평소 부인이 즐겨 먹는 음식을 꼼꼼히 들은 게 천만다행이었다.

[길라게온의 음식은 느끼하고 달기만 하지. 디저트는 제법 먹을 만하다만.]

[그럼 식후에 간단한 주전부리를 준비할까요?]

[그래 주겠니?]

푸르게 빛나던 눈이 나른히 휘어지던 후작 부인을 떠올린 나는 발그레 달아오른 뺨을 감쌌다.

'아름다우셨지.'

날카로운 인상에 표정도 없지만, 유려한 몸 선과 고혹적인 분위기를 가진 미인이었다. 무엇보다 우리 할머니와 친구라는 소피아 부인(황제의 모친)과 일견 닮아서 반갑기도 하고. 하기는 황제와 이종사촌이라니까 소피아 부인은 샤르파크 후작 부인의 이모인 것이다.

'식사를 다 하셨으니 금세 드실 수 있는 걸 만들어야지.'

티라미수가 좋겠다. 아침에 쓰기 위해 구워놓은 제누와즈(Genoise: 케이크 시트)가 있으니 간단할 거다.

'새벽에 재료를 다듬으면서 크림치즈를 보았던 것 같은데.'

재료 창고를 뒤지던 나는 이내 크림치즈를 찾았다. 다른 재료들까지 고른 후에 얼른 조리대로 돌아왔다. 먼저 설탕을 녹여 생크림을 빠르게 친 후에 달걀노른자를 섞고 가볍게 휘저었다.

"여긴 다른 건 다 있는데 왜 전동 휘핑기는 없는 걸까."

수셰프 루시의 말처럼 후작이 수전노라 그런 건 사 놓지 말라고 한 걸까.

'마도구의 일종이니까 마법사더러 만들어 달라고 해도 될 텐데.'

그런 생각을 하며 완성된 티라미수 크림을 밀어 놓고, 예쁜 그릇에 제누와즈를 딱 맞게 잘라 넣었다. 커피시럽을 그 위에 뿌려 충분히 적신 후 크림을 올리고, 초콜릿 쿠키를 잘게 부서 넣은 다음 그 위에 다시 제누와즈. 또 커피시럽. 층층이 쌓아 올리고 나서 마지막으로 코코아 파우더를 뿌렸다.

'냉장고에서 식힐 시간이 없으니까 냉동고에 얼려 둬야겠어.'

그렇게 삼십 여분쯤. 냉기가 빠르게 전달되도록 구리 그릇째로 얼렸더니 제법 단단해졌다.

"커피도 내리자."

티라미수가 차가우니까 따뜻한 커피를 내가야지.

'아, 향이 너무 좋다.'

커피만큼은 좋은 원두를 쓰는 모양이었다. 예쁘게 담아 다시 후작 부인의 방으로 갔더니 후작이 함께 있었다. 소파에 나란히 앉은 부부는 말이 없었다. 어쩐지 아주 날 선 분위기라서 난 조금 의아했다. 부부라고는 하는데 남보다 더 데면데면하다.

"마님, 디저트를 가져왔습니다."

"케이크를 벌써 만든 거니."

나는 빙그레 웃으며 테이블에 쟁반을 내려놓았다.

"차 대신 커피를 내렸어요."

"고맙구나, 난 커피를 아주 좋아해."

그러자 샤르파크 후작이 "그러니 그렇게 비싼 커피를 잔뜩 사들인 거지." 하며 빈정거렸다.

'아하.'

당근 하나도 아껴 써야 하는 주방에 그렇게 좋은 커피가 어떻게 있는가 싶었더니 후작 부인이 양보하지 않은 모양이었다. 후작 부인은 들은 체도 하지 않고 잔을 들었다.

*　　*　　*

'잘 내렸군.'

갈아 놓은 커피를 쓴 게 아니라 직접 원두를 갈아서 내린 모양이다. 향이 아주 좋았다.

"원두를 직접 간 모양이구나."

"커피빵이 만들어져서 기분이 좋았어요!"

"커피빵?"

"신선한 원두로 핸드 드립을 하면 동그랗게 거품이 올라오거든요. 구름처럼 몽글몽글해서 아주 예뻐요."

그러더니 세니아나는 "괜찮으시면 다음에 보여드릴까요?" 하고 물었다. 눈을 동그랗게 뜨고 종알거리는 모습이 보기 나쁘지 않아 후작 부인은 눈썹을 까딱 들어 올렸다.

"그러든가."

그리고 스푼을 쥐었다.

'못 보던 케이크군.'

시간이 없어서 그런지 데커레이션에 정성을 들이진 않은 모양이었다. 온갖 호화로운 디저트를 맛본 그녀가 보기엔 모양이 투박한 편이었다. 스푼으로 케이크를 슥 가르는데, 묘한 감촉에 후작 부인이 미간을 좁혔다. 세니아나는 "잠깐 얼려 둔 거라서요." 하고 말했다.

"흠……."

천천히 떠서 입에 넣었다.

'아.'

크림치즈 특유의 향과 진한 커피 향이 어우러져 입을 통해 코안까지 훅 밀려들었다. 따뜻한 커피로 데워진 입안에서 살짝 얼어 있던 케이크가 달콤하게 녹아들었다.

"음."

후작 부인은 입을 가린 채로 가늘게 신음했다. 맛있다. 너무 달지 않고, 약간 쌉쌀한 것도 취향이다. 팔걸이에 기댄 채 관자놀이를 주무르고 있던 후작이 눈을 홉떴다.

'돌덩이 같은 사람이 웬일로 감정을 표현하는군.'

날 때부터 일국의 공주로 태어나 노예부터 왕까지 온갖 사람을 휘둘러온 그녀는 언제나 무료해 보였다. 어떤 좋은 옷과 보석, 음식도 그녀에게 감흥을 일으킬 순 없었다. 세니아나를 흘깃 쳐다본 그녀가 미미한 웃음을 입가에 걸쳤다.

"괜찮구나."

"영광입니다!"

에이프런을 꼭 잡은 채 후작 부인의 표정을 살피던 세니아나는 안도의 한숨을 흘렸다. 표정에 '다행이다' 하는 말이 쓰여 있는 것만 같아서 후작은 입매를 우그러뜨렸다.

'빌어먹을.'

아내가 불만을 터뜨리게 해 세니아나를 압박하려던 것은 실패였다. 포섭은 물론이고 쌀국수라는 것도 영영 먹어 볼 수 없을 것 같아서 그는 왈칵 인상을 찌푸렸다.

'저게 그리 맛있다고?'

후작이 커흠, 헛기침을 하며 아내에게 말했다.

"입에 맞습니까?"

"그런데요."

하여간에 말투하고는. 후작이 팔짱을 낀 채 세니아나가 만들어 온 케이크를 슬쩍 쳐다보았다.

"그, 뭐, 어찌 먹어 보라는 말…… 한 마디가 없나."

혼잣말처럼 중얼거리며 들으라는 듯 아내를 힐끔거렸다. 그러나 후작 부인은 쳐다도 보지 않은 채 작은 그릇을 들고 연신 케이크를 떠서 먹을 뿐이었다. 후작이 세니아나를 향해 버럭 소리쳤다.

"나와 부인이 함께 있으면 두 개를 내올 것이지 왜 하나만 가져온 게냐."

"밀가루를 못 드신다고 하셨잖아요?"

"밀가루로 만든 게 아니잖아! 저 하얀 것은 누가 봐도 크림이 아니냐."

"중간에 빵이 들어갔습니다."

"……!"

후작이 세니아나를 노려보았다. 일부러 빵이 들어간 것을 만든 건가. 제가 먹지 못하도록. 후작 부인은 씨근덕거리는 남편을 무뚝뚝한 표정으로 쳐다보았다.

"계속 계시렵니까."

"……예?"

"할 일 없으면 산책이라도 하시지요. 성질 더러운 남편은 참아도 배 나온 남편은 못 참습니다."

"배가 나오면 이혼이라도 하실 겁니까."

"그때가 온다면ㅡ"

스푼으로 그릇의 가장자리를 내려친 후작 부인이 "흠." 하고 이어 말했다.

"긍정적으로 생각하지요."

이혼의 어디가 긍정적이란 말인가! 후작은 "에잇!" 소리치며 일어나 성큼성큼 방을 벗어났다.

12장

"앉으렴."

고저 없는 목소리에 나는 눈을 도르르 굴렸다. 남편과 싸운 것 같은데도 후작 부인은 동요 하나 없었다. 난 그녀의 눈치를 보며 소파 끝에 살짝 걸터앉았다.

"본자의 말이 들리지 않느냐, 편히 앉으래도."

"본자요……?"

"아."

그녀는 다 비운 그릇을 내려놓으며 "이건 익숙해지질 않는군." 하며 비단 같은 머리칼을 쓸어올렸다.

"공주님이셨지요."

"정확히는 왕녀였지. 한 치만 벗어나지 않았더라면 왕이 되었을 거다."

"아하."

"우스우냐. 후계 싸움에 밀려 제국에 팔려 온 주제에 보위를 언급하는 것이."

나는 황급히 손을 내저으며 "아니에요!" 하고 소리쳤다. 후작 부인이 표정 없이 얼굴을 갸웃 기울였다.

"그래? 다들 우습게 여기던데."

대수롭지 않은 투였다.

'트, 특이한 분이시네.'

쌀국수를 가져왔을 때도 그랬다.

[처음 보는 계집이군. 후작이 날 독살하라 보냈더냐.]

하고 묻기에 농담인 줄 알고 헤헤 웃었는데 '진담인데.' 하고 팔짱을 꼈다. 난 그녀의 눈치를 보며 손을 꼼질꼼질 매만졌다. 마담 버지니아나 황후 같은 위압감이 풍기는 후작 부인은 정말로 멋진데, 함께 있으면 어색했다.

'왜 안 보내 주시지.'

십 분쯤 흘렀는데도 나가라는 말이 없었다.

"저, 마님……."

"그래."

"혹시 하실 말씀이……?"

"없어."

그런데 왜 안 보내 줘? 난 울상을 지었다. 이건 후작과 다른 괴롭힘인가. 그녀는 그렇게 한 시간을 넘도록 말없이 나를 지켜본 후에

야 "가 봐." 하고 말해 주었다. 난 얼른 방을 빠져나갔다. 주방으로
돌아가자 어느새 요리사들이 돌아왔다.

"으으, 죽겠다."

폴리가 끙끙거리며 다리를 주물렀다. 요리사들도 마찬가지로 피
곤한 얼굴이었다.

"병사들 아침을 겨우 먹였어."

"그러셨군요, 선배."

내 말에 폴리는 어흠! 하고 뻐기더니 가슴을 쭉 폈다.

"병영 주방엔 안 가 봤지?"

"네."

"엄청 빡센 곳이라고~!"

그가 소리치자 중년의 요리사가 껄껄 웃음을 터뜨렸다.

"선배님 말투가 애송이 같습니다요."

놀리듯 하는 말에 폴리는 칫, 혀를 차더니 나를 빤히 보았다.

"그런데 후배, 너는 마님 식사를 제대로 준비한 거야? 어려웠지?
혼나진 않았어? 엄청 혼났을 거야, 그렇지?"

"아니요. 상냥하게 대해 주셔서……."

"으엑! 마님이? 설마!"

그 말에 다른 요리사들도 기함을 하고 내 주위에 몰려들었다.

"무슨 요리를 한 거냐? 응?"

"쌀국수를 만들었어요."

"쌀국수? 쌀국수라…… 어디서 들어 본 것 같은…… 아! 남부를
여행할 때 어느 구석진 식당에서 먹어 본 것도 같은데."

요리사들이 "아카데미에서 배운 거냐?", "쌀로 만든 국수는 어디서 구한 거야?", "간은 뭘로 했지?" 하고 물어왔다.

"아카데미에서 배운 건 아니고, 쌀로 만든 국수는 재료 창고에 있던 걸요. 간은 소금과 간장으로 했어요."

정신없이 대답하는데 "야!" 하는 고함이 들려왔다. 수셰프 루시가 개수대를 보고 버럭 소리친 것이었다. 그녀는 내 이마를 꾹꾹 누르며 날카롭게 말했다.

"수련생 주제에 조리 도구를 만졌으면 정리를 해 놔야 할 것 아냐!"

"그게, 계속 마님과 함께 있어서……."

"네깟 게 뭐라고 마님과 함께 있어. 이 성에서 십 년 넘게 일한 나도 뵙기 힘든 분인데! 어?!"

"……."

그러곤 폴리의 허리를 퍽! 걷어찼다.

"너는 머리에 뭘 처바른 거야! 내가 주방 들어올 때 단장 같은 허튼짓 하지 말라고 했어, 안 했어!"

요리사들이 그녀의 눈치를 보며 흩어지기 시작했다. 루시는 조리모를 쓰지 않은 나이 많은 요리사의 머리채를 획! 잡고는 소리쳤다.

"내가 너 모자 한 번만 더 안 쓰면 어쩐다고 했어. 머리통을 갈아 버린다고 했지!"

주방의 규율이 엄격하다지만, 머리채가 잡힌 요리사는 루시의 아버지뻘이었다.

'저런 폭력은 너무 하찮아.'

나는 굳은 얼굴로 그녀를 쳐다봤지만, 다른 사람들은 고개를 돌린 채 일부러 할 일을 찾았다. 나와 눈이 마주친 루시가 내게 걸어오더니 턱을 강하게 잡아챘다.

"윽!"

"곱상한 얼굴로 주인님 홀려서 편하게 지낼 생각은 집어치워라. 내 주방에선 절대 안 돼."

그러더니 던지듯 턱을 놓곤 쯧, 혀를 찼다. 루시가 나선 후에야 요리사들은 앓는 신음을 흘렸다. 폴리가 "괜찮아?" 하고 물었다. 나는 붉어진 턱을 문지르며 고개를 끄덕였다.

"신경 쓰지 마. 병영 같은 데서 요리를 했다고 자존심 상한 거야. 화풀이하는 거지, 뭐."

다른 요리사가 말하자 사람들이 고개를 끄덕였다.

"하여간에 자존심 하나는 로열 셰프급이지."

"수련생이 마님께 눈도장을 찍은 것 같으니까 더한 것 같은데."

"아, 주방장님이 얼른 돌아오셔야 루시 님이 눈치를 좀 볼 거 아냐."

"돌아오신다고 뭘 하시겠어. 평소에도 늘 허허실실하신 분이잖아. 그러니까 루시, 저게 더 기고만장한 거고."

그러자 폴리가 펄쩍 뛰며 "루시 님께서 들으시면 어쩌시려고요!" 하고 말했다.

"저번에도 뒤에서 한 소리를 누가 일러바쳐서 죄 없는 카토 선배님의 머리가 깨질 뻔했잖아요."

요리사들이 루시에게 머리채가 잡혔던 중년의 사내를 돌아보았다.

'저 사람이 카토인가 보네.'

카토 요리사가 어색하게 웃자 다른 요리사는 한숨을 푹 내쉬었다.

"집사님이라도 아셔야 루시가 쫓겨날 텐데."

"윗사람한테는 설탕처럼 달콤하게 굴잖아요. 매번 요리를 해 주면서."

"뇌물도 바친다는 소문이 있지."

"집사님 딸의 결혼식에선 나서서 하객 요리를 총괄했다며."

주방에는 악마가 하나씩 꼭 있다고 하더니, 이 주방의 악마는 루시인 걸까.

내 생각이 틀리지 않았다는 걸 안 건 저녁 식사를 준비할 때였다.

"야!"

그녀는 저러다 목이 찢어지는 게 아닐까 싶을 정도로 크게 호통을 쳤다. 난폭하게 지시하는 통에 카토 요리사는 손을 불에 지질 뻔했다. 재료 창고에 난 작은 창으로 상황을 살피던 폴리가 질린다는 듯 고개를 저었다.

"가여워."

"유난히 카토 선배님을 안 좋게 보시는 것 같은데요."

"그야 그렇지. 제대로 찍혔으니까."

폴리는 양배추를 정리하며 중얼거렸다.

"너도 알겠지만, 이 저택의 왕은 사실 마님이시거든."

어떤 성이든 그렇기야 할 거다. 내성을 관리하는 건 안주인의 몫이니까.

"마님이 카토 선배님의 요리를 좋아하셨어."

"지금은 좋아하지 않으세요?"

"카토 선배님의 요리에 머리카락이 들어간 적이 있거든. 집사님이 펄쩍 뛰면서 선배님의 요리는 절대로 주인님과 마님 식탁에 놓지 말라고 하셨어. 그 덕에 경력으로 따지면 원래 수셰프는 카토 선배님이신데 루시 님이 떡 하니 차지한 거야."

위생은 중요하지. 나는 카토 요리사를 안됐다고 생각하면서도 감싸 줄 순 없었다. 그런데 폴리가 주변을 살피더니 목소리를 바짝 낮췄다.

"그런데 사실 말이야……."

"네?"

"카토 선배님의 요리에 머리카락이 들어갔을 때, 루시 님이 수상했어."

"뭐라고요?"

"내가 분명히 봤거든. 루시 님이 카토 선배님의 요리가 든 접시를 만지는 거."

난 깜짝 놀라서 눈을 동그랗게 떴다.

"왜 밝히지 않으시고―!"

"그야 증거가 없잖아. 접시를 만지는 것만 봤고."

만약 추측이 사실이라면 루시는 정말로 나쁜 사람이다. 내가 미간을 좁히니 폴리는 내 등을 툭툭 두드렸다.

"그러니까 너도 웬만하면 마님 곁에 있지 마."

그렇게 말한 폴리가 음식물 쓰레기가 든 통을 질질 끌며 뒷문을 나섰다. 내가 양배추를 들고 재료 창고를 나설 때, 루시가 "쓸모없는 굼벵이 자식!" 하고 소리쳤다. 고개를 숙이고 다시 조리대로 돌아와 양배추를 손질할 때였다. 쿵, 쿵, 쿵. 발소리와 함께 주방의 문이 벌컥 열렸다.

"마, 마님!"

루시가 얼른 그녀를 향해 뛰어갔다. 후작 부인은 루시에게 아는 체하지 않고 나를 향해 다가왔다.

"함께 가자."

"저, 저요?"

"그래."

"하지만 저는……."

집사가 당황한 표정으로 "무슨 일이십니까?" 하면서 주방에 들어왔다.

"마님, 필요하신 게 있으시면 하녀를."

"이 애가 마음에 들어."

"예?"

"난 귀여운 게 좋거든."

주방에 있던 사람들은 모두 황당한 표정이었다.

'으응?'

후작 부인은 거절할 새도 없이 문을 향해 고갯짓하고 사뿐사뿐 주방을 나섰다.

'따, 따라오라는 건가.'

당혹스러운 표정으로 눈만 끔뻑이고 있자, 곁에서 낮은 한숨 소리가 들려왔다. 샤르파크 성의 집사였다.

"마님을 따라나서라."

"지, 집사님!"

루시가 기가 막힌 얼굴로 얼른 내 앞을 막아섰다.

"수련생입니다. 성의 사정은 물론, 귀부인을 어떻게 대해야 할지 전혀 모를 터인데 어떻게 마님을 모시겠습니까."

"마님께서 원하시니 도리가 없지 않은가."

"그래도―"

"시간 끌지 말고 비켜서게."

그렇게 말한 집사는 직접 문을 열어 주며 말했다.

"마님께 가거라."

"⋯⋯."

"어서."

나는 어쩔 수 없이 주방을 나섰다. 복도를 걷는 내내 주방에서 새어 나오는 루시의 고함이 등 뒤를 따라붙었다.

"이게 무슨 경우냐고! 젠장!"

날카로운 목소리를 듣고 있으니 폴리로부터 들은 말이 떠올랐다.

[그러니까 너도 웬만하면 마님 곁에 있지 마.]

'으아아.'

곤란해지게 생겼다. 방 앞에 도착하자 하녀장으로 보이는 중년의 여성이 내게 조용히 당부했다.

"마님이 물으실 땐 고개를 숙이고, 너무 높지도 낮지도 않은 일정한 소리로 대답해야 하며, 먼저 말을 거시기 전까진 입을 열지 마라. 그리고 —"

귀족을 만날 땐 이렇게 빡빡한 규칙이 있구나. 이 세계로 와서는 귀족 영애로 지냈기 때문에 알지 못했다. 전담 시녀나 직급 높은 기사들과 달리 나는 현재 하급 사용인인 입장이었다. 지킬 것이 엄청나게 많다.

'이런 것들까지 전부 조심하려면 숨 막히겠다……'

그러고 보니 '귀족인 나'의 주변에 있던 사용인들은 온통 계급이 높은 편이었다. 처음 만났을 때 시트론도 플로헤타의 눈 밖에 난 상태여서 홀대받은 거지, 그 전엔 꽤 직급 높은 하녀였다. 그러니 내 성의 정보를 그렇게나 잘 알고 있었던 것이고.

마릴린도 황도 저택에선 높은 하녀고, 뺀질뺀질해 보이는 바커스마저 한 부대의 책임자였다. 그런 생각을 하다 보니 덜컥 걱정이 들었다.

이 세계에선 대귀족가의 고위 사용인들은 대기업의 직원쯤 되는 위치였다. 그들마저 귀족들 앞에선 사소한 것까지 규제받는데 평범한 소작농은 어떨까. 아카데미에도 장학금이 절실하다고 한 애들이 있었다. 그 애들에게 내 신분이 드러나면 이제까지처럼 편하게 지내진 못할 거다.

'졸업이 가까워지면 싫어도 다들 알게 될 텐데.'

졸업식에선 졸업장을 줄 때 본명을 부르니까. 나는 시무룩한 표정으로 방 안에 들어갔다.

"이리로."

기다리고 있던 후작 부인이 내게 말했다. 그녀가 두드리고 있는 곳을 본 나는 움찔했다.

"거, 거기로요?"

등 뒤에서 또각, 하는 발 구르는 소리가 들렸다.

[마님께서 명하시면 즉시 수행해야 한다. 두 번 묻는 일은 없어야 해.]

아차. 당황해서 잠시 잊었다. 나는 우물쭈물하다가 슬쩍 걸어 그녀의 옆에 앉았다.

"그곳이 아니야."

하, 하지만! 나는 '어쩌지요.' 하는 표정으로 하녀장을 보았다. 그녀가 단호히 고개를 끄덕였다. 손을 꼼지락거리며 후작 부인에게 바싹 붙었다.

"좋은 냄새가 나는구나."

"아, 마님의 식사를 준비하느라 빵을 굽고 있어서요. 몸에 뱄나 봅니다."

"밀가루는 좋지. 뭘 해도 맛있지 않니."

그렇게 말하며 가볍게 책을 편다.

"와 — !"

화가가 직접 그린 듯한 알록달록 아름다운 그림, 테두리엔 금사와 은사로 장식하고 말린 생화까지 곱게 붙어 있다. 윗면엔 큼직큼직한 글씨가 쓰여 있었다.

"글은 읽을 줄 아니?"

그야 당연히.

'—가 아닌가. 나를 평민으로 알고 있다면.'

아무래도 이 부부는 어색한 사이니만큼 후작 쪽에서 부인에게 내 얘기를 하진 않은 것 같았다.

"네. 아카데미에 있으니까요."

"그래도 내가 읽어 주마."

나는 얼른 손을 내저었다.

"아, 아니에요—!"

"안젤리카는 작은 토끼예요. 엄마 토끼가 매어 준 아름다운 리본이 안젤리카의 보물이랍니다."

"……?"

왜 후작 부인이 내게 동화책을 읽어 주는 거지. 당황스러운 건 나뿐이 아닌지 하녀장도 황망하게 자리를 피했다. 난 멍하니 후작 부인을 쳐다보았다.

"재미없니?"

"아니요……."

"거짓말을 못 하는구나."

그녀는 대수롭지 않은 표정과 어투로 다른 책을 펼쳤다. 이번에도 그림책이라고 부르기 힘들 만큼 화려한 책이었는데, 이전 책과 달리 요정들이 가득 그려져 있었다.

"공주님의 생일 파티를 위해 꼬마 키키는 커다란 초콜릿 케이크를 준비했어요."

고저 없는 목소리로 읽더니 "난 생일은 아니었는데." 하고 중얼거린다. 난 점점 더 그녀를 알 수 없어져서 고개만 조금 수그렸다.

"농담이었단다. 웃어도 좋아."

내가 눈치를 보며 입꼬리만 슥 위로 올리자 후작 부인은 고개를 모로 꼬며 미간을 찌푸렸다.

'시, 심기가 상하셨을까.'

후작 부인이 검지와 엄지로 가볍게 내 턱을 들어 올렸다. 새파란 눈동자가 서늘하게 빛났다.

'맞는 건가!'

나는 이를 악물고 고개를 슬쩍 돌렸다. 그런데 —

"귀여워."

나도 모르게 '네?' 하고 반문하려다가 황급히 "……가, 감사합니다." 하고 수습했다.

"네 얼굴이 마음에 들어."

내가 어리둥절한 표정을 짓자 후작 부인은 가볍게 입매를 휘었다.

"소녀를 닮았거든."

그러더니 또 새로운 책을 꺼내 무릎에 올려 두었다. 나는 양손으로 소파를 디딘 채 빼꼼 고개를 내밀었다. 이전에 본 화려한 책들과는 달리 커버에 손때가 묻은 데다 다소 밋밋하기까지 한 그림이었다. 얼마나 봤는지 책등이 다 헤졌다.

후작 부인이 아주 조심스러운 손길로 책을 열었다. 오래된 책에서 텁텁한 향기가 훅 풍겨왔다.

"아, 소녀군요!"

내가 소리치자 후작 부인은 고개를 끄덕였다. 책 안엔 정말로 소녀가 그려져 있었다. 산양 뿔을 가진 작은 소녀였는데 머리 양옆의 뿔이 동그랗게 휘어 있어서 마치…… 나는 정면에 있는 커다란 거울을 쳐다보았다.

'나 같네?!'

옆머리가 유난히 곱슬이 심한 내게 시트론이 자주 해 주는 머리였다. 양옆으로 머리를 돌돌 말아서 고정시키는 것인데, 이제는 너무 익숙해서 아침이면 당연히 머리를 돌돌 말고 있었다. 오늘은 주방에 들어가야 해서 뒷머리를 남기지 않고 전부 말아 버렸다.

"닮았지 않니."

"으으음, 그런 것 같기도 합니다……"

"내게는 소중한 책이지."

"그렇군요."

"그래서 널 보자마자 첫눈에 알았단다."

무얼? 내가 눈을 동그랗게 뜨자 후작 부인의 눈이 가늘어졌다.

"이리 오렴."

후작 부인은 대뜸 나를 식당으로 끌고 갔다. 주방에선 이미 요리를 끝내고 수셰프 루시가 오늘의 메뉴를 설명하기 위해 도착해 있었다. 루시의 눈빛이 매서웠다. 그녀는 이를 악물고 나를 찢어 죽일 듯이 노려보았다.

"자, 이리."

방에서처럼 나를 옆에 바싹 앉히고 잘게 썬 고기를 포크에 찍은 채 내밀었다.

"꼭꼭 씹으렴."

"……."

"너무 크게 자른 걸까."

중얼거리다가 루시를 보며 "너." 하고 부른다. 그러자 루시의 얼굴이 단숨에 환해졌다.

"예, 마님!"

"잘게 잘라."

"예, 예?!"

'아, 두 번 되물었다.'

후작 부인의 표정이 매서웠다. 나이프를 가볍게 쥔 그녀가 서늘한 목소리로 하녀장을 불렀다. 그리고.

"마, 마님!"

날을 하녀장의 턱에 가까이 가져갔다.

"집안 관리에 이리 어수룩하면 내 심기가 불편해지지 않니."

"소, 송, 송구합― 마님."

"소녀에게 부끄러운 모습을 보이지 마라. 저 애는 데려가서 예의를 가르치렴."

"며, 명 받잡겠습니다."

루시가 변명할 새도 없이 사용인들에게 끌려나갔다. 나는 마른침을 꼴깍 삼키며 후작 부인을 돌아보았다. 후작 부인의 눈이 가늘어졌다. 그러나 이내 입가에 빙그레 호선이 드리웠다.

"겁먹지 마라, 소녀야. 네겐 화내지 않는단다."

"⋯⋯."

"귀여운 것에겐 관대하거든."

그러더니 루시가 있던 자리를 힐끔 보며 "저건 귀엽지가 않잖아." 하고 어깨를 으쓱했다.

"포악한 것은 귀엽지 않지."

중얼거리듯 하는 말에 나는 눈을 크게 떴다.

'알고 계셨구나.'

루시가 주방에서 가혹하게 호령한다는 것을. 나는 잠시 그녀를 지그시 바라보았다. 어떤 것에도 신경 두지 않을 듯한 냉소적인 눈빛이었는데 의외였다.

'웬만큼 유능한 귀부인도 사용인 사이의 알력은 잘 모르는 법인데.'

"고기가 마음에 들지 않니? 갈아 오라고 하는 건 어때?"

그녀의 물음에 나는 빙그레 웃었다.

"제가 썰어도 될까요, 마님?"

"그래."

나는 고기를 먹기 좋은 크기로 잘라서 후작 부인의 접시에 내려놓았다.

"⋯⋯선왕께서 돌아가시고 처음이군. 이런 다정한 일은."

후작 부인이 묘한 표정으로 포크 끝을 매만졌다.

한숨을 내쉬던 나는 막 방 안으로 들어오던 후작과 눈이 마주쳤다.

"……뭐 하는 게냐."

굳은 얼굴로 내 머리를 땋고 있는 후작 부인과 호화로운 드레스를 입은 나를 빤히 쳐다본다.

"저도 잘……."

주방으로 돌아가고 싶은데, 십 분도 안 돼서 "소녀야." 하고 부르며 들어오는 통에 당할 재간이 없었다.

"용건만 말씀하시죠."

후작 부인이 남편을 향해 차갑게 대꾸했다.

"오늘 장부가 이상하기에."

후작은 인상을 찌푸리며 두툼한 양피지 뭉치를 테이블 위에 올려 두었다.

"구두며 인형, 장난감이 뭐 때문에 필요합니까?"

"제 돈으로 산 것이니 개의치 마십시오."

"내 말은 그게 아니라 ― 구매 목록이 마치……."

그가 잠시 침묵하자 후작 부인이 표정 없이 그를 쳐다보았다.

"어린애 물건을 사들이는 것 같지 않습니까."

"어린애 물건이니까요."

"설마 부인, 혹시 혼외자가 있으십니까."

혼외자?! 내가 들어도 되는 이야기일까. 나는 거울에 비치는 후작 부인을 힐끔힐끔 보았다.

"그런 방법이 있었군요."

후작 부인이 아무렇지 않은 투로 말했다. 그러자 샤르파크 후작은 눈살을 찌푸렸다.

"그런 방법이라니. 무슨 좋은 얘기라도 들은 것 같습니다."

"좋은 방법이긴 하지요. 샤르파크 공, 저는 자식이 가지고 싶습니다."

쿨럭! 쿠울럭! 거칠게 기침하던 샤르파크 후작이 손등으로 입을 막은 채 밭은 숨을 내쉬었다.

"뭐, 뭐라고."

"천하에 빌어먹을 고리대금업자와 단둘이 사는 건 이제 질렸습니다. 딸이 가지고 싶어요. 새싹 같은 머리칼에 꽃잎 같은 눈동자를 가졌으면 좋겠어요."

후작의 시선이 내 머리카락과 눈을 스치고 지나쳤다.

"부인, 저 아이에게는 부모가 있습니다."

후작 부인이 내 어깨 위의 레이스를 매만지며 말했다.

"제가 더 잘해 줄 수 있습니다."

"부인."

그녀는 후작을 날카롭게 응시했다.

"돈이고 목숨이고 약이고 다 빼앗는 분이 어찌 자식은 못 빼앗으십니까. 저는 이 아이가 좋습니다."

"부인, 제발 이성적으로—"

"하면 이제 갈라서지요."

"뭐라고?!"

나는 헉, 숨을 들이켰다. 후작 저에서 일하게 되며 알렉시아에게 부부의 일을 들었다. 샤르파크 성의 사용인들이 한 말처럼 이 가문의 대장은 후작 부인이었다. 온갖 범법을 저질러 돈을 쓸어 담는 후작의 안전망이 일국의 공주이자, 황제의 이종사촌인 후작 부인이었던 것이다.

후작은 당황한 얼굴로 후작 부인의 팔목을 잡았다.

"쉽게 입에 담을 수 없는 내용이라는 건 아시겠지요."

"오래 고심했습니다. 이제 공의 얼굴이 지긋지긋합니다."

"⋯⋯!"

"가진 것은 고작 얼굴뿐이었는데, 그마저 이제 다 삭았으니 매력을 느끼지 못합니다. 자식 키우는 정도 아니면 어찌 함께 살겠습니까."

"사, 삭았⋯⋯ 제가 이래 봬도 프렌시프 후작 다음으로 매력 있다는 소리를 듣던―!"

"차이가 큽니다."

단호하게 말한 후작 부인이 내 머리를 땋으며 중얼거렸다. 둘 사이의 분위기가 점점 더 날카로워졌다. 나는 이러지도 저러지도 못하고 드레스 치마 끝만 매만졌다.

부부의 대화가 끝나고 나는 겨우 풀려났다. 주방으로 돌아갔을 땐 이미 일이 끝나 불이 꺼진 상태였다. 난 끙끙거리며 몇 겹이나 되는 드레스 자락을 질질 끌고 복도를 걸었다.

"아가씨."

어둠 속에서 나타난 알렉시아가 고개를 깊이 숙였다.

"응."

"괜찮으십니까."

"오늘은 별로 한 일도 없고……."

엄청 바쁠 거라고 각오했는데 막상 한 건 후작 부인과 함께 있는 것뿐이었다.

"가시죠."

"그래."

숙소로 돌아가려고 하는데, 뒤에서 발소리가 들려왔다. 알렉시 아가 얼른 한 팔로 나를 가린 채 다른 손으로 검집을 쥐었다. 나는 다가온 사람을 보고 눈을 동그랗게 떴다.

"각하."

"거래를 변경하자."

"네?"

"원하는 건 뭐든 해 주지. 대신 너는 닷새간 내 딸이 되어야겠 다."

나는 이해할 수 없는 표정으로 후작을 빤히 보다가 고개를 절레 절레 저었다.

"저는 아빠가 있는데요."

"나도 딸은 필요 없어!"

"저도 저희 아빠가 좋아요!"

"며칠이면 된다잖아."

"싫─"

"실습 평가서."

그 말에 나는 움찔, 어깨를 좁혔다.

"오늘은 하루 종일 놀았더군."

"그건 마님께서 ―"

"평가할 만한 요리를 내준 것도 아니지."

나는 비열한 후작을 흘겨보았다.

"그럼 마님께 받으면 돼요."

"아내는 나와 이혼하면 더 이상 샤르파크의 일원이 아니지. 실습 평가를 할 자격이 없다는 소리다."

"……비열해요!"

"비열하지 않았다면 매춘부의 자식이 어찌 후작이 될 수 있었겠느냐."

나는 이마를 잡으며 신음했다.

'어떻게 하지.'

실습 평가서를 받아가지 못하면 학점을 다 못 채울 테니 로열 키친과도 멀어지고 말 거다.

"……하루에 두 시간."

내 말에 후작이 콧방귀를 뀌었다.

"반나절."

"세 시간이요."

"열 시간."

"다섯 시간!"

"아홉 시간."

"……일곱 시간."

"그쯤에서 합의하지."

나는 한숨을 내쉬었고, 후작은 만족스럽게 웃었으며, 알렉시아는 묘한 눈으로 날 쳐다보았다.

*　　　*　　　*

가웨인은 싸늘한 표정의 란슬롯과 아서를 보고 의아한 표정을 지었다. 서류를 확인하며 복도를 지나던 나베리우스도 평소와 달리 노기 서린 기운에 우뚝 멈춰 섰다.

"아서, 무슨 일이냐."

"제가 동부로 내려가야겠습니다. 어르신은 황도를 지켜 주시죠."

"무슨 일이기에."

나베리우스는 굳은 얼굴로 아서의 손에 들린 편지를 빼앗았다.

[―하여 당분간 아가씨는 샤르파크 후작의 딸 역할을…… 오늘은 놀이공원이란 곳을 함께 가신다고…… 호위하겠습니다.]

나베리우스가 버럭 소리쳤다.

"미친 게 아니냐! 왜 남의 손녀를―! 가웨인, 내 창을 가져와라! 당장!"

놀이공원은 제가 제일 처음으로 데려가려고 벼르고 있던 곳인데.

[할아버지가 최고예요!]

신이 나서 웃는 세니아나가 눈앞에 아른거리다 멀어졌다.

"쳐 죽일 놈!"

때마침 황도 저택의 집사 마일로가 급히 들어왔다.

"송구합니다, 주인님. 아뎅(프렌시프의 정보부 총괄) 경으로부터 급보
입니다."

프렌시프 정보부는 최소한의 인력 외엔 모두 아탈란과 3차 시험
에서 세니아나를 납치하려 했던 용병단의 뒤를 캐고 있었다. 마일
로에게 보고서를 전달받은 아서는 눈살을 찌푸렸다.

"용병들에게 납치를 사주한 자가 샤르파크의 부관, 이라."

낮게 읊조리는 말에 나베리우스와 란슬롯, 가웨인이 동시에 얼
굴을 굳혔다. 나베리우스는 다급히 아서의 보고서를 빼앗았다.

"이게 무슨 소리야! 하면 세니아나가 납치 세력의 한복판에 있다
는 말이냐!"

테이블을 검지 끝으로 툭, 툭, 두드리던 아서가 이내 입을 열었
다.

"……가웨인."

"예."

"영지군을 집결시켜라. 샤르파크를 친다."

*　　　*　　　*

"……."

"……."

'어, 어색해.'

나는 대화 한 마디가 없는 부부를 힐끔힐끔 훔쳐보다가 앓는 소리를 삼켰다. 샤르파크 성에서 목적지까지 세 시간가량. 두 사람은 서로를 쳐다보지도 않고 있다.

"마님에게 그쪽 창문을 닫으라고 해라."

드디어 샤르파크 후작이 입을 열었다!

'그런데 왜 직접 말하지 않고?'

좋아하고 있던 것도 잠시. 나는 후작 부인의 눈치를 보며 웅얼거렸다.

"마님, 창문을 닫아 주시라고 각하께서……."

그러자 후작 부인이 읽던 책을 탁, 덮으며 말했다.

"나는 바람을 쐴 거다. 싫은 사람이 나가라고 전하렴. 그리고 내 자식을 하인 부리듯 하는 사내는 꼴 보기 싫으니 나가는 쪽으로 결정하기를 바란다고도 전해 줘."

후작의 눈에서 불똥이 튀었다.

"'네 어머니'께! 흙먼지가 마차 안으로 다 들어와서 내가 주제넘은 걱정을 했다고 전해라. 아주! 미안하다고."

"알면 됐다고 전하렴."

"이깟 역할극 때문에 내가 오늘 어떤 거래를 포기했는지 아느냐고 물어봐라."

"됐다고 하는데도 부득불 쫓아온 사람이 할 말은 아니라고 전해."

내가 한숨을 푹 내쉬었을 때, 마차가 멈추었다. 나는 반색하고 얼른 문을 열었다.

"도착했나 봐요!"

마부가 오기도 전에 폴짝 뛰어내려 멀찌감치 섰다.

'피곤해……'

후작 부부는 마차에서 내린 뒤에도 나를 사이에 두고 말이 없었다.

"저, 저기!"

결국 어색함에 져 버린 내가 말했다. 두 사람이 동시에 날 쳐다보았다.

"놀이공원이라는 건 누가 만든 건가요?"

여기도 그런 게 있다고 해서 놀랐다. 샤르파크 후작은 입장 전 대기소에서 나눠 준 발찌를 매며 말했다.

"서부 자금이 동부 사업가에게 흘러든 걸 거다. 고매한 귀족 나리들이 사업에 눈 벌게 투자를 했다는 걸 밝힐 수 없으니 아닌 척하고 있지만."

"돈을 버는 것이 왜 창피한 일인가요?"

"날 때부터 금자인 그네들 속내를 천박한 태생의 내가 어떻게 짐작하겠나."

빈정거리는 말에 나는 "흐음." 하고 고개를 끄덕였다. 그러던 찰나, 지배인으로 보이는 멀끔한 남자가 후작 부인에게 다가왔다.

"샤르파크 부인을 뵙습니다."

"그래."

"송구하지만, 놀이공원 내에서 높은 구두는 위험합니다."

후작 부인이 구두를 갈아신는 동안 후작과 나는 놀이공원에 입장했다.

"와―!"

윤세나 세계의 놀이공원과 무척 비슷하다. 하지만 그곳처럼 알록달록하지는 않고, 꽤 고풍스럽다.

'놀이기구는 스릴을 즐길 수 있는 것들은 아닌가 봐.'

느릿느릿 우아하게 움직이는 회전차를 보며 나는 고개를 끄덕였다. 하기는, 이런 데 놀러 올 수 있는 사람은 귀족 내지는 최소 평민 졸부일 테니까.

'저 딱총새 기구 재밌겠다!'

이런 유원지는 텔레비전에서만 봤지 가 볼 생각을 못 했다. 윤세나의 친부와 함께 살 때, 고아원에 살 때는 꿈도 꾸지 못했고, 선생님과 살 때도 돈이 아까워서 쳐다도 보지 않았다.

나는 공중에서 땅까지 위아래로 움직이는 기구를 보며 "우와—! 우와—!" 소리쳤다. 직원이 "타시겠습니까?" 하고 상냥한 어투로 물었다.

"아, 하지만⋯⋯."

나는 돈이 없다. 아침에 일어나자마자 끌려온 거라 챙길 생각을 못 했던 것이다. 내가 시무룩 어깨를 떨구자 후작이 말했다.

"타든가."

"빌려주시게요? 하지만 저는, 사채 금리로 돈을 빌리는 건⋯⋯."

나는 사채가 지긋지긋했다.

"누가 고리금리로 빌려주겠대!"

"⋯⋯네?"

"타. 그리고 네 아버지더러 내가 아주 잘해 줬다고 전해 줘라. 응?"

그러더니 내 등을 밀며 "들어가." 하고 말한다. 난 엉겁결에 기구에 앉아 안전바를 잡게 되었다. 얼마 지나지 않아 크게 후회할 것도 <u>모르고</u>.

후작 부인은 주저앉은 채 헐떡이는 내 등을 두드렸다.

"우욱."

토할 것 같다. 기구를 타면서 발밑으로 쑥 꺼진 심장이 아직 돌아오지 않은 것만 같아서 나는 기둥을 잡은 채로 울먹였다.

'죽는 줄 알았어.'

밖에서는 서행하는 것 같았는데, 직접 타 보니 그렇게 빠를 수가 없었다. 속으로 몇 번이나 신에게 빌었는지 모르겠다. 제발 살려 달라고.

'선생님…….'

그때, 마침 통신석이 깜빡였다. 나는 훌쩍이며 일어나 후작을 흘끔 쳐다보았다.

"잠깐 다녀올게요."

"……그래."

나는 후작 내외를 떠나 인적 드문 곳에서 통신을 연결했다.

[세니아나.]

죽는 줄 알았다가 세상에서 가장 안심되는 목소리를 들으니 긴장이 풀려 버렸다.

"아, 아빠……."

목소리가 떨리자 시끄러운 잡음이 들려왔다.

[뭐야. 우는 건가?]

[뭔데, 무슨 일인데.]

[세니아나! 할애비다!]

다 함께 있는 모양인지 가족들은 시끄럽게 떠들었다.

"아니에요. 그냥 긴장이 풀려서……."

[긴장할 일이 있던 건가.]

아빠의 목소리가 어쩐지 서늘해서 "그런 게 아니라" 하고 우물쭈
물 변명했다.

"그렇게 큰일은 아니고요. 그냥 놀 —"

"소녀야."

때마침 후작 부인의 소리가 들려와서 나는 후다닥, 통신을 종료
했다.

"마님."

"근처에 휴게실이 있다더구나. 차를 준비하라 할 테니 가서 쉬
자."

"하지만 놀이공원을 기대하셨잖아요?"

"가자."

내 물음엔 대꾸하지 않고 손목을 잡더니 성큼성큼 걸었다. 복작
복작한 유원지 내부엔 사람들이 한가득이었다. 근처에 아이스크림
판매점이 있었는데, 어린애가 재빨리 그 앞으로 뛰어가더니 "어머
니!" 하고 소리쳤다.

"어머니, 이거요! 사 주세요!"

"오늘만 찬 것을 몇 번이나 먹는 거니. 배탈 난다."

"조금만 먹을게요. 네~?"

"나 참."

어쩔 수 없다는 듯 웃는 여자와 그녀의 어깨를 다정히 감싸며 인자한 표정을 짓는 남자. 그리고 그들의 아래서 방방 뛰는 어린애. 후작 부인은 걸음마저 멈추고 가족의 모습을 물끄러미 지켜보았다.

"마님?"

"……가자."

부인은 걷는 내내 조용했다. 그전에도 그리 말수가 많은 편은 아니었지만, 분위기마저 고요해서 난 힐끔 그녀의 눈치를 보았다. 후작과 합류해서 휴게실을 향했다. 그도 왜인지 어두운 후작 부인의 표정이 의아한 듯싶었다. 나는 그들을 따라 걷다 말고 "아." 하고 중얼거렸다.

'그렇구나.'

그들이 날 돌아보았다. 나는 주변을 휙휙 돌아보다가 간식을 파는 가판대를 발견하고 소리쳤다.

"저, 저거 사 주세요."

얼굴이 붉어져서 웅얼거리는 날 보고 후작은 미간을 좁혔다. 그러나 후작 부인은…….

"찬 것을 먹으면 배탈 난다."

— 하면서도 먼저 가판대를 향해 걸었다. 그러고는 후작에게 "계산하세요." 하고 말했다.

"예 — ?!"

"계산이요."

"돈. 가져오셨잖습니까."

"샤르파크 공이 계산한 것을 이 아이에게 주고 싶습니다."

"그건 무슨……."

후작은 기가 막혀 했지만 계산해 주었고, 나는 손에 살구 셔벗을 쥐게 되었다. 조금 퍼서 그녀에게 내밀었다.

"드세요, 마님."

후작 부인의 표정이 묘해졌다.

"소녀는 눈치가 빠르구나."

조그맣게 중얼거리다가 희미하게 웃으며 셔벗을 받아먹는다. 그리고 난 조금 더 퍼서 후작에게 내밀었다.

"뭐, 왜."

"드세요."

"찬 건 별로ㅡ"

난 그의 팔을 꾹 잡고 "그냥 드세요." 하고 속삭였다. 후작은 나와 후작 부인의 시선을 받고 다소 당황스러운 듯 움찔했다. 그러나 이내 입을 열어서 얼른 그의 입에 셔벗을 넣어 줬다.

'마님은 이런 걸 하고 싶었구나.'

유원지에서 놀이기구를 타고 싶은 게 아니라, 화려한 퍼레이드를 구경하고 싶은 게 아니라 가족처럼 지내고 싶은 것이었다. 외로워서.

하기야 황제가 친척이고, 외가는 길라게온에 터를 두고 있다지만 엄밀히 따지면 그녀는 이국의 사람이다. 타국에서 정 없는 남편과 단둘이서 지내며 십여 년째 홀로 버티는 건 외로운 일일 터였다.

휴게소에 이르기 전, 나는 후작 부인을 들여보낸 후에 안으로 들어가려는 후작의 옷깃을 잡았다.

"저기 꽃집이 있어요."

"그래서."

"꽃집이 있다니까요?"

"그러니까 뭘."

한숨을 푹 내쉬고 그를 끌고 꽃집 앞으로 갔다.

"저희 아빠는 꽃집이 보이면 그냥 지나치는 법이 없었대요."

"느끼하군. 사내놈이 무슨—"

구시렁거리는 그를 보고 난 고개를 절레절레 저었다.

"제 어머니께 가실 적엔 늘 꽃이나 케이크 같은 작은 선물을 하셨어요."

"나도 분기마다 부인에게 선물을 한다. 내 것이 훨씬 고가야."

뻐기듯이 말하는 그를 보고 난 아빠의 멋짐을 아로새겼다.

'우리 아빠 멋있어.'

"선물 크기나 가격이 중요한 게 아닌데요."

매 순간 그녀를 떠올린다는 의미라면 그게 얼마든, 뭐가 됐든 기쁜 것이다. 나도 아빠에게 꽃을 선물 받았을 적에 엄청 기뻤고.

"선물해 보세요."

"쓸데없는 일에 돈 쓰는 건 혐오하는—"

"좀!"

내가 인상을 찌푸리자 그는 "참나." 하더니 주인에게 아무거나 한 다발 내놓으라고 했다.

"제 것도요."

"뭐 이렇게 당당하게 선물을 요구하는 거야."

구시렁거린 그가 꽃다발에서 한 송이 빼내어 내게 주었다. 그리고 우리는 함께 휴게실로 향했다. 후작이 귀찮은 표정으로 후작 부인에게 덥석 꽃다발을 안겨 주었다. 후작 부인은 눈을 홉뜨며 내가 든 꽃과 꽃다발을 번갈아 쳐다봤다.

"⋯⋯."

말 없는 그녀를 보고 후작은 밉살맞은 투로 중얼거렸다.

"들고 다니기 귀찮으면 하인에게 맡기세요."

"귀찮지 않습니다."

"⋯⋯예?"

"귀찮지 않습니다."

"⋯⋯."

"귀찮지 않아요."

몇 번이나 중얼거린 그녀가 내게 다가왔다.

"내 것이 더 크다."

"그러네요, 마님."

"같은 꽃을 들었구나. 정말로 가족 같아."

"맞아요."

우리가 함께 웃자 후작은 벼락이라도 맞은 사람처럼 한 걸음 물러났다. 그러곤 얼굴이 새빨개져서 한 손으로 얼굴을 가렸다.

"뭐 하시는 겁니까."

후작 부인의 말에 후작은 헛기침을 하더니 고개를 약간 돌렸다.

"그, 그런 게 필요했으면 말을 ─!"

"예?"

"이런 걸 좋아하는 줄 몰랐잖습니까…….."

"샤르파크 공이 내게 관심이 없는 게지요."

후작은 이제야 부인이 뭘 바랐는지 깨달았나 보다.

'눈치는 있어서 다행이야.'

나는 생긋 웃으며 소파에 앉았다. 오른쪽엔 후작 부인이 앉았고, 왼쪽엔 후작이 엉거주춤 걸터앉았다.

"그, 뭐, 크흠! 유원지 안에 식당이 있다던데…… 함께 가서 먹을까요."

"……그런 돈 쓰시는 건 싫어하시잖습니까."

"부인에게 쓰는 돈은 아까워한 적 없습니다."

"거짓말은."

웅, 거짓말. 나와 후작 부인이 동시에 고개를 끄덕이자 후작은 마뜩잖은 듯 휙! 고개를 돌렸다.

"안 아까우니 그냥 좀 갑시다!"

─하고 말한 그가 박력 넘치게 손을 끌어당겼다. 내 손을. 여전히 아내와 손잡는 건 어색한 모양이었다. 함께 식당에 들어가자 직원들이 창밖이 보이는 좋은 자리로 안내했다. 자리에 앉아 식당 안을 둘러보았다.

'오픈 키친이네.'

주방이 보이는 구조는 믿음이 간다. 위생에 자신이 없다면 내부를 보일 리 없으니까. 요리사 입장에서는 공부도 된다. 나는 흥미진진한 표정으로 주방 안을 구경했다.

'응?'

요리마다 붉은 가루를 넣고 있었다. 저거…… 어디서 많이 본 것 같은데.

'아!'

샤르파크 성 주방에도 저런 가루가 몇 통이나 놓여 있었다. 폴리가 근래 인기 있는 조미료라고 했다.

'미원 같은 건가.'

하지만 MSG를 쓰는 걸 저렇게 훤히 보여 준다고? 내가 눈을 끔뻑거리고 있자 샤르파크 후작이 오픈 키친을 주시했다.

"성식(聖食)이로군."

"성식이요?"

"그래. 값비싼 향신료인데 저렇게나 듬뿍 쓰는 건가. 과연 서부의 자금이 흘러들어 온 유원지다."

"향신료…… 조미료가 아니고요?"

"글쎄, 난 요리사가 아니니 정확히는 모르지. 하지만 몸에 아주 좋다고는 들었다. 다 죽어가는 환자도 성식을 일 년만 먹으면 기운을 차린다지."

그런 대단한 것이라고? 나는 무의식중에 가져온 셔벗을 휘저으며 고개를 갸웃 기울였다. 그런데 셔벗 그릇 바닥에도 채 녹지 않은 붉은 가루가 뿌려져 있었다.

'……여기에도?'

같은 가루라고 확신할 순 없지만, 색이 아주 비슷했다.

"꽤 오래전부터 제국에 풀렸는데, 사용하는 귀족들의 수는 그리 많지 않았지. 지금에서야 너나 할 것 없이 쓰고 있다. 아카데미에서는 쓰지 않느냐?"

"화학적 합성품이 5할 이상인 조미료는 쓰지 않는 게 원칙이라서요."

"그런가. 금좌 11석 가문에서는 많이들 쓰는데 말이지."

그는 목소리를 낮추고 "프렌시프 성에서도 쓰지 않나?" 하고 물었다. 프렌시프의 총요리장인 아곤은 자연주의 요리사였다. 소금, 설탕, 장 외에 조미료를 혐오했으니 주방에 그런 게 있을 리 없다.

"성식……."

"오래 섭취하면 성식이 들어 있지 않은 요리는 먹기 힘들지. 그만큼 맛있거든."

"그럼 각하께서도……?"

"난 그다지. 부인의 요리엔 항상 들어 있다는 것 같지만. 임신에 좋다고 해서 오뵈르 백작 부인은 차에도 타 마셨다더군."

오뵈르 백작 부인이라면 황자의 검술 시합에서 내 복분자주를 먹고 임신한 사실을 알게 된 사람이다. 그렇게 오래 섭취했는데도 임신이 쉽지 않았던 걸 보면 성식의 소문은 과장된 모양이었다.

'아이라.'

그런데 왜 샤르파크 내외에겐 자식이 없는 걸까. 후작 부인이 이렇게 간절히 자식을 바라는데. 후작 부인을 힐끔 쳐다봤을 때였다.

쿵, 쿵, 쿵! 입구 쪽에서 구둣발 소리가 들리는가 싶더니 순식간에 기사들이 쏟아져 들어왔다.

"꺄악!"

놀란 사람들이 비명을 내질렀다. 그리고 ㅡ

"윽!"

로브를 뒤집어쓴 남자가 샤르파크 후작의 목에 검을 들이밀었다. 나와 후작 부인은 벌떡 일어났다. 목을 겨눈 남자가 천천히 로브를 벗었고, 그와 눈이 마주친 난 "으응?!" 하고 소리쳤다.

"할아버지?"

내가 어리둥절한 목소리로 중얼거리자 샤르파크 후작 부인이 대번에 인상을 찌푸렸다. 황도 사교계에 거의 나선 바 없는 그녀조차 할아버지는 알고 있는 모양이었다.

'그러고 보니까 후작 부부가 할아버지 얘기를 했었지.'

"이 무슨 짓입니까."

"그건 내가 묻고 싶은 말이오."

"알아듣게 말씀하시죠."

할아버지가 검 끝으로 샤르파크 후작의 턱 끝을 툭, 쳤다.

"내 손녀를 납치하려 한 연유를 지껄여 봐라."

납치?

'설마 용병들에게 나를 데려오라 지시했던 사람이 샤르파크 후작이란 말이야?'

나는 굳은 얼굴로 후작을 쳐다보았고, 후작은 양손을 들며 동시에 눈썹을 까딱 올렸다.

"오해라면 어찌하시려고."

담담한 어투지만 눈빛에 스민 동요는 완전히 숨기지 못했다.

'설마 진짜로?'

할아버지가 껄껄 웃음을 터뜨렸다.

"손주가 기름에 데고 뺨까지 얻어맞았는데 오해였다는 말로 넘어갈 할애비가 어디 있겠나."

"……컥!"

할아버지는 단숨에 거리를 좁히고 후작의 목을 틀어잡았다.

"어디 한 군데는 부러져야 수지가 맞지."

"크흑."

"비열한 수로 성에까지 불러들였으니 내가 도무지 참을 수가 없어서 말이다."

"……어, 큭, 어르신."

"어디 지껄여 봐라."

그때, 샤르파크의 호위들이 건물 안으로 들어왔고, 프렌시프의 기사들과 대치했다.

'헉.'

프렌시프의 기사를 지휘하고 있는 자는 비상군 대장인 칼립스였다.

'비, 비상군까지 데려오신 거야?.'

어쩐지 오스스 소름이 돋았다. 아무래도 이번 일은 쉽게 끝날 성싶지 않았다.

"내 남편을 놓으세요."

샤르파크 후작 부인이 날카롭게 소리쳤지만, 할아버지는 후작을 놓아주지 않았다.

"공, 내 말이 들리지 않습니까."

대답 대신 기사들 사이로 란슬롯이 걸어 나왔다. 그는 눈매를 나붓이 휘며 부드럽게 읊조렸다.

"송구합니다, 마담. 프렌시프가 따르는 것은 오직 황명뿐인지라."

"하여 본자의 말은 들을 필요가 없다는 거요?"

"그리 들으셨다면 그런 것이겠지요."

"나는 클리오라의 개국왕 엘더왈의 15대손, 현왕의 누이요. 프렌시프는 타국의 왕족을 이리 홀대한단 말이오?"

"아쉽게도 지금은 납치범의 처이시지요."

후작 부인은 할아버지에게 붙들려 있는 남편을 매서운 표정으로 흘겨보았다. 쯧, 하고 혀 차는 소리가 날카로웠다.

"내가 남편의 죄를 대신 사죄하겠소."

"받지 않겠습니다."

란슬롯은 단호히 거절하면서도 빙글빙글 아름다운 미소를 걸치고 있었다.

"맹랑하군."

"어여삐 봐 주시니 감사할 따름입니다."

그는 물러서는 기색 없이 빈정거렸다. 분위기는 점점 더 날이 섰고, 가만있다간 샤르파크 후작의 숨이 꼴딱 넘어갈 것 같았다.

"하, 할아버지!"

나는 얼른 할아버지의 팔에 매달렸다.

"일단 손을 놓아주세요."

"……."

"할아버지, 제발……."

할아버지는 안절부절못하는 나를 가만히 쳐다보았다. 그러곤 이내 천천히 손에서 힘을 풀었다.

"큭."

할아버지와 떨어진 후작이 몇 차례나 기침을 하며 붉어진 목을 매만졌다. 한순간에 아수라장이 된 식당 내부를 둘러본 나는 깊게 한숨을 내쉬었다.

"일단…… 사람들은 내보내는 것이 좋겠어요."

내 말에 후작이 고개를 끄덕였다. 나는 칼립스 경에게 단단히 입 단속을 부탁하고, 손님들과 함께 각 가문의 기사들 또한 내보냈다. 후작 부인은 샤르파크 후작을 가라앉은 눈으로 응시했다.

"설명하십시오."

"……보신 대로."

"소녀가 프렌시프의 막내이며, 공은 소녀를 납치하려 했다. 내가 이해한 것이 맞습니까?"

후작이 미간을 좁히며 헝클어진 머리를 쓸어올렸다.

"납치를 명하진 않았습니다."

그러곤 나와 시선을 맞추었다.

"대화를 나누길 바랐을 뿐."

란슬롯이 어깨를 으쓱하며 말했다.

"신분을 밝히지 않고, 용병을 고용해서 말이지요. 그 과정에서 제 동생은 뺨을 얻어맞고 끓는 기름에 다쳤습니다."

미소짓고 있으나 눈빛은 벼린 칼날처럼 날카로웠다. 그러자 샤르파크 후작이 왈칵 인상을 찌푸렸다.

"소통의 오류였을 뿐이다. 고용한 용병들이 예상치 못한 무뢰배인 탓이었어."

"애초에 프렌시프에 일언반구도 없이 제 동생을 만나려 한 저의가 문제였지요."

"영애에게도 나쁘지 않은 제안이리라 여겼다."

"마약의 유통이 말입니까? 고작 스무 살, 갓 성인이 된 아이에게, 그것도 각하께서 유통한 약으로 인해 위험에 처할 뻔했던 아이를 홀로 만나러 와서요?"

"말꼬리를 잡고 늘어지지 마라. 스무 살이라면 홀로 결정할 수 있는 나이가 아닌가."

두 사람의 대화를 듣고 있던 후작 부인이 쾅! 테이블을 내리쳤다. 테이블이 흔들리며 후작이 선물한 꽃다발이 툭, 바닥으로 떨어져 망가졌다.

"공은 입을 다무세요."

"부인."

그녀가 할아버지를 똑바로 응시했다.

"하여 폐하께 이번 일에 관해 알리실 참입니까. 아니면 이미 개전(開戰) 허가를 받아오신 겁니까."

"그런 방법도 선택지에 있소."

할아버지의 말에 후작 부인이 가늘게 한숨을 내쉬었다.

"원하는 선까지 보상하겠습니다."

"보상이라……."

"보상이 아니라면 샤르파크는 맞서 싸울 수밖에요."

식당 안에 할아버지의 웃음소리가 낮게 울려 퍼졌다.

"새끼의 목숨을 재어 비교할 수 있는 저울이 있나?"

"……."

"내 새끼가 입은 상처와 피해를 재물로 덮을 수 있는 자가 세상 천지에 존재하는가?"

"진정 칼부림을 원하시는 것은 아닐 텐데요. 말장난은 그만하고, 확실히 말씀하십시오."

"샤르파크 후작의 목."

실내 분위기가 단숨에 얼어붙었다. 나는 당황해서 눈을 동그랗게 떴고, 란슬롯은 조소를 머금었으며, 후작 내외는 딱딱하게 굳어졌다. 할아버지의 입매가 삐뚜름하게 올라갔다.

"기름에 지져 내 손녀에게 장난감으로 주어야겠다."

그런 장난감 필요 없는데요……. 상상만 해도 등골이 오싹한 장난감이다. 나는 마른침을 꼴깍 삼키며 란슬롯을 붙들었다.

"오, 오빠."

란슬롯이 검지를 입술에 붙인 채로 다정히 눈꼬리를 접었다. 후작 부인은 잠시 침묵했다. 그러나 이내 천천히 몸을 움직였다.

"마님!"

나도 모르게 소리치자 란슬롯의 눈썹이 꿈틀 움직였다. 찬 바닥에 무릎 꿇은 후작 부인이 고개를 숙였다.

"클리오라의 왕녀가 체면을 저울에 걸겠습니다."

"부인!"

"입 닥쳐요."

후작의 얼굴이 거무죽죽해졌지만, 후작 부인은 외려 더 고개를 숙일 뿐이었다.

"부디 자비를."

할아버지가 "쯧." 하고 혀를 차며 몸을 일으켰다.

"평생 자비라곤 모르고 산 몸이다."

분노와 수치, 아내에 대한 미안함으로 부들부들 떨고 있는 후작의 턱을 할아버지가 단단히 그러잡았다.

"내 새끼를 건드린 놈은 사지를 찢어 버리는 게 내 방식이야."

"……!"

"목이 떨어지는 날, 다시 보지."

할아버지가 "가자, 세니아나." 하며 내 손을 잡았다. 나는 그의 손을 잡고 가면서 계속해서 뒤를 돌아보았다. 천천히 몸을 일으킨 후작 부인이 후작의 뺨을 내리쳤다. 짝! 날카로운 마찰음과 함께 샤르파크 후작의 고개가 돌아가는 것이 내가 본 마지막 광경이었다.

찬바람이 곱게 손질한 머리를 헝클어뜨리고 지나갔다. 나는 프렌시프의 마차 앞에 우두커니 서 있었다.

"놀이공원에 왔으니 놀다 가야겠지?"

할아버지가 나를 향해 다정하게 손을 내밀었다.

"딱총새 기구가 재미지다더구나. 할애비가 다 알아 왔지."

뿌듯한 표정으로 껄껄 웃던 그가 커흠, 헛기침을 했다.

"너를 납치하려 한 것들은 죄다 요절을 낼 것이다."

"……."

"그리 감동할 필요는 없으니—"

"……빠요."

"뭐?"

"나빠요!"

나는 할아버지와 오빠를 흘겨보았다. 오늘에서야 겨우 가까워진 후작 부부가 머리를 스치고 지나갔다. 내 말에 할아버지가 눈을 크게 뜨고 나를 돌아보았다.

"세니안."

"할아버지는 악당이에요?"

"아, 악당?"

"사람들이 할아버지더러 악당이라고 하더니 정말로 그러신 거예요?"

커다란 유리창 안으로 보이는 샤르파크 후작 부인의 표정이 너무나 쓸쓸하고, 아파 보여서 폐가 꽉 짓눌리는 것만 같았다. 후작에겐 잘못이 있다. 소통의 오류였든, 아니었든 간에 나를 억지로 끌고 가려던 건 맞으니까.

'하지만 후작 부인은 죄가 없는데.'

이렇게까지 수치를 줄 필요는 없지 않은가.

"세니아나."

그때 익숙한 목소리가 들려왔다.

"아빠!"

나는 얼른 그에게 달려갔다. 아까 할아버지와 란슬롯은 너무 무서웠다. 잔뜩 긴장하고 있다가 안심되는 목소리를 들으니 훌쩍훌쩍 눈물이 새어 나왔다.

"무슨 일이지?"

"할아버지가 너무하세요."

"아, 아니, 세니아나, 나는─!"

할아버지가 펄쩍 뛰며 내게 달려왔다. 아빠는 나를 끌어안은 채로 할아버지를 노려보았다.

"무슨 짓을 하신 겁니까."

"난 그저 평소처럼……."

"평소처럼 찔러 죽이셨습니까?"

뭐라고? 평소엔 그런 일도 서슴없이 하시는 건가?

'역시 무서워.'

할아버지가 내게 손을 뻗었지만, 난 흠칫 놀라 아빠의 품에 매달렸다. 아빠는 인상을 쓰며 할아버지의 손을 밀쳐냈다.

"오지 마십시오."

"내가 왜!"

"세니아나가 어르신을 두려워하지 않습니까."

"……."

"가자. 따뜻한 차라도 마시면 진정이 될 것이다."

등 뒤로 할아버지의 시무룩한 시선이 달라붙었다.

＊　　　＊　　　＊

펵! 샤르파크 후작에게 얼굴을 얻어맞은 그의 부관이 바닥에 넘어져 마른침을 삼켰다.

"소, 송구……."

"내가 너를 어찌해야 할까. 명줄을 끊어 내는 것만으로는 성에 차지 않겠는데, 응?"

그가 엉금엉금 기어가 후작의 다리를 붙들었다.

"죽을죄를 지었습니다, 각하—!"

"내 아내가 프렌시프 늙은이 앞에 무릎을 꿇었다."

"……!"

처음이었다. 그녀가 그리 맑게 웃는 모습을 본 것은. 세니아나 프렌시프 앞의 그녀는 한 꺼풀 벗어 낸 사람처럼 환히 빛났다. 가슴 한편으로 정말로 저 애가 내 딸이었다면, 우리에게 저런 자식이 있다면, 하고 상상하게 할 만큼.

살며 지어 온 죄가 수두룩했다. 있는 자부터 없는 자까지 빼앗을 수 있는 것은 모두 빼앗아 기어 올라왔다. 제가 유통한 마약에 절어 부랑자로 죽은 사람을 보아도 그러려니 했다.

강자만이 살아남는 것이다. 없는 놈이 살아남기 위해선 수단, 방법을 가리지 않아야 한다고 여겼다. 평생을 그렇게 살아왔기에 후회 따윈 없을 것이라 믿었는데.

[공이 비열한 수단으로 지은 둥지 속에서 가만히 누워 지낸 벌을 나는 이렇게 받는가 봅니다.]

[저열한 사람.]

[공의 아내가 된 것을 후회합니다.]

[당분간 성으로 돌아오지 마십시오. 떠날 준비가 끝나면 연락하겠습니다.]

샤르파크 후작은 소파에 걸터앉아 이마를 쥐었다. 그러던 찰나, 후작이 운영하는 조직 사무실을 찾은 자가 있었다. 챙이 넓은 모자를 쓴 남자가 가슴에 손을 올린 채로 허리를 깊이 숙였다.

"샤르파크 공을 뵙습니다."

후작은 거칠어진 얼굴로 그를 흘깃 쳐다보았다.

"누구냐."

"오늘의 소동에 관해 귀동냥한 필부이지요."

그렇게 말한 의문의 사내는 히죽 입꼬리를 올렸다.

"서부에 터를 두고 있습니다."

서부 귀족의 끄나풀인가. 입단속을 시키긴 했지만, 놀이공원에 서부 귀족들이 눈과 귀를 숨겨 둔 모양이었다.

"서부에서 나를 무슨 까닭으로 찾았지?"

"제 주인께선 오랫동안 은밀히 공을 흠모하게 계셨습니다. 가까워질 방도를 찾으시다 오늘의 소식을 듣게 되어ㅡ"

"본론!"

후작이 날카롭게 소리치자 의문의 사내는 쿡쿡, 웃었다.

"오늘의 수치를 갚아 주고 싶으실 겁니다."

"……."

"하면 제 주인께 좋은 방도가 있습니다."

"방도?"

"성녀란 무릇 품 안에 있을 때라야 귀중한 선물. 울타리 밖에 있는 범은 위협밖에 되지 않습니다. 하면……."

남자는 고개를 모로 꼬며 허공을 바라보았다.

"가둬야지요."

뒷골목에서 평생을 쌓아 온 감이 예리하게 빛났다. 저것은 위험하다. 머릿속의 경고등이 깜빡깜빡 점멸했다.

"내 앞에서 개수작은 삼가라. 당장 목을 비틀어 버리기 전에."

"프렌시프에서 그리 끼고돈 들, 황제와 금좌 11석 과반수가 합의한다면 황궁에 가둬 버릴 수 있습니다."

"……금좌 11석의 과반수를 확보한 것처럼 구는군."

"과연 현명하십니다!"

그가 낄낄 웃으며 말을 이었다.

"각하의 표만 있으면 세니아나 프렌시프를 전쟁의 도구로 전락시킬 수 있지요."

후작의 얼굴에서 표정이 사라졌다. 그는 의문의 사내를 지그시 바라보았다.

"네 주인은 누구냐."

"사람은 주(主)일 수 없습니다. 우리가 일생을 바친 이는 오직 신."

"……설마."

"공께서 자비로운 아탈란의 품에 안길 날을 기다리겠습니다."

의문의 사내는 다시 한 번 고개를 깊이 숙였다.

      *   *   *

샤르파크 성으로 돌아갈 수도 없고, 그렇다고 아카데미로 다시 갈 수도 없어서 우리는 동부의 호텔로 들어왔다. 나는 소파에 웅크려 앉은 채 통신석을 빤히 보았다.

'후작 부인의 코드는 아는데.'

샤르파크 성에서 들었다.

연락해 볼까. 나는 끙끙 신음을 흘리며 고민했다.

"쾅쾅!"

문밖에서는 내내 쾅쾅! 노크 소리가 들려왔다.

"식사는 해야지! 어? 세니아나!"

어느새 도착한 가웨인이 내 방문을 부서져라 두드리고 있었다.

"아니, 조부님은 대체 무슨 짓을 하셨기에 애를 이렇게까지 골나게 한 거야?! 형이 나서 봐!"

"……."

"뭐야, 형은 왜 조용해?"

방 밖에서 잠시 침묵이 들리더니 "헹." 하는 코웃음 소리가 들렸다.

"형한테도 화가 났군."

"……화가 난 게 아니라 내 다른 모습에 놀란 거지."

"다르긴 무슨. 야! 세니아나, 밥은 먹고 화를 내라니까. 밥!"

나는 씨! 소리치고 문을 빼꼼 열었다.

"안 먹어요."

"왜?!"

"샤르파크와 전쟁을 하지 않겠다고 하실 때까지 안 먹기로 했어요."

그러자 방 밖에 옹기종기 모여 있던 가족들이 눈을 홉떴다.

"안 먹는다고?"

할아버지는 벼락이라도 맞은 사람처럼 충격을 받았다.

"아니, 나는 본보기가 필요해서 — !"

"그래도 죽이실 것까지는 없잖아요. 목도 떨어뜨리시겠다고 하고……."

할아버지의 표정을 보니 자꾸만 마음이 약해지려고 해서 나는 획, 고개를 돌렸다.

"하지만 본보기는 있어야지. 그래야 정신 놓고 덤비는 녀석이 없 — !"

"안 먹어요!"

할아버지의 표정이 뻣뻣하게 굳어졌다. 그는 나를 빤히 보더니 결심한 사람처럼 말했다.

"차라리 내가 굶겠다!"

"네?"

"내가 굶을 테니 너는 식사를 해라."

초점이 많이 어긋나지 않았나요?

나는 소파에 가만히 앉아 눈치를 보았다.

'밤이 깊었는데.'

요리는 두 시간에 한 번꼴로 새것으로 교체되고 있지만, 아무도 식당에 들어갈 생각은 하지 않고 있었다.

"식사…… 정말로 안 하세요?"

책을 읽던 란슬롯이 빙그레 웃었다.

"막내가 굶는데 우리만 먹을 수야 있나."

"그래도, 그래도……!"

나야 샤르파크 성에서 이동했으니 아침도 먹었고, 마차 안에서 간식도 먹었다. 하지만 가족들은 황궁의 마차로 동부까지 이동해 왔다. 황궁 마차는 마법으로 움직이는 거라, 다른 마차보다는 훨씬 빠르게 이동하지만 그래도 포털과는 다르다.

아무리 빨리 이동해도 이틀은 넘게 걸렸을 것이다. 그동안 식사 할 시간을 따로 내기는 힘들었을 터. 오늘까지 따지면 무려 사흘간 제대로 식사를 못 한 것이다. 가웨인이 목을 주무르며 일어났다.

"난 물이라도 마셔야겠다."

물이 아니라 식사를 하라니까. 나는 눈치를 보며 가웨인을 따라 나섰다.

"오빠, 오빠."

복도로 나온 후에 조그맣게 속삭이자 가웨인이 나를 돌아보았다.

"왜?"

"식사하셔도 돼요. 몰래 하셔도 안 말할게요."

내가 양손을 꽉 쥐며 다짐하듯 말하자 가웨인이 픽 실소를 흘렸다.

"안 해."

"고집쟁이!"

엄청 배고파 보이는데.

"이제 잘 거야. 며칠 밤을 새웠더니 피곤해."

그러니까 괜찮다는 듯 그는 내 머리 위에 툭, 턱을 걸쳤다.

"밤도 새웠어요?"

"그래."

"마차 안에서 주무시지."

"네가 샤르파크의 손아귀에 있는데 잠을 잘 수 있을 리가."

가웨인이 허리를 약간 굽혀 나와 눈을 맞추었다.

"아버님도, 조부님도, 형까지 아무도 눈을 붙이지 않았어. 단 한 순간도 말이야."

"하지만 마님과 후작은 제게 해를 가할 생각이 없었어요."

그것만은 단언할 수 있다. 오히려 후작 부인은 내게 정말로 잘해 주었지. 가웨인은 다른 가족들이 있는 방을 흘끔 쳐다보며 가늘게 한숨을 내쉬었다.

"기름에 덴 곳, 아직 아프지?"

"……."

"넌 샤르파크가 고용한 용병들에게 뺨을 맞고 머리채를 잡혔어. 호위들이 발견하지 않았더라면 끌려갔을지도 모른다."

"……."

"후작의 잘못이 의사소통에 실패한 것뿐이라고 쳐. 실패한 상태로 용병에게 끌려갔으면? 더 큰 위협을 가하지 않았을 거라고 장담

할 수 있나? 만에 하나, 그 개자식들이 육체적인 고통뿐 아니라 다른 짓을 하려고 했으면?"

"저는 포털이 있으니까……."

변명하듯 웅얼거리자 가웨인의 눈이 가늘어졌다.

"완벽한 방어 수단인가, 네 포털은?"

아니다. 일련의 사건으로 나는 의식이 없을 때, 혹은 약에 취했을 땐 힘을 발휘할 수 없다는 것을 알았다. 내게서 말이 없자 가웨인이 내 뺨을 아프지 않게 꼬집었다.

"조부님은 배다른 형제에게 몇 번이나 칼을 맞았어."

"할아버지가요?"

"그래. 그리고 형은 외조부와 모친이 프렌시프에 전쟁을 걸었지. 어린 형이 홀로 영지를 지키고 있던 시기에 말이야."

"……."

"우리가 사는 세계는 피붙이도 믿을 수 없는 곳이야. 하물며 남, 그것도 너를 공격했던 작자가 아무리 잘해 준들 어떻게 믿을 수 있지?"

"……."

"결과적으로 돈벌이를 위해 네게 협력을 강요하려던 인간인데."

나는 대답하지 못하고 고개를 숙였다.

"세니아나."

"……네."

"너는 아카데미를 졸업하면 신분이 드러날 거다."

"그렇겠지요."

"자연히 3차 시험에서 납치당할 뻔한 일이 소문 날 테고. 정보력이 있는 자들은 그 전에 알아낼 테고."

"……."

"그런데 우리가 납치를 지시한 샤르파크를 그냥 넘긴다면 어떻게 될 것 같지?"

"그건……."

프렌시프는 무르구나. 납치하려고 해도 무릎 꿇고 용서를 빌면 넘어가 줄 거다. ―하고 생각하는 사람들이 생길지도 모른다.

"그래서 본보기가 필요하지."

"……."

"네 머리카락 한 올 건드릴 생각도 못 하도록."

"오빠……."

"그러니까 네가 받아들여. 미안하지만 ―"

드물게 진중한 말을 한 가웨인은 이내 평소처럼 개구지게 웃었다.

"우린 널 지키기 위해서라면 수천이든, 수만이든 거침없이 도륙할 악당이 맞거든."

나는 우물쭈물하다가 문고리를 잡았다. 슬쩍 문을 열고 안으로 빼꼼 고개를 내밀었다. 안에 모여 있던 가족들이 인기척을 느끼고 고개를 들었다.

"달콤한 거 있어요?"

"뭐?"

할아버지가 눈을 동그랗게 뜨며 물었다.

"단 거 먹고 싶어요……."

"아서, 단것을 내오라 해라! 호텔에 있는 단것들은 모두 내오라고 해. 아니지, 프렌시프 성으로 가서 파티시에를 데려와라."

"호, 호텔 디저트면 돼요."

내가 웅얼거리자 아빠는 즉시 사람을 불러 디저트를 주문했다. 얼마 지나지 않아 요리가 다시 세팅되었다. 나는 할아버지 옆에 앉아 포크를 들었다. 가족들은 그런 나를 가만히 지켜보았다. 달그락. 스푼을 입에 넣자 란슬롯이 희미하게 웃었다.

"맛있어요."

"그, 그러냐? 더 내오라고 하마. 종류별로 ―"

"할아버지도 드세요."

내가 케이크를 퍼서 내밀자 할아버지는 반색했다. 그리고 얼른 입을 벌려 내가 준 것을 받아먹었다.

"맛있지요?"

"그래!"

아빠가 기가 찬 목소리로 "단것은 질색하시지 않습니까." 하고 중얼거렸다. 나는 깜짝 놀라서 물었다.

"케이크 싫어하세요?"

"아니!"

……대답이 빠른 것 같은데? 내가 미심쩍은 표정으로 할아버지를 쳐다보니 그는 케이크를 조각 채로 집어 입에 넣었다.

"아주 맛있다."

그런데 왜 눈살을 찌푸리고 계시지.

'너무 맛있어서 그런가 보다.'

내가 보기에도 이 호텔의 초콜릿 케이크는 아주 훌륭했다. 난 쿠키도 집어 할아버지에게 내밀었다.

"좋아하시지요?"

"……그, 그래."

타르트도 줬다.

"마, 맛있구나."

할아버지가 기뻐하니 나도 좋았다.

식사를 하고 나니 새벽 한 시가 넘은 시간이었다. 할아버지와 오빠들은 방으로 가고, 난 아빠와 단둘이 남아 나란히 소파에 앉아 있었다. 케이크부터 짭짤한 닭 날개 조림, 크림 파스타 등을 잔뜩 먹은 나는 부른 배를 땅땅 두드렸다.

'너무 먹었나 봐.'

이것저것 내미는 가족들을 도무지 거절할 수가 없었다. 아빠가 준 것을 먹으면 할아버지가 내밀고, 할아버지가 준 것을 먹으면 란슬롯과 가웨인이 경쟁하듯 입안에 음식을 밀어 넣었다.

"소화제를 가져오라고 할까?"

난 고개를 도리도리 저었다. 이런 비싼 음식을 약으로 소화시키는 건 아깝다. 아빠는 무릎을 툭툭, 두드렸다.

'누우라고?'

내가 묻듯이 쳐다보니까 아빠는 다정하게 미소지었다.

'부끄럽지만⋯⋯.'

쉽게 할 수 있는 일이 아니라서 기회를 놓치지 않기로 했다. 벌러
덩 누워 있는데 아빠의 손이 머리 위로 다가오다가 멈칫했다. 가볍
게 주먹을 쥔 그는 나를 지그시 응시했다.

"쓰다듬으셔도 돼요."

"⋯⋯그런가."

머리끝을 부드럽게 매만지다가 엄지로 내 눈가를 다정히 문질렀
다.

"저는 할아버지를 닮았지요?"

"어떤 작자가 네게 그따위 말을 했지?"

"⋯⋯할아버지가 하셨는데."

"전혀. 너는 나를 닮았어."

에이. 아빠는 그림 속에서 튀어나온 것처럼 아름답지만, 나는 그
렇지 않았다.

"어릴 때는 어땠지?"

"저요?"

"그래."

"으음, 그냥 평범한 어린애였지요?"

"응석은?"

"아주 어릴 때는 하지 않았을까요?"

기억엔 없지만. 너덧 살일 적엔 했을 수도 있을 것 같다.

"해 봐."

"네?"

"응석이든, 어리광이든."

나는 몸을 뒤척여 배를 깔고 누워 아빠를 올려다보았다.

……그냥 계속 보았다.

다음 날 아침. 옷을 갈아입고 테라스로 나온 나는 턱을 잡은 채로 끙끙 고민했다. 어리광은 어떻게 부리는 거지?

'해 본 적이 있어야 알지.'

햇살을 받으며 내내 고민하던 난 또각또각, 하는 걸음 소리를 듣고 고개를 돌렸다.

"알렉시아."

"좋은 아침입니다, 아가씨."

여느 때처럼 갑주 차림이 아니라 평상복을 입고 있었다.

'바지 차림이긴 하지만.'

긴 머리를 갑주 속에 감추고 있을 땐 몰랐는데, 이렇게 땋아서 한쪽으로 늘어뜨리니 확실히 성별을 알겠다. 알렉시아는 생긋 웃으며 말했다.

"호텔 내에선 손님에게 위협이 될 수도 있으니 평상복 차림을 하라는 명이 내려와서요. 불편합니다."

"아름다워, 멋져!"

"과찬이십니다."

그녀는 입을 가리며 쿡쿡 웃었다. 그러다 내가 들고 있는 책을 보고 고개를 살짝 기울였다.

"그게 무엇인지 여쭤봐도 되겠습니까?"

"이거?"

"예. 〈응석쟁이 육아법〉은 아가씨가 읽으시기엔 아직 이른 듯한데요."

나는 턱을 괴며 한숨을 내쉬었다.

"아빠가……."

"주인님께서?"

"응석을 부려 보라는데 어떻게 해야 할지 모르겠어서. 알렉시아는 해 본 적 있어?"

"그야 저도 어릴 때가 있었으니까요."

"어떻게 했는데?"

고개를 모로 꼰 채 허공을 바라보던 그녀가 흠, 하고 침음을 흘렸다.

"과자나 장난감을 사 달라고 떼를 썼지요."

역시 물건을 사 달라고 조르는 일인가. 책에서도 응석의 유형 중 가장 먼저 나온 게 조르기였다.

'좋아. 졸라 보자.'

점심을 먹은 후 우리 가족은 호텔 주변을 간단히 돌아보기로 했다. 나는 양옆에 아빠와 할아버지, 뒤로는 란슬롯과 가웨인을 대동한 채로 걷다가 고개를 푹 수그렸다.

'부끄러워!'

사람들이 죄다 우리만 보고 있었다. 알아보는 사람은 소스라치게 놀라 허리를 숙였고, 모르는 사람들도 시선을 떼지 못했다.

"어디 불편한가?"

아빠가 물어서 난 조그맣게 속삭였다.

"우리만 봐요."

"내가 잘생겼으니까."

"⋯⋯."

역시 가웨인은 아빠의 아들이 맞구나. 가웨인도 이런 말을 한 적
이 있었다.

"거리를 비워 주랴?"

할아버지가 아무렇지 않게 물었다.

"어떻게 거리를 비워요?"

거리는 우리 것이 아닌데.

할아버지가 우리 가족을 따르는 기사들에게 명했다.

"치워."

그러자 기사들이 일사불란하게 움직여 사람들을 몰아내려 했다.

'정말로 비우려나 봐!'

나는 펄쩍 뛰며 할아버지를 붙잡았다.

"아니에요!"

"불편하다면서?"

"복작복작한 게 좋아요⋯⋯."

귀찮게 말을 바꾼다고 혼날까 봐 시무룩해졌는데 할아버지는
"크흐음―!" 헛기침만 할 뿐이었다.

"⋯⋯?"

"가자?"

"손을 놔주셔야―"

놀라서 붙잡은 손을 그대로 잡은 채 할아버지는 성큼성큼 걸었다. 왜 안 빼 주시지?

'헉.'

나이가 들어서 가는 귀가 먹으셨나 봐. 나는 걱정스러운 표정으로 할아버지를 쳐다봤으나 그는 아무렇지 않은 표정이었다.

'보청기 해 드려야겠다.'

비슷한 마도구가 있을 거다. 나는 할아버지와 손을 잡고 걸으며 주변을 돌아보았다.

'타이밍, 타이밍.'

옹석을 부릴 절호의 시기를 찾느라 수색병처럼 날카롭게 주변을 살폈다.

"황제에게 란슬롯, 네 작위를⋯⋯"

"교육이 끝나고 받아도⋯⋯ 그보다 새로운 금좌들을⋯⋯."

"기사단도 단속⋯⋯."

힐끔 뒤를 돌아보니 아빠와 오빠들은 내가 잘 모르는 정치 이야기를 나누고 있었다.

'역시 옹석은 다음에 부리는 게 나을까. 마땅히 사 달라고 할 것도 없 ─ 어?'

가판대에서 주인으로 보이는 남자가 굉장히 호화롭게 생긴 타진(뚜껑이 원뿔형으로 솟은 내열 냄비)을 끌어안고 있었다.

'이거다!'

나는 얼른 가판대 안을 가리키며 말했다.

"이게 가지고 싶습니다."

그러자 가족들이 나를 주목했다.

"이거요."

"……가지고 싶다고?"

"네."

"쓸 만해 보이지 않는데."

가판대에서 파는 것이니 저렴하게 떼어 온 것이긴 할 거다.

"그렇지만 가지고 싶은걸요."

그러자 할아버지와 아빠가 눈을 가늘게 뜨고 가판대 안을 살폈다.

"뭐."

"가지고 싶다지 않느냐."

아빠가 가웨인에게 눈짓했다. 가웨인은 아주 못마땅한 표정이었다.

'역시 응석은 보기 좋은 건 아닌가 봐.'

아빠가 보고 싶어 해도 이제 그만해야겠다. 그렇게 생각하는데 가웨인이 성큼성큼 가판대로 걸어갔다. 그리고 주인으로 보이는 남자의 턱을 한 손으로 쥐더니 말했다.

"너, 얼마냐."

"예, 예?!"

"귀족가의 고용인으로 일했던 경험이 있나."

"무, 무슨 말씀을……."

"네놈이 얼마면 되냐고 묻잖아, 내가."

아니, 무슨 소리를 하는 거야! 나는 엄청나게 당황해서 아빠와 할아버지, 그리고 란슬롯을 쳐다보았다. 저 오빠 좀 봐요. 이상한 짓 하고 있어요! 얼른 말려 달라고 하려 했는데.

"하인으로 교육하려면 일단 성에서……."

아빠가 말하자 —

"황도에서도 충분할 겁니다. 손은 야무진 편이 아닌 듯싶군요. 일단 기사로 쓸 수 있는지 테스트를 한 뒤에……."

란슬롯이 말했고, 할아버지가 마지막으로 중얼거렸다.

"세니아나의 놀이 상대를 하는 건 어렵지 않겠지. 가문의 역사와 예절부터 가르쳐라."

역시 이 사람들은 이상해.

난 타진을 끌어안고 오며 한숨을 푹 내쉬었다.

'사람을 살 뻔했네……'

그 남자가 아니라 타진을 사 달라는 거라고 하자 가족들은 외려 날 이상하게 보았다.

"정말로 그거면 돼?"

"장인에게 의뢰하면 더 좋은 것을 가져올 텐데."

난 질린 표정으로 고개를 절레절레 저었다. 그러다 문득 꽃집을 발견하고 걸음을 멈추었다. 튤립이다. 샤르파크 후작이 후작 부인에게 선물했던 꽃. 내게도 한 송이 빼서 준 게 있는데 호텔에 장식해 놨다.

'아무래도 안 되겠어.'

샤르파크 후작에게 죄가 있다지만, 후작 부인에게는 죄가 없으니까. 그녀의 미소를 앗는다고 생각하면 마음이 좋지 않았다. 게다가 기이한 불안감이 자꾸만 가슴을 스치고 지나갔다.

"세니아나?"

앞서 걷던 가족들이 멈춰 서서 나를 불렀다.

"할아버지."

"그래."

"저, 응석 부려도 돼요?"

그렇게 말하자 할아버지의 눈이 커졌다. 그리고 이내.

"물론!"

"저기, 그러면 부탁드릴 게 있어요."

나는 마른침을 꼴깍 삼키고 이야기를 시작했다. 가족들은 내 말을 듣는 내내 기이한 표정을 지었다.

"그게 진정 원하는 것이라고?"

할아버지의 질문에 나는 냉큼 고개를 끄덕였다. 그는 빤히 나를 쳐다봤지만, 이내 너털웃음을 터뜨렸다.

"과연 나를 쏙 뺀 내 새끼다."

그러자 아빠가 표정 없이 말했다.

"저를 닮은 겁니다."

란슬롯은 묵묵했고, 가웨인은 어쩐지 골이 나 보였지만, 나는 얼른 오빠들의 팔에 매달렸다.

"도와주셔야 해요?"

오빠들은 어쩔 수 없다는 듯한 표정으로 한숨을 내쉬었다.

　　　　　*　　　*　　　*

아베트 클리오라.

클리오라 선왕과 길라게온 대귀족 가문의 영애 사이에서 태어난
그녀는 클리오라 왕국의 가장 고매한 핏줄이었다. 날 때부터 고귀
했던 그녀는 손가락 하나로 타인의 인생을 좌지우지했다. 스스로
의 인생이 불행하다 여겼던 적은 없다. 애초에 타인과 비견할 수 없
는 삶.

왕궁의 보물 상자 속에 있던 그녀는 상자 밖의 사람들과 자신을
비교하지 않았다. 그녀의 인생이 달라진 건 선왕의 서거 직전이었
다. 배다른 남동생과의 권력 투쟁에서 패한 후, 그녀는 상자 속에서
끌려 나왔다.

그나마 다행인 건 배다른 남매가 그리 잔악하지 않고, 겁 많은 성
격이라는 것이었다. 왕이 된 동생은 누이의 목숨을 빼앗지 않았고,
그저 제 권좌에 위협이 되지 않도록 그녀를 멀리 제국으로 보냈다.

소국이 아닌 누이의 외가가 있는 제국으로 보낸 것 또한 얼마간
그녀를 배려했기 때문이었다. 그리고 결혼. 좋지도, 나쁘지도 않은
생활의 연속이었다.

생이 지루해진 것은 언제부터인가. 무료함을 견디기 싫어진 것
은 언제부터였나. 태어났을 때부터 그다지 재미있는 삶은 아니었던
것 같은데 말이다.

"마님, 식사를 올릴까요?"

하녀장의 말에 아베트는 낮게 중얼거렸다.

"재미가 없구나."

의미 모를 말에 하녀장은 한숨을 삼켰다. 상태를 보아하니 음식을 올려 봐야 오늘도 먹지 않을 듯했다.

"간단한 티 푸드와 차를 올리겠습니다."

"그래."

하녀장이 나가고 그녀는 멍하니 창밖 풍경을 지켜보았다.

'뭐지.'

정원의 나무 앞으로 무언가 빼꼼, 나타났다 사라졌다. 나무 기둥 앞에서 털 뭉치 같은 것이 흔들렸다.

'동물?'

성안에 동물을 들이는 것을 허락한 기억은 없다. 후작 부인은 눈을 가늘게 뜨고 나무 뒤에서 총총 걸어 나오는 작은 동물을 응시했다.

'저건……'

작달막한 동물이 두 발로 서서 콩콩 걷다가 잔디 위에 주저앉아 주변을 둘러보았다.

"끄아앙!"

보채는 듯한 소리에 그녀는 저도 모르게 몸을 일으켰다.

'귀여워.'

정원과 이어진 문을 열고 나서자 동물이 깜짝 놀라 물러서다가 눈을 흡떴다.

"놀라지 마라."

한 손을 천천히 들어 올린 그녀가 동물이 놀라지 않도록 조심스럽게 다가갔다.

"작구나."

번쩍 서서도 무릎을 조금 넘는 작은 크기다. 동물이 고개를 갸웃하더니 우다다 다가와 그녀를 끌어안았다.

"너지? 너 맞지? 그렇지?"

동물의 주둥이에서 나온 사람 말에 후작 부인은 눈살을 찌푸렸다.

'꿈인가.'

"가자, 누나가 너를 데려오라고 했어."

"무슨―"

묻기도 전에 동물의 몸에서 붉은빛이 뿜어져 나왔다. 눈 부신 빛에 둘러싸인 그녀가 현기증에 비틀거렸다. 얼마 지나지 않아 다시 눈을 떴을 땐―

"아! 오셨군요!"

후작 부인이 굳은 얼굴로 난데없이 나타난 사람과 본 적 없는 풍경을 둘러보았다.

"너⋯⋯."

"누나!"

동물이 여성의 품에 뛰어들어 마구 뺨을 비볐다.

"누나, 누나!"

"자, 잠깐만, 으윽!"

"내가 데려왔다. 누나가 데려오라던 사람이 맞지? 테디는 똑똑하지?"

"그래. 잘했어."

'소녀…….'

아니, 세니아나 프렌시프가 동물, 그러니까 작은 반달곰을 끌어 안은 채 자신을 보고 활짝 웃었다.

"여긴 어디냐. 어떻게 내가 이곳에…… 포털인가."

성녀라더니 사실이었구나. 후작 부인의 말에 세니아나는 빙그레 미소지었다.

"맞아요, 마님. 제가 마님을 모셔오라고 했어요."

"내 의사도 묻지 않고 말이냐."

"그렇지만……."

세니아나가 고개를 기울이며 말했다.

"마님의 부군께서도 제 의사를 묻지 않고 끌고 가려고 했는걸 요?"

"……."

"하지만 저는 각하께서 고용한 용병처럼 머리채를 잡거나 주변 을 망가뜨리거나, 뺨을 때리며 모셔오지 않았지요."

세니아나가 헤헤 웃자 후작 부인은 미간을 좁혔다.

"이건 마치 납치 같은데."

"맞아요, 납치!"

세니아나는 밝게 소리쳤다.

"뭐라고?"

"제가 마님을 납치한 거예요."

후작 부인은 주변을 둘러보았다. 호화로운 방, 테이블에 준비된

차 두 잔과 다과, 그리고 그녀가 좋아하는 그림책들. 게다가 납치범은 아주 귀여운 곰이었다. 이런 납치가 세상에 어디 있는가.

쟁반을 들고 후작 부인의 방으로 들어간 샤르파크의 하녀장은 빈방을 보고 멈칫했다.

"마님?"

방 안은 인기척 하나 없이 고요했다. 쟁반을 내려놓은 그녀가 복도로 나서 방 앞을 지키던 집사를 붙잡았다.

"마님은 어디 계십니까?"

"방에 계시겠지. 나오시는 것은 보지 못했네."

"안 계십니다."

"뭐?"

집사가 열린 문 안으로 들어가 방 안을 살폈다.

"나가시는 것을 보지 못하였는데……."

"하면 어디 계신단 말씀입니까."

방과 이어진 정원까지 샅샅이 살핀 샤르파크의 사용인들은 새하얗게 질려 서로를 쳐다보았다.

"큰일이다."

집사가 중얼거리자 하녀장이 비틀거리며 이마를 쥐었다. 마님이 사라지셨다!

다음 날, 후작 부인이 사라졌다는 알림이 샤르파크 후작에게 전달되었다. 마차를 타고 황도로 이동 중이던 그는 급히 정차시키고 소식을 전해 온 사용인의 멱살을 잡았다.

"무슨 소리냐. 그 사람이 왜 갑자기 사라져!"

"저, 저희도 까닭을 모르겠 —"

"성에서 난데없이 사라지는 게 말이 되는 소리야!"

후작이 날카롭게 고함을 내지르자 사용인이 식은땀을 뻘뻘 흘리며 고개를 숙였다. 후작이 마차를 짚은 채로 거칠어진 숨결을 정리했다. 아내가 떠나겠다고 으름장을 놓긴 했지만, 이렇게 기가 막히게 떠날 사람은 아니다.

"유령도 아니고 그리 홀연히 사라질 리가…… 포털인가!"

기어이 프렌시프에서 자신을 용서하지 못하고, 세니아나에게 포털을 열라 지시한 것인가!

'이런 정신 나간 — !'

눈앞이 새하얘지고, 심장이 터질 듯 뛰었다. 잇새로 "빌어먹을, 빌어먹을." 하는 욕설이 연신 새어 나왔다.

"세니아나 프렌시프가 있는 곳을 당장 알아내!"

"저…… 그보다……."

사용인의 난처한 목소리에 후작이 미간을 좁혔다.

"내 아내가 사라졌는데 더 급한 일이 뭐가 있다는 것이냐!"

"그, 마님과 관련된 일이긴 합니다……."

"무엇이기에."

"벌써 동부에 소문이 자자합니다. 통신석을 통해 황도에까지 전해진 듯하고, 파리스가(황제의 모친인 소피아 대부인의 친정이자 샤르파크 후작 부인의 외가)에선 진위를 묻는 서한이 왔습니다."

"그게 무슨 개 같은 소리야!"

제게 소식이 들어온 것이 오늘이다. 아무리 황도로 떠나는 중이라 전달이 늦어졌다고 하더라도 이상하다.

'이틀 만에 이렇게 빠르게 소문이 퍼졌을 리 없다.'

누군가 작정하고 소문을 내지 않은 이상은!

* * *

나는 잠든 샤르파크 부인에게 담요를 덮어 주고 끙, 신음을 흘렸다. 그녀가 테디를 좋아해서 계속 현신시키고 있었더니 피로감이 어마어마했다.

"이제 잘 거야? 코 잘 거야?"

"아니?"

"자자, 으응?"

어제 침대에서 함께 끌어안고 잔 것이 몹시 좋았나 보다.

'귀여워!'

귀여워서 테디의 말을 들어 주고 싶었지만, 오늘 미룰 수 없는 예정이 있다. 이제 슬슬 샤르파크 후작의 귀에 소식이 들어갔을 테니 그가 이곳에 들이닥칠 차례였다.

"아가씨."

알렉시아가 방 안으로 들어왔다. 내가 돌아보자 그녀가 고개를 숙였다.

'왔구나!'

난 옷매무새를 정리하고, 알렉시아를 따라나섰다. 호텔에서 내어 준 응접실에 들어가니 얼굴이 새파랗게 질린 후작이 나를 노려보았다.

  "내 아내는 어떻게 된 것이냐."

  나는 어깨를 으쓱하고 자리에 앉았다.

  "후작과 프렌시프의 노인네는 어디 있지? 네 오라비들은?! 너 홀로 이런 일을 벌였을 리 없다! 그들을 만나게 해 줘!"

  "가족들은 모르는 일이에요."

  나는 시침을 뚝 떼고 준비해 둔 찻잔을 들었다.

  "하면 네가 지시한 일이란 것이냐."

  "정확히 말하면 의사소통의 오류이지요."

  "너 — !"

  내 납치 일로 따지는 우리 가족들에게 한 말과 비슷하지? 나는 생긋 미소지었다.

  "마님을 보고 싶어 했더니 제 성수가 뜻을 오해하고 직접 모셔 온 듯합니다."

  "……돌려다오."

  "흐음."

  "내 탓이잖아! 내 잘못이다! 그녀에겐 죄가 없어."

  "하면 제겐 무슨 죄가 있었나요?"

  "……!"

  "무슨 죄가 있었기에 사내들에게 얻어맞고 끌려가 위험한 일을 당할 뻔하였나요?"

후작은 할 말이 없다는 듯 이를 악물었다.

"저는 각하께 잘못한 것이 없잖아요."

"말꼬리 잡는 건 그만해라! 당장 내 아내를 돌려주지 않으면 너를ㅡ!"

"협박 전에 하실 게 있잖아요!"

내가 벌떡 일어나 소리치자 후작은 굳어졌다.

"사과하지 않으셨어요. 제게."

"……."

"각하의 욕심이 아니었더라면 그런 무서운 경험을 하지 않았을 제게, 그로 인해 놀라고 두려웠던 제 가족들에게 한마디 사과가 없으셨어요."

"……."

"의사소통의 오류라고 변명하시기 전에, 수단과 방법을 가리지 않고 납치하라 사주한 적 없다고 변명하시기 전에 제게 진심으로 사과하셨다면."

"……."

"제가 그렇게 다친 걸 안 후에라도 저와 제 가족들에게 미안하다고, 잘못이었다고 사과하셨더라면 이 지경이 될 일은 없었어요."

후작은 허공으로 고개를 돌린 채 말이 없었다. 사과를 한 건 후작 부인이었다. 내가 그녀에게 마음 쓰이고, 미안한 이유도 그것이었다. 그녀는 죄가 없으니까. 그런 그녀에게 상처 주고 싶지 않았다. 그래서 외롭게 만들고 싶지 않았다.

"부인은, 내 아내는 안전한 거냐?"

나는 후작을 매섭게 노려보고 소파를 벗어났다. 문을 열자 방 밖에 모여 있던 가족들이 보였다. 표정 없이 침묵하는 할아버지와 아빠, 그리고 오빠들을 보기 미안해서 난 고개를 숙였다. 그들에게 부린 응석. 그건 후작에게 마지막 기회를 달라는 것이었다.

[무작정 용서해 달라는 말이 아니에요.]

[세니아나.]

[실수였다면, 사과하고 바로잡을 기회를 주고 싶어요. 할아버지와 아빠, 오빠들이 느꼈던 불안감과 상처를 그 또한 느끼고 얼마나 잘못했는지 알기를 바라요.]

내가 틀린 걸까. 쿵! 문 닫히는 소리가 너무 크고 날카로워서 나는 고개를 푹 수그렸다. 그때 다시 벌컥, 문이 열렸다.

*　　　*　　　*

며칠 후, 황도 외곽. 사비에르 후작과 콜린 백작, 라가세 백작 대신 임명을 앞둔 귀족들이 설레는 표정으로 자리에 앉았다.

"이제 중앙탑에 들어갈 일이 얼마 남지 않았군요."

"보름 뒤면 임명식입니다. 제 아내는 벌써 임명식에서 입을 예복을 준비해 놨습니다."

"으하하! 중앙탑(금좌 11석의 회의가 이뤄지는 길라게온 권력의 중추)에 들어가는 것만이 중요하겠습니까. 앞으로의 일도……."

"하여 우리가 이리 모인 것이 아닙니까."

껄껄, 웃으며 잡담을 나누던 귀족들이 눈을 날카롭게 빛냈다.

"황궁에 프렌시프의 성녀를 가둬 놓기만 하면 폐하와 그분의 눈에 들겠지요."

"샤르파크 후작과도 친분을 다질 수 있으니 이 얼마나 잘된 일입니까."

"애초에 성녀씩이나 되는 인물을 한 가문 안에 두는 건 말도 안 되는 일이었습니다."

"특별한 힘엔 책임이 따르는 법!"

"맞습니다!"

금좌에 앉을 날만 고대하던 귀족들은 문을 열고 들어온 남자를 보며 고개를 깊이 숙였다.

"르마르 공작!"

카렌듈라(황후의 부친, 미카엘 황자의 외조부)와 프렌시프 다음으로 입김이 강한 금좌인 르마르 공작이 오만한 표정으로 그들을 둘러보았다.

"제국의 앞날을 책임질 명신(名臣)들이 모두 모였군."

입에 발린 칭찬에도 귀족들은 기쁜 기색이었다.

"자자, 이리 앉으십시오."

가장 상석에 앉은 르마르 공작은 시계를 확인했다.

"다 모인 건가?"

"아직 샤르파크 후작이 오지 않았습니다."

"오기는 하는가?"

"그렇겠지요. 듣자 하니 프렌시프와 샤르파크 가에 메꿀 수 없는 균열이 생겼답니다."

르마르 공작이 낄낄, 낮게 웃었다.

"프렌시프의 노인네가 샤르파크 후작의 목에 검을 들이밀었다지."

"게다가 후작 부인을 납치한 것도 프렌시프라고 하지 않습니까."

"이래서 늙으면 죽어야 하는 거야. 여기가 굳거든."

그가 관자놀이를 툭툭 치며 말했다.

"권력이 개편되는 시기에 그리 강경하게 구니 손녀까지 빼앗기게 되는 게 아닌가."

"근래엔 손녀 보는 재미로 산다는데 외로워서 병이라도 걸리는 게 아닌가 싶습니다."

귀족 중 한 사람이 빈정거리자 르마르 공작이 고개를 끄덕였다.

"하여 내가 정 붙일 곳을 마련해 주려 하네."

"예?"

"손자며느리도 딸처럼 귀엽겠지."

"설마 영애를—!"

르마르 공작이 입꼬리를 올리자 귀족들은 재빠르게 시선을 교환했다. 르마르 영애라면 도미니크 황자에게 공개적으로 청혼했다가 망신을 당한 일이 있었다. 명문가 중에 명문가인 르마르 공작가에 한동안 혼담이 들어오지 않았던 이유도 그 때문이었다.

"그, 그렇겠지요! 영애라면 확실히 어르신도 어여쁘게 보실 겁니다."

"하면 프렌시프 경들 중 누구와 이어 주실 참입니까?"

르마르 공작이 눈썹을 까딱 들어 올리며 말했다.

"당연히 후계이지."

"아아, 란슬롯 프렌시프."

그런 이야기를 나누고 있던 와중, 문이 열렸다. 붉게 노을처럼 일 렁이는 머리칼을 본 귀족들이 몸을 일으켰다.

"샤르파크 공!"

"어서 오십시오. 잘 생각하셨습니다. 자, 이리 — 헉."

그의 뒤를 이어 들어온 사내들을 보고 귀족들은 동시에 굳어졌 다. 샤르파크 후작이 입꼬리를 슬쩍 올리며 말했다.

"프렌시프의 일이 논의되는 자리에 장본인을 빼놓아서야 되겠습 니까."

아서 프렌시프와 나베리우스 프렌시프가 싸늘한 표정으로 장내 를 둘러보았다. 나베리우스가 말했다.

"아쉽구나."

"어, 어르신."

"이리 재미난 일을 논의하는데 늙은이만 쏙 빼놓다니. 나이 들었 다고 그리 차별하면……."

그가 손을 벌벌 떨고 있는 귀족들을 지그시 응시하며 말했다.

"목을 비틀어 버리고 싶어지는데 말이야."

나베리우스는 귀족들이 앉은 테이블을 빙 둘러 느릿하게 걸었 다. 날카로운 발소리가 가까이 느껴질 때마다 귀족들은 흠칫, 어깨 를 좁혔다.

"그리 생각하지 않는가."

나베리우스에게 어깨를 잡힌 귀족은 뻣뻣하게 굳어 마른침을 삼컸다.

"어, 어르 — 어르신……."

그는 커다란 손으로 희멀건 귀족의 목을 붙들었다.

"이거 참. 분지르기엔 영 가냘프군."

"이, 이번 일은, 그, 그러니까, 어르신 — !"

"목이 분질러진 시체를 보면 내 새끼가 나를 악당이라 여길 텐데 말이야."

"……."

"공은 어찌 생각하나, 응?"

살벌한 목소리가 귓전을 파고들었다. 이건 선언이나 다름없었다. 나베리우스 프렌시프의 고삐를 잡은 사람이 누구인지, 아로새기라는. 아서는 딱딱하게 굳은 귀족들을 느른히 훑어보며 말했다.

"공들의 면면은 눈에 새겨 두지."

"……!"

"다시 내 눈에 띄지 않는 게 좋을 거야. 반가움에 무슨 짓을 할지, 나는 아직 모르겠으니까."

르마르 공작은 마른침을 삼켰다.

* * *

며칠 후. 나는 마주 앉아 서로 딴청을 부리는 샤르파크 후작 부부를 바라보았다.

'아이고.'

벌써 삼십 분이나 지났는데 누구 하나 먼저 말 붙일 생각을 하지 않는다. 난 후작 부인의 옆자리에 앉아 그녀에게 찻잔을 내밀었다.

"드세요."

"……처음 보는 차인데."

"각하께서 가져오셨어요. 마님께서 좋아하실 거라고."

나는 '그렇지?' 하는 눈으로 후작을 쳐다보았다. 그러나 그는 "큼." 헛기침만 할 뿐 달리 말이 없었다. 바보! 내가 대화의 물꼬를 터 주었잖아.

후작 부인은 찻잔 안에 핀 마른 장미를 내려다보다가 중얼거렸다.

"사람이 바뀌는 건 죽을 때가 다가와서라던데요."

후작의 무릎에 올라가 있던 손이 움찔했다.

"주, 죽기를 바라십니까?"

아니야, 그거 아니야! 그런 주제로 대화를 이어가려 하지 마. 나는 당황한 눈으로 후작을 쳐다보았다. 후작도 아차 싶은지 표정에서 동요가 엿보였다. 후작 부인이 고개를 돌려 창밖을 바라보았다.

"그도 나쁘지 않군요. 장례는 치러드리죠."

"……말을 왜."

"공의 말도 그리 예의 바른 편은 아니었습니다만."

싸움 나겠다……. 내가 슬쩍 후작에게 눈짓하자, 그는 입을 다물었다.

"저……. 각하."

"그, 그래."

"무릎은 괜찮으십니까?"

그러자 후작 부인이 나를 빤히 응시했다.

"무릎이라니?"

"며칠 전에 제게 무릎을 굽히시며 사과하셨어요."

그러자 후작이 벌떡! 몸을 일으켰다.

"내, 내가 언제—!"

"하셨잖아요?"

"그걸 이 사람에게 말하면 어찌해!"

자존심이 상하는 모양인지 후작은 얼굴이 바짝 달아올랐다. 후작 부인은 그를 묘한 얼굴로 바라보았다.

"사과……. 이 아이를 납치한 일을 이르십니까."

후작이 헛기침을 하며 다시 자리에 앉았다. 그는 대수롭지 않은 척 말했다.

"뭐……. 겪어 보니 혼이 나갈 만한 일이긴 하더군요."

"저를 걱정하셨습니까?"

"부부가 아닙니까."

"서류상은 그렇죠."

"서류상이 아니라—!"

울컥 화를 낸 그가 고요한 후작 부인의 얼굴을 보곤 다시 목소리를 낮추었다.

"남편이 아내를 걱정하는 건 당연한 일입니다."

낮은 목소리와 함께 한숨이 흘러나왔다. 후작 부인은 그런 그를 한참 바라보았다.

"……그렇군요."

"……."

"그러네요. 네, 그래요."

"……."

"저도 공이 납치된다면 걱정…… 할 듯합니다."

두 사람은 여전히 묘한 분위기이긴 하지만, 이전보다는 부드러운 표정이었다. 나는 안도감을 느끼며 어깨를 늘어뜨렸다.

'다행이네.'

이대로 이혼하게 될까 봐 염려스러웠다. 후작보다도 후작 부인이 말이다. 배다른 동생에게 밀려 팔려오듯 제국으로 온 사람이니, 모국으로 돌아가기는 힘들다. 그렇다고 그녀의 외가인 파리스가로 간다 해도 환영받지 못할 것이다. 타국의 왕족인 그녀는 껄끄러운 존재니까.

'차라리 껄끄러워하면 다행이지. 이용하려 들 수도 있어.'

어쨌거나 표면적으로 후작 부인은 클리오라와 제국의 연결구였다. 제국과 클리오라 왕국, 두 나라가 그녀를 무시할 수 없는 이유가 바로 그것이었다. 혹여라도 그녀에게 무슨 일이 생긴다면 전쟁을 피하기 어려울 거다.

'그리고 전쟁이 나면 포털을 가진 나는 끌려갈지도 모르지요.'

이혼까지는 가지 않을 것 같아서 정말로 다행이었다.

나는 샤르파크 부부를 응접실에 두고 가족들이 있는 방으로 향했다. 오빠들은 테이블을 가운데 두고 선 채로 이야기를 나누는 중이었다.

"르마르가 흉계의 구심점이라면 그쪽을 먼저 쳐야지."

"그리 쉽사리 쳐낼 수 있는 가문이라면 아버님과 조부님께서 진즉 쳐냈을 거다. 차라리ー"

무언가 진지한 이야기가 오가고 있기에 나는 소파에 앉아 얌전히 기다렸다. 눈을 깜빡이고 있자 오빠들의 시선이 나를 향했다.

"어쨌거나 한 놈은 죽여 버리고 싶은데."

가웨인이 이를 갈 듯 중얼거려서 나는 흠칫 놀라 어깨를 좁혔다. 그러자 란슬롯이 다가와 내 옆에 앉았다. 날 빤히 쳐다보던 가웨인이 곧 우리 쪽으로 움직였다. 중앙에 앉은 나는 눈을 도르륵 굴리며 눈치를 보았다.

"무슨 일 있으신가요?"

샤르파크 후작이 내게 무릎을 꿇고 사과한 그날. 그는 나를 제외한 가족들과 어떤 이야기를 나누었다. 그러고 나서 아빠와 할아버지는 즉시 샤르파크 후작과 어디론가 향했고, 오빠들은 내내 무언가를 상의 중이었다. 가웨인이 소파 등받이에 팔을 걸친 채 날 빤히 바라보며 말했다.

"거슬리는 쥐새끼들을 몰아내려고."

"흐음, 쥐……."

윤세나의 세계에서도 쥐는 골칫거리였다. 창고에 숨어들어 곡식을 축내는 데다 전염병을 옮기기도 하니까.

"나쁜 쥐인가요?"

"뭐, 병든 쥐이긴 하지."

가웨인이 씩 웃으며 물었다.

"좋은 생각 있어?"

"그렇다면 역시 쥐덫이 제일 좋지 않을까요?"

"쥐덫이라."

"생쥐가 좋아하는 달콤한 것들로 꼬여내서 스스로 쥐약을 먹게 하는 거예요."

"쥐약을 먹고도 죽지 않으면?"

보통은 쥐약을 먹으면 다 죽지 않나? 하지만 그렇다면…….

"어쩔 수 없지요."

"그냥 두자고?"

"태워 버려야 해요."

내가 음산하게 말하자 오빠들이 눈을 동그랗게 떴다.

"……태워 버린다, 라. 한 마리가 아니면?"

"그렇다면 창고째로 태워야지요."

"……."

"전염병은 면역에 취약한 어린아이나 작은 동물들부터 옮는 법이니 되도록 빠르게."

란슬롯의 입매가 삐뚜름하게 올라갔다.

"그렇구나. 우리 막내는 영리하네."

이런 건 누구나 아는 것일 텐데. 나는 고개를 갸우뚱하며 오빠들을 바라보았다.

"참, 있잖아요. 할아버지께서 약속을 잊지는 않으셨겠지요?"

나는 샤르파크 후작이 뉘우치고 용서를 빈다면 실습을 속행하기로 했다.

"뭐."

가웨인은 마뜩잖은 표정이었지만 순순히 고개를 끄덕였다.

"충분히 소문도 냈고…… 네가 내건 '두 번째 조건'은 우리 생각에도 나쁘지 않으니까."

사실 후작 부인을 납치했다고 소문을 퍼뜨린 건 프렌시프였다.

'본보기가 필요하다는 것엔 나도 동의하거든.'

프렌시프의 새로운 가훈이 '눈에는 눈, 이에는 이'라는 것을 제도 전역에 퍼뜨린 것이다. 다른 귀족들이 무례하고 난폭한 짓이라고 힐난해도 사실상 우리에게 피해는 없을 거다. 샤르파크 후작이 그런 일은 없었다고 잡아떼기로 했으니까.

하지만 증좌가 없을 뿐 모두 의심은 할 것이다. 왜냐면 후작 부인이 다시 모습을 드러내기 이전에, 프렌시프에게 막대한 배상과 더불어 우리가 요청할 때엔 어느 때든 군사를 내어 주겠다는 협정서를 쓸 테니까.

'사람들은 무슨 일이 있었을 거라고 예상할 수밖에.'

샤르파크 후작 같은 수전노가 이런 배상과 협정을 아무런 이유 없이 할 리 없으니까 말이다. 이게 바로 내가 내건 실습으로 돌아가기 위한 '첫 번째 조건'이었다.

"이 작은 머리에서 그런 생각은 어떻게 나오는 거지?"

가웨인이 신통방통하다는 듯 말해서 나는 눈을 깜빡였다.

"평화로운 해결책을 생각하려고 하면 되지요."

"우리는 무자비하다는 거야?"

"……."

나는 허공으로 시선을 돌리는 것으로 대답을 피했다.

며칠 후, 나는 다시 샤르파크 성으로 향했다. 이번에야말로 많은 것을 배워가겠다고 다짐하며 조리복으로 갈아입었다.

"아가씨."

마침 알렉시아가 들어왔다.

"응."

"샤르파크 내외는 정문으로 무사히 도착했습니다."

"다행이네."

난 에이프런을 두른 후, 조리모까지 반듯하게 쓰고 주방으로 들어갔다. 돌아온 후작 내외를 위해 정신없이 프라이팬을 흔들던 요리사들이 나를 주목했다. 가장 상석에서 요리의 마무리를 확인하던 수세프 루시가 왈칵 인상을 찌푸렸다.

"누가 멋대로 주방에 들어오라고 했지?"

"네?"

"연락도 없이 사라졌던 주제에 무슨 자격으로 주방에 들어오는 거야!"

그녀가 왈칵 화를 내서 난 고개를 수그렸다. 내가 샤르파크의 성을 떠나있던 건 무려 열흘이었다. 납치 사건의 마무리로 바빴던 데다가 실습을 연장하겠다는 서한을 아카데미에 보내느라 시간이 지체되었던 것이다.

"미리 말씀드리지 못해 죄송합니다. 몸이 좋지 않아서……."

미리 준비해 놨던 변명을 했지만 루시의 눈초리가 싸늘해졌다.

"마님이 귀여워한다고 뵈는 게 없는 모양이지?"

"……."

"그따위로 게으름을 부리는 새끼가 뭘 배우겠다는 거야! 수련생 주제에 아플 자격이 있다고 생각하나!"

벼락같은 고함이 칼날처럼 고막을 파고들었다. 나는 허리를 깊이 숙이고 소리쳤다.

"변명하지 않겠습니다. 수련생 신분으로 주방 일에 소홀했던 건 무슨 이유든 간에 제 탓입니다."

"정신 빠진 놈!"

루시가 씩씩거리며 행주를 조리대에 집어 던졌다. 그래도 다행히 다시 나가라는 말은 없었다.

"냉장 창고에서 고기나 다져 놔."

"네!"

나는 얼른 손을 씻고 냉장 창고로 들어갔다. 막내 조리사인 폴리가 추위로 곱은 손을 호호 불며 고기를 다지고 있었다.

"왔구나!"

"네."

"어디 갔었어? 왜 주방에 나오지 않은 거야? 응?"

"아……. 몸이 좀 안 좋아서……."

"아하. 그런 거라면 어쩔 수 없지. 참, 루시 님도 너무하시지. 몸이 안 좋아서 나올 수 없었던 건데 그렇게 면박을 주고."

바깥에서 루시와 나눈 이야기를 다 들었는지, 폴리는 질린다는 표정으로 혀를 찼다. 하지만 나는 루시의 말이 틀렸다고 생각하지 않는다. 수련생들은 모두 요리 하나만 보고 달려가는 사람들이다.

나는 운 좋게 좋은 가문에서 태어나 아카데미에 들어가 정규 과정을 밟았지만, 그렇지 못한 사람이 훨씬 많았다. 가진 게 많은 만큼, 더 노력해야 하는 입장인 거다. 피할 수 없는 일이 있다면, 주방을 총괄하는 루시와 먼저 의논하는 게 옳다.

"고기도 왜 냉장 창고에서 다지라는 거냐고. 씨이, 사람 괴롭히려고 일부러 저러는 거야."

폴리는 연신 투덜대며 칼등으로 고기를 다졌다.

"주방은 더우니까요."

가을이라지만 아직 두, 세 시 경엔 덥다. 무엇보다 샤르파크 성은 주방이 좁은 편이라 열기가 고기에 그대로 전해진다. 후작이 엄청난 짠돌이라 좋은 고기를 사 오지 못하니 더더욱 열기를 조심해야 할 거다.

'위생을 신경 쓰시는 건데.'

생각해 보면 루시 님에 관한 평가는 몹시 박했다. 틀린 말은 그다지 하지 않는데도. 난폭해서 그런가. 나는 고개를 갸웃하며 폴리와 함께 고기를 다졌다.

"너 없을 때도 말이야. 카토 선배님을 얼마나 구박하던지 별것도 아니었는데 완성된 요리를 집어 던져서……."

우리는 두 시간쯤 준비된 육고기와 해산물을 손질했다. 그 후, 폴리는 다른 요리사들을 돕기 위해 냉장 창고를 나섰고, 나는 손질한 것들을 정리하기 시작했다. 얼마쯤 지나자 끼익, 하는 소리가 들렸다. 누군가 창고 안으로 들어온 것이다.

"카토 선배님."

루시에게 특히 구박을 많이 받는 중년의 요리사였다. 아빠뻘인데, 하도 얻어맞는 걸 자주 봐서 그런지 나는 그에게 마음이 쓰였다.

"주, 준비는, 다, 다 끝냈어?"

'아.'

말이 조금 어눌했다. 경력도 그렇고, 나이를 따져도 수셰프 밑에 있을 땐 아니라고 생각했는데 이 때문이었던 것 같다.

"네."

"주, 주인님 식사, 다, 나, 나갔어. 요리사들도 시, 식사하러 갔으니까 너, 너도 가."

"아, 저는 가 볼 데가 있어서요."

내가 실습을 위해 가족들에게 내건 두 번째 조건을 확인하러 가야 한다. 그건 내가 실습을 끝낼 때까지 아빠와 오빠들이 샤르파크 성에 손님으로 머문다는 것이었다. 물론 내 신분은 드러내지 않아야 하니 서로 모르는 척하기로 했다. 이제 곧 도착할 때이니 멀리서라도 인사를 할 생각이었다.

"선배님은 식사하러 가시지요?"

"그, 그래."

"함께 갈까요?"

내가 냉장 창고의 문을 열기 위해 나서려고 할 때였다. 쿵! 그가 문을 거칠게 밀며 얼른 잠금쇠를 채웠다.

"너, 너, 나 좋아하지?"

"······네?"

"포, 폴리랑 내 얘기를 많이 하, 한다며."

폴리 쪽에서 많이 하기에 맞장구를 쳐 주긴 했다. 나는 어리둥절한 표정으로 그를 쳐다보았다.

"오해를 하신 것 같은데······."

"자, 자꾸 날 쳐다보잖아."

그야 루시에게 자주 얻어맞는 게 안쓰러웠으니까. 도와줄 일이 없을까 고민하기도 했고.

카토는 내 손목을 잡고 휙! 끌어당겼다.

"잠깐, 이거 놓으―"

"왜, 왜 그래? 너, 너도 꽃뱀이야?"

"무슨······! 놔요!"

"나, 나는, 가만히 있으려고 하는데, 네가 자, 자꾸 꼬셨잖아."

기가 막혀서 말도 나오지 않았다.

"계, 계속 나를 힐끔거리고."

"그건 루시 님에게―"

"그, 그년이, 나를 괴, 괴롭히지 않을 때도 그랬어."

"수련생은 선배들의 기술을 눈으로 배워야 하니까요."

"아, 아니야. 부, 부끄러워서 그러는 거 다, 다 알아. 네, 네 눈빛이 내게 말했다고. 너, 너는, 나를 좋아하고 있어."

미친 사람! 카토는 정말로 제정신이 아닌 것 같았다. 나는 그를 뿌리치고 마원을 잡았다. 이동해야 하나. 아니면 신수를 현신시킬까. 그렇게 되면 실습을 마무리 지을 수 없다.

'하지만 아무것도 하지 않는다면 저 남자는—!'

온갖 위험한 상상이 머릿속을 어지럽혔다.

"너, 너, 꼬, 꽃뱀이구나."

"······."

"나, 나를, 유, 유혹해 놓고서 뻔뻔하게 모른 척하는 걸 보, 보면
넌 꽃, 꽃뱀이 맞아. 나, 나쁜 년들에겐 벌을 줘, 줘야 돼."

그가 손을 휙 치켜들었을 때였다. 쾅! 냉장 창고의 문을 걷어차는
소리가 들려왔다.

"그 안에 누구야!"

루시의 목소리였다. 카토는 크게 당황했고, 나는 그가 머뭇거리
는 틈에 재빨리 자물쇠를 열었다. 문이 열리자마자 뛰어 들어온 루
시가 나와 카토를 돌아보았다. 상황을 살피듯 침묵하기를 수 초.
그녀가 득달같이 카토에게 달려들었다.

"이 미친 새끼가—!"

"컥!"

루시에게 멱살이 잡힌 그는 당황하여 버둥거렸다.

"이따위 짓 두 번 다시 하지 말라고 했어, 안 했어!"

"내, 내 잘못이 아닌—"

"개소리! 내가 널 몰라? 어?!"

솥뚜껑 같은 손으로 카토의 뺨을 올려붙인 그녀는 비틀거리다
주저앉은 카토를 노려보았다.

"오냐, 너 오늘 한번 죽어 봐라."

그녀가 조리화를 신은 발로 카토를 걷어차기 시작했다. 요리사

들은 위험한 조리 도구가 떨어져도 발이 상하지 않도록 발등에 철판을 덧댄 조리화를 착용한다. 그런 조리화에 걸어차인 카토는 금세 엉망이 되어 머리를 감쌌다.

"끄윽―!"

숨넘어가는 소리가 들려올 즈음, 다른 요리사들이 냉장 창고로 달려와 그녀를 뜯어말렸다.

"이거 놔! 안 놔?!"

루시와 카토의 사이를 막아선 젊은 남자 요리사가 버럭 소리쳤다.

"이제 그만 좀 하시라고요!"

그러자 다른 요리사들도 하나둘 말을 보탰다.

"그래요, 이제 질릴 때도 되었잖습니까!"

"지긋지긋합니다. 이런 폭행은!"

"우리에게 더는 손대지 마십시오!"

폴리도 다른 요리사 등 뒤에 쏙 숨어서 "옳소!" 하며 동조했다. 나는 당황하여 입을 열었다.

"그런 게 아니라―"

"놔둬!"

"루시 님…….

"됐다니까!"

루시는 벼락같이 소리치며 내 손목을 끌고 주방을 나섰다. 나는 그녀에게 잡힌 채로 복도를 빠르게 걸었다.

"돌아가서 말할래요."

그녀가 우뚝 걸음을 멈추더니 헛웃음을 터뜨렸다.

"뭐라고 할 건데?"

"루시 님의 잘못이 아니라 카토 요리사가 제게 몹쓸 짓을 하려던 거라고요."

그녀는 빼딱하게 서서 허리춤을 잡았다. 그리고 나를 위아래로 훑어보며 말했다.

"너 좀 사는 집 자식이냐?"

"네?"

"아니면 네 스승이 필드에서 이름난 요리사냐? 그래서 뒷배가 든든한 거야?"

"……."

"둘 다 아니면 아무 일 없어서 운 좋았다고 여기고 입 닥쳐. 한 번 추문이 생기면 죽을 때까지 따라다닐 거다. 성과 관련된 추문이라면 더더욱."

그녀는 점점 북받치는 듯 거칠게 조리모를 내던지며 씩씩거렸다.

"그런 스캔들을 가진 여성 요리사는 취업조차 제대로 할 수 없단 말이다."

"……하지만 우리는 잘못이 없잖아요."

루시는 자조 섞인 실소를 흘렸다.

"나도 그런 줄로 알았는데."

"……."

"여자가 남자의 영역에서 뻗대고 있는 것도 잘못이라더라."

루시는 몸을 구부려 떨어진 조리모를 주었다.

"되도록 성에서 혼자 있지 마. 숙소 문도 잠가 두고."

그 말을 끝으로 루시는 자리를 떠났다. 나는 가만히 그녀의 뒷모습을 바라보았다.

'그래서였구나.'

도가 넘도록 난폭하게 굴었던 이유. 대부분 가정에서 부엌일이 여자의 몫이라고 해서 요리사들의 세계에서도 그런 건 아니었다. 오히려 여성 요리사는 도태되는 편이었다.

대다수 요리사들은 보조부터 시작하는데, 보조 일은 중노동과 다름없었다. 새벽부터 일어나 밤늦게까지 움직이고 또 움직인다. 눈이 시리도록 재료를 다듬고, 정신없이 선배 요리사들의 지시를 따르고, 무거운 조리기를 옮기고, 손바닥이 다 벗겨지도록 설거지를 해야 했다.

그러다 보니 식당의 주인이나 주방장은 체력이 약한 여자보다 남자를 선호했다. 여성 요리사는 보조 자리조차 구하기 어려워서 어느덧 주방의 중심은 남성 위주로 돌아갔다.

아카데미에도 여성 교수가 딱 둘 뿐이었다. 레아 교수와 교감. 하지만 두 사람은 부유한 집안에서 자라 제대로 된 정규 과정을 밟고 유명한 스승 밑에서 수련하여 지금의 자리에 올랐다. 없는 집에서 자란 여성 요리사 중 주방장 휘장을 단 사람은 찾아보기 힘들다.

'그래서 루시 님은 일부러 사내처럼 난폭하게 군 거야.'

내게 유난히 외모를 언급했던 이유도 이제는 이해가 된다. 입은 원래 험한 것 같지만. 나는 속으로 헤헤 웃었다. 때마침 멀리서 익

숙한 면면이 보였다. 벌써 도착한 아빠와 오빠들이 나를 발견하고
다가왔다.

"세니 —"

가웨인이 나를 부르려 하자 란슬롯이 인상을 쓰며 그의 복부를
팔꿈치로 찍었다.

"다물어라."

"윽."

샤르파크의 사용인들은 없었고, 대신에 후작이 직접 그들을 안
내 중이었다. 샤르파크 후작은 가족들의 눈치를 보더니 내게 말했
다.

"함께 식사하지. 사용인들을 물려두마."

그의 말에 가족들이 동의했다.

"가자."

"그래, 세니아나."

"네……."

나는 루시가 떠난 자리를 잠깐 보다가 그들을 따라나섰다. 주방
에서 준비한 식사는 사용인들의 접근을 막은 후작 부인의 정원으로
옮겨졌다. 자리에 앉은 난 기계적으로 식기를 들었다. 음식을 먹는
내내 루시와의 대화가 떠올랐다.

'겪어 보긴 했지만.'

보조 자리조차 구할 수 없어 곤란했던 적이 내게도 있었다. 샤르
파크의 주방은 내가 막연히 생각하던 문제를 극단적으로 보여 주
었다. 한숨을 내쉬며 음식을 입에 집어넣던 난 눈을 동그랗게 떴다.

"윽."

신음이 절로 나왔다. 부패한 듯한 역한 냄새가 코를 찔렀다. 나는 황급히 냅킨을 들어 파스타를 뱉어냈다.

"왜?"

"입에 안 맞아?"

오빠들이 물었다.

"네……. 역한 냄새가 나요."

샤르파크 후작 부부는 이해할 수 없다는 표정이었다.

"향긋하기만 한데."

"로제 파스타를 싫어하니?"

후작과 후작 부인이 차례로 물었다. 난 고개를 저었다. 크림류의 파스타는 종류에 상관없이 아주 좋아한다. 후작 부인은 포크를 들어 파스타를 맛보았다.

"못 느끼겠는걸. 오히려 아주 맛있다."

그녀의 말에 나는 고개를 갸웃했다.

'이게 맛있다고?'

의아한 표정으로 파스타를 맛본 가웨인이 미간을 좁혔다.

"확실히 이상한 냄새가 나긴 하지만, 역한 건 모르겠는데."

란슬롯과 아빠, 그리고 후작도 각각 파스타를 집었다. 평가는 극명하게 나뉘었다. 프렌시프의 사람들은 파스타에서 기분 나쁜 느낌을 받았지만, 후작 부부는 훌륭한 파스타라며 눈만 끔뻑거렸다.

대체 뭘까. 식사를 끝내고 나오며 난 미간을 좁혔다.

"분명히 이상했는데."

참아내지 않았더라면 구역질이 났을지도 모른다.

'로제 파스타는 카토 요리사가 만든 거였지.'

요리에 무슨 짓이라도 한 걸까. 하지만 그걸 프렌시프 사람들만 느끼는 건 아무래도 이상한데. 주방에 들어서려는데 문틈 사이로 씨근덕거리는 목소리가 들려왔다.

"이제는 루시 저 계집애가 나대는 꼴은 더 못 보겠다."

"대체 주방장님은 언제 돌아오시는 거야?"

"와 봐야 뭘 하시겠어. 사실은 성실하고 좋은 녀석이라며 우리더러 이해하라고 하겠지."

"아무리 봐도 둘 사이에 어떤 관계가 있는 거야. 아니면 그런 독한 계집애를 싸고돌 이유가 없잖아. 안 그러냐, 카토?"

"화, 확실히, 뭔가, 이, 있어. 내 보기엔 오, 오래된 관계야. 그 계, 계집애 어렸을 때부터 싸고돌았으니까."

카토의 말에 폴리는 "정말이요? 어릴 때부터 루시 님을 편애하신 거예요?" 하고 물었다.

"그, 그래. 그년 되바라진 게 하, 하루 이틀 일이 아니라고."

"우와."

폴리가 질린다는 듯 고개를 젓자 카토는 웅얼웅얼 말했다.

"여, 여자는 편하지. 조, 조금 귀엽게 태, 태어나면 살기 편하잖아."

"그런가요?"

"귀, 권력자에게 알랑거릴 수도 있고."

더 못 들어 주겠다. 나는 문을 벌컥 열려다가 인기척 소리를 듣고 뒤를 돌아보았다.

"루시 님."

요리사들의 이야기를 들었을까? 걱정 어린 얼굴로 그녀를 쳐다보았다.

"마롱라떼, 먹어 봤냐?"

"……아니요."

뜬금없는 말이었다. 내가 멍하니 그녀를 쳐다보자 그녀는 "따라와." 하더니 앞서 걸었다. 나는 허둥지둥 그녀를 따라나섰다. 그녀가 향한 곳은 성과 이어진 작은 화단이었다. 익숙하게 쪼그려 앉은 그녀가 낡은 컵에 밤 절임을 넣고, 데운 우유를 가득 부었다.

"꽤 맛있을걸? 자신작이거든."

난 눈치를 보며 마롱라떼를 홀짝 들이켰다.

"아, 고소해요!"

고구마라떼와 비슷한데, 더 고소한 데다가 너무 달지 않아서 술술 넘어간다.

"그렇지? 내가 좋은 밤을 구한답시고 얼마나 산을 헤맸는지 모를 거다."

그녀는 개구지게 웃으며 밤 절임이 든 통을 흔들었다. 그러다 나를 위아래로 훑어보았다.

"넌 성공하기는 힘든 타입이네."

"네?"

"불의에는 눈감아. 억울해도 내색하지 말고. 그래야 성공한다."

"루시 님은 그렇게 하지 않으시면서."

내가 볼멘소리로 말하자 그녀가 무릎에 팔꿈치를 받친 채 턱을 괴었다.

"네가 그걸 어떻게 알아?"

"그런 사람이었더라면 저를 구해 주지 않으셨을 테니까요."

그녀는 불의에 눈감지 않았다. 식당으로 먼저 갔는데도 타이밍 좋게 다시 냉장 창고로 돌아온 건, 카토가 없어진 걸 보고 나를 걱정했기 때문일 거다.

"제가 성에 온 날, 밤늦게 도착한 저를 직접 기다리신 이유도 그렇잖아요."

"흥."

"남자 요리사들에게 숙소 안내를 맡기면 혹여라도 제가 위험해질까 봐서요."

그녀는 나를 가만히 쳐다보다가 쳇, 하며 혀를 찼다.

"눈치 빠른 녀석이었잖아."

나는 그녀의 옆에 슬쩍 앉았다.

"요리사들이 험담하는 걸 알면서 왜 넘어가세요?"

"원래 공공의 적이 있어야 단합되는 법이니까. 주방은 단합이 중요하고."

루시는 좋은 사람이었다. 악역을 자처하는 건 힘들 텐데도 내색 하나 하지 않는다.

"……카토 요리사의 일을 왜 말씀하지 않으세요?"

"쫓겨나서 다른 주방에 가면 또 다른 여자 요리사가 피해를 입을 테니까."

그런 적이 있었구나. 내 표정을 본 루시가 이마를 장난스럽게 튕겼다. 루시는 대화를 나누면 나눌수록 멋졌다. 강단 있고, 성실한 데다 가슴에 품은 열정이 반짝반짝 빛났다. 나는 금세 그녀가 좋아졌다.

"아, 그런데요."

"뭔데."

"카토 요리사의 접시에 손을 대셨다고……."

사람들이 본격적으로 루시를 싫어하게 된 이유가 그것이었다. 루시는 인상을 찌푸리더니 구시렁거렸다.

"맞아, 내가 손을 댔어."

"헉."

숨을 크게 들이켠 나는 "왜요!?" 하고 물었다.

"그 녀석 요리는 뭔가 이상하다고. 다른 놈들은 눈치채지 못하는 것 같은데, 기분 나쁜 냄새가 나."

맞아! 나는 눈을 동그랗게 뜨며 고개를 끄덕였다.

"로제 파스타도 그랬어요."

"만든 걸 먹어 보았어?"

그 말에 난 눈을 도르륵 굴리며 변명했다.

"아, 그게, 냄새…… 를 맡았는데 이상했어요."

"그래, 분명히 이상한데 마님이 그 녀석의 요리를 마음에 들어 하셔서 자주 드셨단 말이야."

"염려가 되어서 그러셨군요."

"사실 카토는 실력이 좋은 편은 아니야."

"하지만 파스타는 잘한다고……."

"특히 파스타의 성식 배율을 잘한다던데."

성식이라면 일전에 샤르파크 후작에게 들었다. 근래 급격히 부상한 향신료이자 조미료라고 했다.

"나는 성식을 써 본 적이 없어서 얼마나 잘하는지 가늠이 안 되지만."

"써 본 적 없으세요?"

"그야 이상하잖아. 주원료가 뭐고, 어떻게, 어디서 만든 건지도 모르는 재료라고."

그렇다. 아카데미와 프렌시프 성에서 성식을 쓰지 않는 이유가 그것이었다. 나는 흐음, 하며 고개를 끄덕였다. 아무래도 이상하다.

'성식이란 걸 알아봐야겠어.'

주방 정리가 끝난 깊은 밤. 나는 성식을 확인하기 위해 재료실을 기웃거렸다. 성식은 종류가 많지 않은 모양이었다. 대부분 비슷한 향과, 비슷한 색이다. 이렇게 보기만 해서는 뭐가 문제인지 모르겠다. 문제가 없는 종류라 그런 걸까. 다른 종류도 확인하고 싶은데.

'뒤뜰 쪽 창고에도 성식을 놔둔댔지.'

그리로 가 보자. 난 성식을 다시 선반 위에 가지런히 두고 뒤뜰로 향했다. 재료 창고로 가려는데 바스락거리는 소리가 들렸다.

"너, 너."

카토였다.

'올 줄 알았지.'

루시가 말했다. 카토는 미친개라서 한 번 물면 절대로 놔주지 않는다고.

"이, 이, 더러운 년, 나를, 노, 농락하고, 루, 루시 년과 붙어서ㅡ"

"경고하는데 거기서 더 다가오지 마세요."

"네, 네까짓 게 어쩔 건데."

"강경책을 쓸 거거든요."

"해, 해 보든가."

카토는 비열하게 웃으며 기어코 내게 다가왔다. 그가 내 턱을 잡은 채 거친 콧김을 뿜었다.

"머, 머리는 풀어헤쳐서. 누, 누굴 꼬시려고."

"저는 분명히 경고했어요."

"왜, 왜, 울기라도 하시게?"

그가 히죽 웃었을 때였다. 쉭ㅡ! 재빠르게 거리를 좁힌 사람이 그의 팔을 비틀었다.

"끄윽, 읍ㅡ!"

비명이 터지기 직전에 카토는 입이 틀어막혀진 채 커다란 나무 기둥에 쿵! 얼굴이 찍혔다. 인중부터 턱 끝까지 쌍코피가 줄줄 흘러내렸다.

"크앗!"

달을 가리던 구름이 걷히고 나무 기둥에 짓눌린 채 제압당한 카토와 그를 제압한 사내의 얼굴이 드러났다.

'그러니까 제가 강경책을 쓴다고 했잖아요.'

난 고개를 절레절레 저었고, 카토를 제압한 사내는 음산하게 중얼거렸다.

"귀한 내 딸 몸에 손이 닿았으니 내 기분이 얼마나 역겹겠나."

나는 아주 강경하게! 아빠한테 일렀다. 아빠가 커흑, 신음하는
그의 손등을 툭 쳤다.

"신음이 새어 나오면 하나 더."

뚝! 손가락이 분질러지는 소리와 함께 "크아악!" 비명이 쏟아져
나왔다. 아빠가 표정 없이 새파랗게 질린 카토의 다른 손가락을 쥐
었다. 그리고 한 번 더 뚝!

'으아, 아프겠다.'

"끄아악!"

카토는 비명을 참지 못했고, 아빠는 쯧 혀를 찼다.

"내 말을 귓등으로 듣는 녀석은 오랜만이군."

"……사, 살려, 크학!"

난 저 사람을 가엾게 생각하지 않는다. 카토는 아빠에 이어 달려
온 가웨인과 란슬롯에 의해 곤죽이 되었다. 넝마처럼 널브러진 그
를 보고도 감흥이 일지 않았다. 카토는 냉장 창고에서도, 이곳에서
도 사람 없는 틈을 타 접근했다. 이유는 명백하다.

내게는 포털도 있고, 도와줄 수 있는 아빠도 있는 데다 그전엔 루
시가 달려오기도 했다. 하지만 도움을 받을 수 없는 사람이라면 끔
찍한 일을 당했을 거다. 카토는 아빠의 앞에서 벌벌 떨며 나를 올려
다보았다.

"하, 하지 말라고 해 줘. 사, 살려 달라고 해 줘!"

"싫어요."

"제, 제발."

"아빠가 아니었더라도 내가 직접 했을 거예요. 그런데 굳이 아빠를 부른 건 그쪽 말버릇 때문이에요."

"뭐, 뭐?"

"걸핏하면 여자는 살기 쉽다, 권력자에게 알랑거린다고 했잖아요?"

"그, 그건 — !"

"살기 쉽게 권력자에게 어리광부리는 게 뭔지 모르는 것 같기에 보여 주는 거예요."

카토가 새파랗게 질린 얼굴로 마른침을 삼켰고, 난 그를 매섭게 흘겼다.

"실제로는 이래. 정말로 겪어 본 적이 없어서 몰랐지?"

"……."

"그러니까 이제 망상 속에서 살지 마."

아빠가 카토의 손을 얼마나 아작내 놨는지, 그를 살핀 가웨인이 다시 날붙이를 드는 건 힘들 거라고 했다. 다행이었다. 다른 주방에서 또 다른 피해자를 만들지 않을 테니까.

다음 날 새벽, 카토는 쫓겨났다. 간밤의 사건을 들은 후작 부인은 전후 사정을 모두 살피더니 퇴직금 한 푼 없이 그를 쫓아냈다. 샤르파크 후작은 그를 쫓아낸 후에도 분개했다.

"빌어먹을, 사용인 하나 잘못 들여서 내가 죽을 뻔했잖아."

이를 득득 가는 걸 보니 아무래도 카토가 제대로 사는 건 힘들 것 같았다.

나는 부족한 잠 때문에 퉁퉁 부은 눈을 억지로 비비며 재료 창고를 뒤졌다.

"카토가 쓰던 성식이…… 으음."

"이거야."

흰 손이 불쑥 튀어나와서 나는 깜짝 놀라 펄쩍 뛰었다. 루시는 그런 날 보더니 킥킥거렸다.

"기름에 넣은 새우 같네."

"새우요?"

"펄쩍 뛰면서 오그라지는 게."

그녀는 내게 새빨간 가루가 잔뜩 든 잼 병을 쥐여 주었다.

"이걸 썼어."

"아……. 다른 성식과 다르긴 하네요."

색깔부터 다르다. 다른 성식이 연한 분홍색이라면 이건 짙은 선홍빛이었다. 나는 잼 병의 뚜껑을 열었다.

"윽!"

이 냄새다! 시체가 부패한 것 같은 역한 냄새. 루시도 미간을 좁히며 고개를 끄덕였다. 난 더는 참기 힘들어서 얼른 뚜껑을 닫았다.

"다른 성식도 살폈는데 이런 냄새는 안 났어요. 왜 이것만 이렇게 독한 냄새가 나는 걸까요?"

"종류가 다른 거 아니야?"

"그런가……."

색은 비슷하긴 한데.

나는 흐음, 하며 잼 병을 흔들었다.

"돌아가기 전에 정체를 알아내야 하는데."

"가지고 가도 돼."

"된다고요?!"

내가 눈을 크게 뜨며 묻자 그녀는 고개를 끄덕였다.

"카토가 직접 구해 온 거라 샤르파크의 재산이 아니거든. 쫓겨났으니 어차피 버려야 할 텐데 뭐."

대외적으로 카토는 식자재를 비롯한 샤르파크의 재산을 빼돌린 것으로 되어 있었다. 그걸 알아챈 후작 부인이 손을 부러뜨려 쫓아낸 것으로 결론지어졌다. 그녀는 상쾌하게 웃었다.

"아, 다시는 요리를 못 하다니 얼마나 다행이냐."

"그러게요. 하지만 카토가 없다고 해도 주방 분위기가 말이 아니라 힘드실 텐데요."

카토를 폭행한 일로 요리사들의 불만이 터져 버렸으니까.

"단합해서 쫓아내려고 들면 어쩌나요?"

그녀는 산뜻한 표정으로 나를 돌아보았다.

"걱정하지 마. 난 내 요리에도 자신 있으니까. 절대로 쉽게 안 물러나지."

그녀가 장난스럽게 덧붙였다.

"정 내가 꼴 보기 싫으면 맞짱이라도 떠야 할 거다."

"그게 제일 자신 있으신 것 같은데요."

"들켰네."

난 킥킥 웃으며 그녀와 함께 주방으로 들어갔다. 주방 분위기는 좋지 않았다. 화합이 잘됐던 만큼 카토가 쫓겨난 것이 내심 마음에 걸리는 모양이었다. 무거운 분위기가 풀릴 줄 모르자, 보다 못한 루시는 타개책을 냈다.

"마님 생신 파티에 낼 요리를 공모한다."

"마님 생신은 내년인데 뭘 벌써…….."

요리사들이 구시렁거리자 루시가 주방을 쭉 둘러보며 말했다.

"요리가 선발된 놈은 집사님께 말해 급료를 인상시켜 주지. 십 퍼센트."

요리사들의 눈이 동그래졌다.

"그, 그게 가능합니까?"

"안 되면 내 급료에서라도 떼 줄 테니까 칭얼거리지 말고 식칼이나 들어."

"우와아─!"

주방은 어느새 활기를 띠었다.

'음, 루시는 좋은 관리자야.'

샤르파크의 주방장이라는 사람이 왜 그녀를 유난히 아끼는지 알 것 같았다. 루시가 나와 보조 요리사들 쪽을 돌아보며 말했다.

"보조들도 참가해. 선배 요리사에게 가장 많이 도움이 된 사람은─"

그녀가 조리대 서랍에서 작은 노트를 꺼냈다.

"준다, 이거."

루시의 레시피북이었다!

"그리고 보너스까지."

보조들은 환호성을 내질렀고 나는 깡충깡충 뛰었다. 실력 있는 요리사의 레시피북이라니!

'가지고 싶어!'

주방은 정신이 없었다. 일이 끝난 밤늦게까지 레시피를 연구했는데, 보조들도 요리사들에게 도움이 되려고 필사적으로 움직였다. 나는 선배 요리사에게 토치를 가져다주다가 멈칫하고, 재료를 살폈다.

"아."

내가 재료를 빤히 보고 있자 곤약을 썰던 요리사가 물었다.

"왜?"

"저…… 곤약과 고기를 함께 쓰시려고요?"

"그래."

"둘을 함께 넣으면 고기가 질겨질 텐데요……."

선배에게 이런 말을 하는 건 실례일까 봐 나는 우물쭈물하며 웅얼댔다.

"질겨진다고?"

"곤약의 칼슘은 고기를 질기게 하거든요. 채끝살은 부드러운 게 가장 큰 장점인데 그걸 죽이는 건……."

그러자 요리사들이 나를 주목했다.

"아카데미에선 그런 걸 가르쳐주나?"

그러고 보니 샤르파크의 요리사들은 대부분 아카데미를 나오지 않았다. 주인인 후작이 엄청난 짠돌이였기 때문이었다. 아카데미를 나온 요리사들은 기본 급료가 높은 편이라서 고용을 꺼린 것이었다.

'칼슘 같은 걸 배우진 않지만.'

어쨌든 곤약과 고기는 함께 쓰지 말라고 배우긴 하지.

"네."

"칼슘이라…… 그런 게 있군."

다른 요리사가 나를 부르며 물었다.

"그럼 내 것은? 내 건 같이 써도 되나?"

나는 그의 재료를 살폈다.

"균형이 좋은 편이에요."

탄수화물과 단백질, 지방을 적절하게 사용해서 한 그릇으로 영양을 모두 섭취할 수 있겠다. 경력이 긴 요리사들은 보조에게 배운다며 혀를 찼다.

"그런 건 너희들이 알아서 공부해야 할 것 아냐."

"하지만 선배님 —"

"됐고, 센은 이쪽으로 보내라. 폴리는 영 손이 느려."

"아! 저도 센이 필요합니다!"

"비겁해. 보조 중에서 제일 쓸 만한데 독점하려고?"

나는 바빠서 눈이 팽팽 도는 것 같았다. 일이 마무리되고 나니 열시가 넘었다. 나는 주방 정리를 하고 허리를 툭툭 두드렸다.

"배고프다."

조리대 앞에서 축 늘어진 난 끙끙 신음했다.

'야식이라도 만들어 먹을까.'

오늘은 요리사들이 레시피를 만드느라 재료가 잔뜩 남았다. 남은 건 보조들도 써도 된다고 했다. 나는 식칼과 도마를 꺼낸 뒤에 다시 재료를 살폈다.

"고기만 쓰시더니 내장이 많이 남았네."

내장 손질은 쟝뤼크에게 질릴 때까지 배웠다. 나는 곱창을 꺼내어 껍질과 불순물을 제거했다.

'나만 먹을 거니까 많이 할 필요는 없지.'

빠르게 손질을 끝낸 후에 소주 대신 보드카에 담가서 잡내를 제거했다.

'양념 곱창을 할 거니까 커피도 넣어서 잡내를 빠르게 빼야겠어.'

그리고 양념 준비. 고춧가루와 마늘, 간장 등을 섞어 손질한 곱창에 버무린 뒤에 팬에 볶았다. 치이익─! 언제 들어도 좋은 소리였다. 양념의 톡 쏘는 매콤한 향과 곱창의 녹진한 기름 냄새가 주방을 가득 메웠다.

나는 잘 익은 곱창을 그릇에 옮기고, 다 쓴 조리 도구를 정리했다. 먹을 생각에 신이 났다. 설거지를 마친 후 조리대 앞에 앉으려는데 덜컹, 문이 열리는 소리가 들렸다.

"오빠!"

가웨인이 뻐딱한 자세로 나를 쳐다보았다.

* * *

가웨인은 포크를 든 채 자신을 보는 세니아나를 보고 못마땅한 표정을 지었다. 자정에 가까운 시간인데 아직 숙소에 없다기에 뭘 하나 싶었는데, 요리 삼매경이었다.

'요리 같은 건 때려치우지.'

로열 키친에 들어가야 아탈란를 제압할 무언가를 손에 넣을 수 있다는 건 알지만, 가웨인의 생각은 달랐다. 굳이 그럴 필요가 있는가.

　　'내가 지킬 텐데.'

　　손이 데고, 다리가 퉁퉁 부어서까지 요리 같은 것에 집중하는 까닭을 모르겠다.

　　"어제도 못 잤는데 오늘도 밤샐 생각이야?"

　　시계를 확인한 세니아나는 깜짝 놀라서 눈을 동그랗게 떴다.

　　"벌써 자정이네요."

　　"들어가서 쉬어."

　　"맛만 보고요."

　　가웨인은 인상을 찌푸렸다.

　　"가라니까."

　　"애써 한 건데요?"

　　그녀는 시무룩한 표정으로 "계속 먹고 싶었단 말이에요." 하고 말했다.

　　"오빠도 맛보실래요?"

　　"됐어."

　　"하지만 곱창볶음은 처음 드실 텐데. 매운 걸 좋아하시니까 마음에 드실지도 —"

　　"다른 녀석에게 시켜도 되잖아."

　　가웨인의 말에 세니아나는 눈을 깜빡였다.

　　"네?"

　　"요리는 개나 소나 다 할 수 있는데 뭣 하러 네가 직접 하냐고."

세니아나는 울상을 지으며 웅얼거렸다.

"개나 소나 아닌데……."

"자르고 굽는 게 뭐가 어렵다고. 너 아니라도 요리사는 잔뜩 있다고. 귀찮은 일은 직접 하지 말고 시켜."

주방에서 뽈뽈대다가 다치는 꼴을 더 이상 보고 싶지 않았다. 저 녀석은 아프고 힘들어도 내색하는 법을 모른다. 다리가 퉁퉁 부어서도 가족들이 걱정할까 봐 힘들다는 말 한마디가 없었다.

"그리고 이따위 일은 그만 때려ㅡ"

"씨!"

세니아나가 울컥 화를 내며 콧잔등에 주름을 잡았다. 제게 이렇게 씩씩대는 세니아나를 보는 건 손에 꼽는다.

"……씨?"

"왜 그렇게 못된 말만 하는 거예요!"

"나는 네가 걱정되어서ㅡ"

"그럼 좋게 말씀하시면 되잖아요. 맨날 화만 내시고…… 무섭게……."

속으로 꽤 안절부절못했던 모양인지 세니아나는 잔뜩 토라져서 휙 고개를 돌렸다.

"개나 소나 아닌데. 맛있는 요리를 만들기 위해서 다들 얼마나 노력하는데……."

세니아나가 조그맣게 중얼거리던 찰나, 다시 문이 열렸다.

"무슨 일이야?"

동생들을 찾으러 온 란슬롯이 미묘한 분위기를 느끼고 가웨인을

처다보았다. 가웨인은 큼, 헛기침을 했고, 세니아나는 고개를 푹 수
그렸다. 란슬롯이 세니아나에게 다가가서 허리를 굽혔다. 그녀와
시선을 맞춘 채로 "응? 무슨 일이지." 하고 다정히 물었다.

"……작은오빠가 나빴어요."

란슬롯은 당황해 있는 가웨인을 흘긋 처다보았다.

"그게 아니라고 몇 번을 ─!"

그가 소리치자 흠칫 놀란 세니아나가 란슬롯의 품으로 쏙 숨었
다. 란슬롯은 은근히 오만한 표정으로 눈썹을 슥 들어 올렸다.

"가웨인이 뭔가 크게 잘못한 모양이네."

"……."

란슬롯은 또 가웨인에게 호통을 들을까 봐 손을 꼼지락거리는
세니아나를 내려다보았다. 그가 세니아나의 머리를 다정히 쓰다듬
었다. 그녀는 살짝 고개를 들었다가 가까이 다가온 가웨인과 눈이
마주치고 깜짝 놀라 란슬롯의 허리춤을 잡았다.

"나는 그저 널 걱정해서 ─"

"갈까?"

가웨인의 말을 뚝 끊어 먹은 란슬롯이 세니아나에게 부드러운
목소리로 물었다. 그녀가 조그맣게 고개를 끄덕였다.

'비열하긴 ─!'

독사 같은 형님은 기회를 놓치지 않고 냉큼 세니아나를 귀여워
할 기회를 차지했다.

"잠깐, 내 말 아직 안 끝났어."

"달콤한 우유라도 먹으면 우리 막내 기분이 나아질까."

란슬롯은 가웨인의 말을 들은 체도 하지 않고 세니아나의 손을 잡은 채 주방을 나서 버렸다. 가웨인이 거칠게 머리를 헝클어뜨렸다.

'미치겠네.'

그는 쯧, 혀를 차며 란슬롯과 세니아나가 사라진 방향을 바라보았다.

"대체 이깟 게 뭐라고 사서 고생을 하는 거야."

가웨인은 세니아나가 만들어 놓은 곱창볶음을 매섭게 노려보았다.

'대체 뭐길래 이걸 자정이 다 되도록 만드는 거냐고.'

그는 세니아나가 내려놓은 포크를 잡고 곱창볶음을 맛보았다. 입에 넣자마자 알싸한 매운맛이 혀를 때렸다. 씹을 때마다 흘러나오는 고소한 곱과 매콤짭짤한 양념. 곱창 특유의 향은 구리구리하지만 왜인지 중독성이 있었다.

질겅거리는 듯도 하고 쫀득한 듯도 한 식감이 재미있다. 씹으면 씹을수록 고소한데 느끼할 법한 끝 맛을 매운 양념이 꽉 잡아줘서 자꾸만 손이 가게 만들었다.

'이건 깻잎이라고 했던가.'

길게 자른 깻잎의 산뜻한 향과 곱은 몹시 잘 어울렸다. 아삭한 양파와의 조화도, 익힌 마늘 특유의 부드러운 블루스도 멋졌다. 가웨인은 습, 입으로 숨을 들이켰다.

'이건 소주다.'

언젠가 남부에서 맛보았던 그 술이야말로 환상의 짝꿍일 게 틀림없다. 매워서 관자놀이가 얼얼한데도 도무지 포크를 놓을 수가 없었다. 정신 차려 보니 어느덧 접시 안이 텅텅 비었다.

"빌어먹을."

고생하는 게 보기 싫어서 요리는 그만두라고 하고 싶은데, 만드는 것마다 이 세상의 것인가 아리송할 정도로 맛있었다. 치킨도 그렇고, 이것도 그렇고.

그 후로 이틀. 곱창볶음 생각이 머리를 떠나지 않았다. 성에 돌아가서 똑같이 만들어 보라고 할까 싶은데 정확히 어떤 것인지 모르니 그마저 어려웠다. 복도를 걷던 가웨인은 창밖에서 삐죽 솟은 청녹색 머리를 발견했다. 세니아나였다. 그는 주변을 살피고 동생에게 다가갔다.

"크흠."

"……?"

"뭐 하냐."

"쑥 캐는데요."

자세히 보니 삽 같은 것을 들고 있다.

"사면 되지."

"샤르파크 후작은 짠돌이예요. 이런 것도 사려면 일일이 확인받아야 한대요."

한숨을 폭 내쉰 세니아나는 "무슨 일 있으세요?" 하고 물었다. 가웨인은 딴청을 부리듯 말했다.

"그 새빨간 음식을 한 번 더 만들어라."

곱창볶음을 말하는 걸까? 세니아나는 미간을 좁힌 채 고개를 절레절레 흔들었다.

"부탁을 하실 거라면 정중하게 '곱창을 만들어 주세요'라고 하셔야죠."

으득, 이 갈리는 소리가 살벌했다.

'화났나?'

세니아나가 움찔, 눈치를 보았다. 가웨인은 짓씹듯 말했다.

"……요."

"네?"

"곱창볶음 주세요."

세니아나는 고개를 기울이며 가웨인을 빤히 쳐다보았다.

"그래요."

"……언제 해 줄 건데?"

"생각해 보고?"

그녀가 쑥이 잔뜩 든 바구니를 끌어안으며 말했다. 가웨인이 미간을 좁혔다.

"성에 돌아오면 해 줘."

"실습이 끝나면 바로 황도에 돌아갈 텐데……. 그리고."

"그리고?"

그녀가 새초롬히 가웨인을 흘겼다.

"미워서 나ㅡ중에 해 주고 싶어요."

그러곤 "흥." 하며 고개를 홱 돌렸다. 바구니를 끌어안고 총총 사라지는 세니아나를 보며 가웨인은 당황 어린 표정을 지었다.

　　　　　*　　　*　　　*

　나는 멍하니 쑥을 곱게 간 가루를 쌀가루 안에 넣었다.

　성식. 로열 키친. 가족들. 여러 가지 생각으로 머리가 복잡했다.
그런 날 본 루시가 허리를 툭, 치고 지나갔다.

　"어디다 정신을 판 거야?"

　주방엔 단둘뿐이라 루시의 말투가 사람들 앞에서보다 다정했다.
난 한숨을 내쉬고 루시를 쳐다보았다.

　"루시 님은 언제부터 요리를 하셨어요?"

　"열둘. 식당에서 잡일꾼으로 일하다가 요리를 하고 싶다고 생각
했지."

　"……후회한 적은 없으세요?"

　"왜 없어. 매일같이 했지."

　그녀는 뭉근하게 끓고 있는 크림소스를 확인하며 이어 말했다.

　"계집애라서 보조 자리조차 구하기 힘들 때. 겨우 얻은 보조 일
에 끝이 보이지 않을 때. 그래서 스스로 실망스러울 때. 또……."

　손가락을 하나하나 꼽으며 후회되었던 때를 회상하던 그녀가 희
미하게 웃었다.

　"재능의 한계를 경험했을 때."

　"한계요?"

　루시는 훌륭한 요리사였다. 물론 프렌시프 성의 총요리장 아곤
이나, 불세출의 천재라는 쟝뤼크보단 아니었어도. 그녀는 그들에
비해 한참 젊었다. 아직 가능성이 충분히 남은 것이다.

'그런 루시 님이 한계를 경험했다고…….'

의아한 표정을 짓고 있자 루시가 어깨를 으쓱했다.

"나 사실 로열 키친의 권외 시험을 본 적이 있어."

아카데미를 거치지 않은 요리사들, 혹은 아카데미에서 로열 키친 응시원을 받지 못한 사람들이 보는 시험이었다.

"그전만 해도 내가 천재라고 생각했었거든. 하지만 권외 시험을 보면서 느꼈지. 나는 평범할 뿐이었다는 걸."

"……."

"1차에서 낙방하고 고향으로 돌아가면서 얼마나 울었는지."

그녀가 킬킬거리며 읊조렸다.

"내가 부유한 집에서 태어났더라면, 그래서 아카데미에 갈 수 있었더라면, 좋은 스승을 만났더라면."

"……."

"이뤄지지 않을 가정을 하면서 출생을 원망했지만, 사실은 내가 제일 잘 알고 있었어."

"무엇을요?"

"이 문제의 결론은 내 재능의 부족이다, 하는 것."

루시는 불을 줄이며 소스 냄비의 뚜껑을 닫았다. 그러곤 나를 빤히 응시했다.

"각오가 모자랐다는 것도."

"각오……."

"평범할 뿐인 내가 노력하는 천재들 사이에서 각오조차 제대로 하지 않았으니 이길 수 있을 리가."

"……."

나는 아무런 말도 할 수 없었다.

주방의 일이 끝난 뒤 뒤뜰로 나왔다. 나는 화단 앞에 주저앉아 무릎을 끌어안았다.

"잠이 안 온다……."

혼자서 웅얼거리는 목소리에 나도 모르게 시름이 실렸다.

"누가 내 딸에게 잠을 빼앗았나."

다정한 목소리에 깜짝 놀라 눈을 홉떴다.

'아빠다.'

난 민망한 표정으로 그를 올려다보았다.

"주무시지 않고 왜……."

"네 한숨 소리가 들리는 듯하여."

난 히히 웃으며 "거짓말." 하고 말했다. 아빠는 부드럽게 미소짓고 내 곁에 앉았다.

"부모는 모두 마법사거든."

"선생 ─ 엄마도 그러셨어요."

"고민을 나누어 주면 기쁠 텐데."

아빠의 단단한 어깨에 기대 가늘게 한숨을 내쉬었다.

"그냥, 그냥……."

시무룩한 표정으로 웅얼거렸지만, 아빠는 재촉하지 않고 조용히 기다려주었다. 루시는 내가 만난 최초의 '평범한 여성 요리사'였다. 나보다 앞서 내가 겪어야 할 일을 겪었다.

그녀는 말했다. 로열 키친은 천재들의 세계라고. 그럴 것이다. 아카데미의 교수들은 훌륭한 요리사였지만, 샹뤼크를 제외하면 로열 키친의 문턱조차 밟아 본 적이 없었으니까.

그런데 나는 천재인가? 아니. 아소(조슈아, 사비에르의 장자)처럼 섬세한 손기술을 가지고 있지도 않고, 스위트피처럼 뛰어난 미각을 가지고 있지도 않다. 그런 내게 지금 가장 부족한 것은 각오였다.

다른 훌륭한 요리사들도 요리 하나만을 보고 산다. 아니, 요리 하나만을 보고 살기에 훌륭한 요리사가 될 수 있던 걸지도 모른다. 나는 한숨을 푹 내쉬며 말했다.

"제겐 각오가 모자라요⋯⋯."

"흠."

"제가 요리를 하려는 건 아탈란의 계략을 저지하고, 우리 가족이 안전하기를 바라서인데⋯⋯ 고작 그런 것들로 천재들의 세계에서 버틸 수 있을까요?"

"⋯⋯."

가웨인이 내게 요리를 하지 말라고 했을 때, 선뜻 '싫어요, 할 거예요.' 하고 말하지 못했다.

"다른 요리사들에 비해 저는 너무 초라한 꿈을 꾸는 것 같아서 부끄러워요. 아빠가 제게 실망하실까 봐 두렵고⋯⋯."

아빠는 고개를 모로 꼰 채 나를 빤히 응시했다. 그러다 희미하게 미소지었다.

"왜, 왜 웃으세요?"

"자식의 진로 상담은 이런 기분이었군."

나는 눈을 동그랗게 떴다.

"진로 상담이요?"

"그런 게 아닌가."

그, 그렇기야 하지.

졸업 시즌이 되면 많이들 고민한다. 나는 얼굴이 붉어져서 아빠를 힐끔힐끔 쳐다보았다.

'우와, 나 부모님한테 진로 상담하는 거구나.'

아빠는 헝클어진 머리를 내 귀에 꽂아 주며 미소지었다.

"네 앞에는 수많은 선택의 기로가 있을 테고, 그때마다 너는 고민하겠지."

"……."

"고민하고 또 고민해서 선택해라. 선택이 옳았는지 잘못되었는지는 중요하지 않아."

"……."

"고민과 후회 속에서 분명 배우는 점이 있을 테니까. 사람은 그렇게 평생을 자라는 것이다."

"아빠……."

"고민은 성장의 증거고, 난 내 딸이 어제보다 한 뼘 더 자란 것이 자랑스럽구나."

아빠는 울상을 짓는 나를 끌어안고 다정히 머리를 쓰다듬었다.

"너는 나를 좋은 부모가 되고 싶게 만들어."

가슴이 간질간질하고 코끝이 찌릿했다. 난 아빠의 품에 얼굴을 문대며 훌쩍훌쩍 울었다. 아빠는 다정한 목소리로 이어 말했다.

"좋은 부모가 되는 것이 오늘의 내 꿈인데, 초라한 거냐."

"아니요!"

아빠가 내게서 몸을 조금 떼며 빙그레 웃었다.

"그러니 가족의 안전이 요리사에게 초라한 꿈이라고 말하는 놈들이 있다면 네가 비웃어 줘라."

그가 "초라한 마음을 가진 놈들, 하고."라 말하며 눈을 초승달처럼 둥글게 휘었다.

무엇을 고민했던 걸까. 내 꿈은 전혀 초라하지 않고, 아빠가 나를 실망스럽게 여길 일은 없었다. 나는 오늘 아빠의 품에서 한 뼘 더 자랐다.

다음 날, 나는 힘차게 복도를 걸었다. 고민이 사라지니 날아갈 듯 몸이 가벼워졌다. 복도 끝에서 익숙한 인영이 보였다. 나를 본 가웨인이 주변을 살피며 다가왔다.

"아직 삐쳤어?"

그의 말에 난 고개를 바짝 치켜들며 말했다.

"아니요."

나 이제 당당하니까 자신 있게 말할 수 있는걸.

"저는 요리를 할 거예요."

"기어코 해야겠단 말이지."

"오빠도 제 요리 좋아하시면서."

그는 투덜거리듯 "그야 그렇지만……." 하고 말했고, 난 헤헤 웃었다.

"저는 오빠를 지키고 싶으니까 할 거예요."

"땅딸막한 게 어떻게 나를 지키려고."

"그리고 저 요리하는 거 즐겁다고요."

확신을 가득 담아 말하자 가웨인은 "쳇." 혀를 찼다.

"평생 즐겁지 않을걸? 그렇게 고생하는 일을 직업으로 택하는 건."

"그래도 상관없어요. 그때 가서 고민하면 되니까."

당당하게 말하며 지나치는 나를 보고 가웨인이 짓궂은 표정을 지었다.

"뭘 잘못 먹었나. 오늘은 왜 이렇게 당차."

"제겐 좋은 부모가 있어서 그렇지요!"

"웃기고 있네. 이 땅콩 같은 게."

가웨인은 장난스레 웃으며 내 볼을 꾹꾹 눌렀다.

오늘은 실습의 마지막 날이었다. 루시는 조리대에 놓인 접시를 돌아보다가 "흥." 콧방귀를 뀌었다.

"먹을 만한 요리는 있네. 파스칼, 네놈 요리가 제일 낫다."

그녀의 말에 파스칼 요리사가 펄쩍펄쩍 뛰었다.

"보너스? 보너스 나오는 겁니까?!"

―하고 외치자 루시는 대충 고개를 끄덕였다. 그리고 레시피 수첩 끝으로 조리대를 툭, 툭 두드리다가 나를 보았다.

"자."

"저, 저요?"

"그래."

가장 도움이 된 보조에게 주겠다고 한 레시피 수첩! 나는 뛸 듯이 기뻐하며 그녀가 준 수첩을 끌어안았다.

"센이 잘해 줬지."

"그래."

"센, 졸업하면 이쪽으로 와라."

　요리사들은 이견이 없었고, 폴리는 조금 서운한 표정을 지었지만 이내 나를 칭찬해 주었다. 그리고 오후가 되어 떠나는데, 요리사들과 후작 내외가 나를 환송해 줬다. 마차 안에서 아빠에게 통신석을 연결하자, 그는 해결할 일이 있다며 내일쯤 출발할 거라고 했다.

[몸조심해서 다녀와라.]

"졸업식 끝나고 황도에서 뵈어요."

[⋯⋯뭐.]

　어쩐지 의뭉스러운 말투였지만, 나는 바빠서 그러겠거니 생각하며 통신석을 종료했다. 아카데미에 도착하자 쟝뤼크가 나를 데리러 왔다. 그는 가늘게 뜬 눈으로 나를 쳐다봤다.

"왜 이렇게 늦게 왔어."

"일이 있어서요."

"다른 스승을 만난 게 아니냐?"

　마치 바람난 제자 단속하듯 말해서 난 고개를 갸웃했다.

"스승⋯⋯ 아, 좋은 스승님이 있었지요."

　루시가! 내 말에 쟝뤼크가 왈칵 성을 냈다.

"흥! 그래 봤자 풋내기겠지. 나보다 더 좋은 스승이 어디 있다고."

"좋은 분이셨는데. 이것저것 가르쳐 주시고, 그분 덕에 진로 고민도 했는걸요."

그러자 그는 어쩐지 충격받은 얼굴로 나를 쏘아보았다.

"지, 진로 고민이 있었다고…… 요리를 하고 싶지 않은 게냐? 응?"

"그런 게 아니라…… 아무튼 다 해결되었어요."

"왜 그 작자에게만 상담한 건데!"

"상담은 아니었고…… 아무튼 짐을 풀어야 해서 이만."

"잠깐, 셴! 셴! 이봐!"

쟝뤼크의 고함이 들렸지만, 난 얼른 고개를 숙이고 기숙사로 향했다. 알렉시아가 도와줘서 수월하게 짐을 풀 수 있었다. 이제 졸업이 2주도 안 남았다. 황도로 가면 도미니크를 보기 힘들 테니까 그전에 잔뜩 봐 둬야지.

'오늘은 주말이니까 숙소에 있겠다.'

난 평상복으로 갈아입고 포털을 열었다. 도미니크의 숙소 앞에 도착해서 똑똑 문을 두드렸다.

'응?'

평소 같으면 알베르가 얼른 나오는데 조용하다. 나는 고개를 갸웃하며 주변을 둘러보았다.

"없나."

돌아갈까, 하는데 문이 꽉 닫히지 않았던 모양인지 스르륵 열렸다. 도미니크와 알베르는 모두 세심한 성격이라 문단속을 철저하게 한다.

'무슨 일이라도 있는 걸까.'

그는 황자고, 현재는 황위 싸움으로 진흙탕인 시기였다. 덜컥 걱정이 들어서 살그머니 문을 열고 들어갔다.

"실례합니다…… 계세요?"

—라고 부르던 찰나, 끼익—! 도미니크의 침실 쪽에서 인기척 소리가 들렸다. 난 멀린의 마원을 잡은 채 얼른 그의 침실로 향했다.

그리고 보인 건 잠든 것처럼 누워 있는 그와 그의 입술을 향해 몸을 기울이고 있는 짙은 갈색 머리의 여자. 두 사람의 입술이 금방이라도 닿을 것 같아서 난 얼른 그녀의 손목을 잡았다. 여자는 왈칵 인상을 쓰며 날 노려보았다.

"뭐야, 넌."

그건 내가 할 말인데.

"그러는 그쪽……."

신분을 물으려던 찰나, 쾅! 문이 열리더니 알베르가 흰 가운을 입은 의사와 함께 등장했다.

"어서 저하를— 영애?"

그러자 여자는 저를 부른 줄 알았는지 내 손을 홱! 쳐내고 알베르를 돌아보았다.

"이 계집애는 누군데 저하의 침실에 드나드는 거지?"

"그분은…… 아니, 르마르 영애야말로 왜 침실에 들어오신 겁니까. 응접실에서 기다리시라 말씀드렸는데요."

르마르 영애라면 도미니크에게 청혼을 거절당했다는 르마르 공작의 딸이잖아. 르마르 영애는 쯧, 혀를 차며 말했다.

"저하께서 이리 몸이 좋지 않으신데 내가 어떻게 얌전히 기다리겠어?"

"침실에 들어오신 것을 저하께서 아시면……."

몸이 좋지 않다고?

나는 얼른 도미니크를 살피려다가 그와 손이 스쳤다. 순간 찌릿, 정전기 같은 것이 일더니 그의 속눈썹이 미세하게 흔들렸다.

"저하?"

내 말에 알베르와 설전을 벌이던 르마르 영애가 나를 거칠게 떠밀고 그에게 다가갔다.

"저하, 괜찮으세요? 저예요, 카트린이랍니다."

도미니크가 스르륵 눈을 떴다. 눈꺼풀에 감춰져 있던 청회색 눈동자가 드러났다.

"저하, 저하!"

카트린이 울먹이며 그를 끌어안으려 할 때였다.

"세니아나……."

낮게 가라앉은 목소리와 함께 그가 내 손목을 쥐었다. 르마르 영애의 얼굴이 딱딱하게 굳어졌다.

의사가 도미니크를 진료하는 동안 나와 르마르 영애, 그리고 알베르는 응접실로 향했다. 르마르 영애는 나를 찢어 죽일 듯 노려보며 알베르에게 물었다.

"대체 이 계집은 뭐야."

알베르가 깊게 한숨을 내쉬었다.

"영애, 부디 언사를……."

그녀는 소파에 가만히 앉아 있는 나를 위아래로 훑어보며 입매를 비틀었다.

"내가 저하를 너무 오래 기다리게 한 모양이야. 그러니 취향에도 맞지 않은 계집애를 데리고 노신 게지."

"데리고 놀았다고요?"

"아니면 정말로 그분께서 마음에 너를 두셨을 리 있겠니?"

"제가 알기로 영애는 저하께 청혼을 거절당하셨다고 들었는데요."

카트린 르마르의 눈이 희번덕 빛났다.

"황가와 공작가의 사정 때문이었을 뿐이야!"

그녀가 버럭 소리쳤을 때였다. 응접실의 문이 열리더니 가운을 걸친 도미니크가 들어왔다. 카트린은 활짝 웃으며 그에게 다가갔다.

"저하, 몸은 괜찮ー"

"소리치지 마."

"……네?"

"이 사람에게 소리치지 말라고 명했다, 내가."

도미니크가 내 손을 부드럽게 잡으며 말하자 카트린의 얼굴에서 핏기가 사라졌다. 이런 모습의 도미니크는 처음 본다. 황자임에도 귀족 여성들에겐 공대를 빼먹지 않는 남자였다. 다소 날카로운 분위기이긴 했지만, 아이와 여자에겐 조심스러웠던 사람이 어째서…….

카트린이 눈물을 터뜨렸다.

"너무하세요! 어떻게 저하께서 제게……!"

도미니크는 그녀의 말을 들은 체도 않고 나를 일으켰다.

"제 침실로 가 계십시오. 금방 돌아가겠습니다."

"하지만……."

"보고 싶었습니다."

그의 다정한 목소리에 이어서 찢어질 듯한 카트린의 고함이 들려왔다.

"이제 그만 하세요! 모두 잘 풀렸잖아요!"

그녀는 도미니크에게 달려와 팔을 끌어안았다.

"황제 폐하께서도 우리의 결혼을 찬성하셨잖아요."

〈다음 권에 계속〉